小書痴的下剋上

為了成為圖書管理員不擇手段！

第二部 神殿的見習巫女 I

香月美夜 著
椎名優 繪 許金玉 譯

本好きの下剋上
司書になるためには
手段を選んでいられません
第二部 神殿の巫女見習い I

登場人物

第一部劇情摘要

超級愛書的女大學生在死後轉生成了士兵的女兒梅茵，還患有身蝕。為了在識字率低、紙又昂貴的世界裡自己做書，每天都奮鬥不懈。雖然成功做出了植物紙，為了活下去，卻需要能吸取魔力的魔導具。就在這時候，梅茵在洗禮儀式上發現了神殿的圖書室。直接與神殿長談判後，最終成為了提供魔力的青衣見習巫女。

梅茵一家

梅茵

本書主角。士兵的女兒，患有身蝕又體弱多病。明白了身蝕的熱意其實是魔力後，便成了原本是貴族之子才會擔任的青衣見習巫女。為了看書，不擇手段。

伊娃

梅茵的母親。在染色工坊工作。看著容易失控的丈夫和女兒，每天只能苦笑。

昆特

梅茵的父親。在南門擔任士兵，位階是班長。愛家到旁人都大感吃不消的地步。

多莉

梅茵的姊姊。裁縫學徒。個性溫柔，很會照顧人。梅茵形容為「簡直是天使」。

奇爾博塔商會

班諾

奇爾博塔商會的老闆，也是梅茵經商方面的監護人。

珂琳娜

班諾的妹妹，也是商會的繼承人。自己擁有工坊，手藝出眾的裁縫師。

路茲

奇爾博塔商會的都盧亞學徒。梅茵可靠的夥伴，也負責管理梅茵的身體狀況。

馬克

奇爾博塔商會的都帕里。班諾的得力助手。

神殿相關人員

神殿長

神殿的最高權力者。厭惡威懾過自己的平民梅茵

法藍

服侍梅茵的灰衣神官。原先是神官長身邊的優秀侍從。

吉魯

服侍梅茵的灰衣見習神官。讓梅茵頭痛不已的問題兒童。

神官長

梅茵在神殿的監護人。十分倚重梅茵的魔力量和計算能力。

戴莉雅

服侍梅茵的灰衣見習巫女。神殿長指派的眼線。

狄多	路茲的父親。
卡蘿拉	路茲的母親。
奇庫	路茲的二哥。
拉爾法	路茲的三哥。
雨果	班諾聘請的廚師。
艾拉	班諾雇用的廚師學徒。
約翰	鍛造工坊的學徒，技藝出色。

CONTENTS

第二部 神殿的見習巫女Ⅰ

第二部

神殿的見習巫女 I

序章

「神官長，神殿長請您過去。」

「……看來即便受到威懾，還是安然無恙哪。」

聽見侍從法藍的傳話，神官長斐迪南嘆著氣站起來。要是神殿長可以再睡上一段時間，工作進度就能加快許多——他一邊這樣想著，一邊在侍從阿爾諾的陪同下走出房間。

前往神殿長室的半路上，圖書室進入了視野。與之同時，腦海中也浮現出了那個名叫梅茵的孩子。就是她為了進入圖書室看書，才引發了這一連串騷動。她更是自己近來頭痛的來源，也是此刻被神殿長召見的原因。現在的召見，想必是要詢問梅茵這件事的後續，再順便抱怨不休。很輕易就能想到神殿長會講出哪些冷嘲熱諷。雖然麻煩，但表面上還是要敬重神殿裡地位最高的神殿長。他用指尖使力按了下太陽穴，把厭煩的情緒壓回心底。

斐迪南經常被人誤以為已經有二十五歲，更甚者還有三十，但其實今年才二十歲。異母兄長常說他太沒有年輕人的活力了，但斐迪南認為，這是生活環境使然。

自己在神殿的立場十分特殊。他並非從出生就在神殿長大，成年之前都在貴族社會裡生活。雖是愛妾的孩子，卻擁有足以操控基礎魔導具的魔力，又因為勤勉好學，所以所受的教育都是為了以後要輔佐異母兄長。雖然他和異母兄長的感情還不錯，但異母兄長的母親，也就是父親的妻子，似乎並不樂見讓他在旁輔佐。父親亡故後，斐迪南明顯地開始遭到排擠。趨炎附勢的大人們都贊同兄長母親的意見，自己的親生母親則是沒有半點力量。就在他開始感受到生命危險的時候，異母兄長勸他進入神殿。

在貴族社會，進入神殿，就等同宣告自己要退出政權鬥爭的世界。但是，在神殿依然會使用魔力、舉辦祭祀儀式，所以又與政治世界有著密不可分的連結。而神殿的高位也都由貴族出身的青衣神官和青衣巫女占據，位階更是依據老家地位所形成的階級社會。異母兄長當時還笑著命令斐迪南，要他拿下神殿的掌控大權。現在的神殿長是父親妻子的弟弟，態度不僅高傲，也是難纏的對手。斐迪南聳肩回道：「別說得這麼簡單。」隨後進入神殿。

在神殿的生活過得十分安詳。神殿裡有人負責掌管財政，有人負責孤兒院，也有人負責與貴族聯繫，但斐迪南除了負責為神具注入魔力外，並沒有被交代其他工作。甚至因為閒暇時間太多，他還拜託異母兄長把老家的書和木板送過來。難得都送來了，斐迪南便心想可以讓那些經濟狀況不太富裕的貴族也有機會閱讀，於是把好幾本書擺在圖書室。但是，神殿裡的青衣神官和巫女都是無法回到貴族社會的人，似乎沒有半個人對讀書感興趣。想看書到甚至嚎啕大哭的，就只有貧民小女孩梅茵。

然而，和平的日子並沒有持續太久。政變結束後，進行了大規模肅清，貴族的人數因而驟減。為了填補空缺，年幼得足以前往貴族院的見習神官和巫女都被召回老家，接著是還能結婚的年輕神官和巫女也被召回貴族社會。甚至是已過適婚年齡，但還擁有魔力的神官和巫女，也都接到了命令被調往中央神殿。如今神殿裡頭沒有半名青衣巫女，青衣神官也都是回不了老家的年紀，只留下了魔力量不足以被調往中央神殿的人。

負責主要工作的人員全部相繼離開後，斐迪南只好攬下神殿的所有工作。雖然進入神殿還不久，年紀也尚輕，但基於老家的地位，他就任成為了神官長，安逸的日子從此離他遠去。

「神殿長，神官長到了。」

神殿長的侍從站在門前待命，配合著斐迪南走路的步伐打開房門。神殿長整個人往後坐在椅子上，鼻頭皺成一塊，表情兇惡，不耐地用指尖敲著桌面。一看見斐迪南走進來，馬上盛氣凌人地質問：

「神官長，那個到底怎麼樣了？」

斐迪南從容不迫地走到神殿長面前，刻意強調貴族應有的優雅，歪過頭問：「您說的那個是指？」

「當然是指那個無禮至極的臭丫頭！」

神殿長就像個發脾氣的孩子，坐起身怒聲咆哮，一拳敲在桌上。神殿長的反應完全在預料之中，所以斐迪南迅速舉起報告用的木板，假裝唸出上頭的內容，實則避開飛來的口水。

「如同當初的預定計畫，已經決定讓梅茵進入神殿。沒有梅茵，奉獻儀式勢必無法進行。況且倘若騎士團在秋天提出請求，神殿長打算如何處置？要回覆騎士團，因為神殿魔力不足，無能為力嗎？還是要在貴族增加之前，先向其他神殿請求援助？」

因為老家的地位極高，自尊心也同樣極高的神殿長，絕對無法容忍要向他人求援。多半是想像了自己向其他神殿低頭求援的模樣，神殿長不甘得額頭都脹紅了。

「唔！要不是因為魔力不足，我早就當場處死那種無禮的孩子……」

「正面挑釁梅茵並非明智之舉。如果再正面受到她魔力的威懾，神殿長的心臟恐怕負荷不了。」

都忘了就是因為自己的態度太過不可一世，才被魔力威懾到昏過去嗎？所以斐迪南才受不了這些年長者。他邊這樣想著，邊低頭看著咬牙切齒的神殿長，開始報告他與梅茵父母商討後的結果。

「正如事前討論過的，神殿將為梅茵準備青衣。由她維護魔導具，並進入本人熱切希望的圖書室工作，這也是事前就商討過的結果。」

斐迪南再三強調「事前商討過」這件事。不知是否因為上了年紀，神殿長近來經常很湊巧地忘記自己本人說過的話。果不其然，神殿長露出了想反駁卻又無法反駁的惱怒神情，發出沉吟聲瞪著他。

「唔唔唔……神官長，你……」

「此外，因為梅茵不是孤兒，所以決定讓她繼續住在自己家裡。事實上有不少青衣神官都不住在神殿，所以我判斷這麼做並沒有問題，給予了許可。」

「你說什麼?!」

神殿長瞪大眼，怒氣沖沖地反問。這也在斐迪南的預料之中。

「……比起他們以都已給予青衣為由，要求在貴族區域分配一間房間給她，我認為還是讓她住在自己家裡比較妥當。」

比起讓平民住進貴族區域，讓她住在家裡，神殿長顯然更能夠接受，他露出了令人不快的笑容點頭說：「嗯，那好吧。」看來神殿長已經徹底忘了自己曾經說過，讓梅茵住進孤兒院就好了。但是，這樣一來就取得了同意。

「再來，梅茵因為身體虛弱，無法每天都前來工作。青衣見習巫女負責的工作本就不多，所以身體不舒服的時候就算休息，我想也沒有問題。」

「哈，這小鬼還真是一點幹勁也沒有。」

神殿長似乎每件事都要嘲諷幾句才滿意，但斐迪南早已作好心理準備，所以只是輕輕聳肩，充耳不聞。

「因為我認為最好別讓梅茵把疾病帶進來神殿。此外，也會指派侍從服侍梅茵，以管理她的身體狀況。」

「沒這必要！」

神殿長的反應無一不在預料之中，斐迪南輕嘆口氣，再度回以準備好的答案。

「倘若青衣見習巫女沒有半個侍從，我們要與她往來也會有諸多不便。況且現在灰衣神官和巫女的數量過多，還是讓梅茵帶走幾個人比較恰當。」

青衣神官離開時，除了特別中意的侍從外，幾乎所有侍從都被免職，留在了孤兒院。現在連青衣神官老家寄來的奉獻金都減少了，神殿裡卻全是沒有主人的灰衣神官和巫女，只會讓開銷不斷增加。

「另外調查過梅茵以後，發現她已在商業公會登記為工坊長。雖然能以侍奉神祇之人不該營利為由，讓她退出公會，但如果讓她繼續經營工坊，神殿也能定期獲得收益，或許也不失為一個好選擇。神殿長意下如何？」

現在因為神官和巫女減少了，進入自己口袋裡的錢也變少了，神殿長比起神殿的原則，更重視現實中的利益吧，回道：「嗯，那讓她吐出越多錢越好。」這下子梅茵那邊提出來的條件就全部得到了許可，斐迪南暗暗鬆一口氣。

「那麼為了不勞煩神殿長，基本上就由我監督梅茵，也不會讓她進入神殿長室。此外，我預計指派自己的一名灰衣神官去服侍梅茵，再讓他向我詳細報告一切。」

藉此表現出自己仍會對梅茵保有戒心後，神殿長饒富興味地雙眼發光。他不斷摸著白色鬍子，露出了動歪腦筋時特有的惹人不快笑容。

「哦？……那我也指派自己的一名侍從過去吧。如果是同齡的戴莉雅，既會為了我賣力工作，那個小鬼也會信任她吧。至於其他侍從，就從孤兒裡頭挑個難纏的傢伙吧。別讓她的日子太好過。不管是魔力還是奉獻金，能榨出多少就榨出多少。反正這小鬼也只有這麼點價值而已。」

這可棘手了。梅茵不熟悉貴族社會，也不熟悉神殿內部的運作，本想派個侍從輔佐她，但有了神殿長從小栽培的侍從跟著，自己的行動就會悉數傳入神殿長耳中。斐迪南後悔莫及地行了退室禮後，走出神殿長室，回到自己的房間。

「真是的……實在麻煩。」

會被送來神殿的青衣神官和巫女大多都是庶子，神殿長卻是嫡子，所以為自己高人一等的家世引以為傲。然而神殿長雖是嫡子，實際上卻是因為魔力量過於稀少才被送來神殿，所以面對魔力量高的人，總會產生強烈的自卑感。看來得好好監督梅茵的一言一行，否則她的魔力可能又會失控。

根據調查書上的內容，梅茵以奇爾博塔商會做為後盾，在暫時登記成為學徒以後，至今已經創造出了絲髮精、植物紙、髮飾和磅蛋糕等種類豐富多元的商品。梅茵個人擁有的資產確實足以捐出一枚大金幣，她並沒有說謊，也不是打腫臉充胖子。因為體力無法負荷，才放棄成為商人學徒，今後原本預計要在奇爾博塔商會準備的梅茵工坊，繼續發明並販賣商品。這表示梅茵不只魔力與金錢，還擁有處理事務的能力。對於快被工作壓得喘不過氣來的斐迪南來說，梅茵可是比神殿長更有用的人才。

「不過，這麼多商品的契約，全是在這一年內簽訂的嗎……」

看來梅茵工坊的獲利會非常驚人。為免被見錢眼開的商人巧言哄騙，必須指派能夠詳細報告情況的侍從跟著梅茵。斐迪南環顧自己房裡的侍從們。要指派給梅茵的侍從，必須對自己忠心不二，又能準確無誤地報告，並且富有耐心。面對神殿長指派的棘手侍從，也能夠圓滑應對。

「法藍，以後你就去服侍梅茵吧。關於她的一舉一動，要盡可能詳細地向我報告。還有，盡量別讓梅茵接觸到神殿長。」

法藍僅一瞬間流露出了不安的神色，但馬上靜靜頷首，「……遵命。」

「至於其他侍從……對了，之前有沒有不適合分派給青衣神官，難以調教的孤兒？原則上，也要採納神殿長的意見。」

法藍為難地左右游移視線後，垂下眼皮。方才陪同斐迪南前往神殿長室的阿爾諾於是從旁伸出援手，回道：

「吉魯這孩子如何呢？他經常被關進反省室，怎麼說也說不聽，讓監督神官傷透了腦筋。」

「……嗯。那麼梅茵的侍從，就指定吉魯、戴莉雅和法藍三個人吧。」

宣誓儀式與侍從

……從今天開始，我就是神殿的見習巫女了。

因為準備青衣需要時間，所以和一起參加了洗禮儀式的路茲相比，我晚了將近一個月才開始見習工作。由於恨不得快點去神殿，所以在可以去神殿之前，這段時間久得簡直度日如年。

……終於、終於可以看書了！還是用鎖鏈綁起來的書！啊啊，一想到我全身就興奮得發抖！呀呵——！

因為可以看書太幸福了，我開心得來回轉圈時，多莉走來叫我。

「梅茵，路茲來接妳了喔……妳為什麼在跳舞？」

「因為可以看書了啊。多莉，那我出門了！」

「梅茵，妳要小心別興奮過頭喔。」

……不可能！

一邊在心裡回答，我一邊衝出家門。因為神殿在城市的北邊，我穿上了自己最好的一套衣服，也就是奇爾博塔商會的學徒制服。在拿到神殿的青衣制服之前，應該可以先穿這套制服吧。

「唔呵呵，哼哼……」

我哼著歌，小跳步地走路，路茲就一臉受不了地拉過我的手臂。

「梅茵，妳有點太興奮了。這樣子在抵達神殿前又會發燒喔。」

「嗚……這可不行。」

我按捺著又想要自己跳起來的雙腳，同時暗暗怨恨自己虛弱到連手舞足蹈也辦不到的身體，努力把想要走快一點的焦急心情壓抑下來。我和路茲手牽著手，一起慢慢走向神殿。

「梅茵，妳一個人真的沒問題嗎？」

「今天只是去領制服，再為我介紹侍從而已，不用擔心啦。」

基本上我去神殿工作的日子，都會與路茲的工作日重疊。直到神殿分派給我的侍從能夠管理好我的身體狀況之前，最好還是和以前一樣由路茲監督我——這是家人和班諾作出的判斷。

但別人如果想達到和路茲一樣的程度，我倒覺得不太可能呢……

該不會大家心裡都希望，以後要讓路茲一直跟著我吧？不只家人，連班諾、馬克和路茲，大家都對神殿的貴族非常警戒。但要是一直依賴路茲，那我為了不成為他的包袱，放棄成為商人學徒這件事就失去意義了。

我這麼向班諾提出抗議後，他用力「哼！」一聲，馬克則一臉傷腦筋的表情，似笑非笑地為我說明。原來為了開設義大利餐廳，和在其他城鎮成立製紙工坊，現在會由馬克親自指導路茲。而且因為提議人是我，路茲身為中間聯絡人，接受的指導課程也會和別人大不相同。他們打算在新事業的成立階段就讓路茲加入，讓他接觸實際業務，記住工作內容。「這根本不是一般新人的培訓流程吧？」我忍不住這麼吐槽，但路茲因為可以比預期還要快地前往其他城市，本人倒是幹勁十足。

……看路茲這麼開心，這樣也好啦。路茲，加油喔！

抵達神殿時，一名灰衣神官已經站在大門等候。體格有些健壯的男性彎腰跪下後，在胸前交叉手臂。

「梅茵大人，早安。由我帶您去見神官長。」

「梅茵大人?!噗、哈哈哈哈……這也太不搭了吧！」

看見灰衣神官的態度這麼恭謹，路茲噗哧噴笑，來回看著我和灰衣神官大笑起來。雖然我也很想跟著路茲一起笑，但發現灰衣神官的眉毛不快地抽動，我輕拍了下捧腹大笑的路茲。

「路茲，你笑得太誇張了！」

「哦，抱歉、抱歉。梅茵，那今天第四鐘一響我就來接妳，要等我喔。」

目送揮著手的路茲離開後，我才轉身重新面向灰衣神官。

「對不起，讓你感到不愉快了。」

「……您沒有必要向我道歉。更重要的是，神官長正在等您。」

灰衣神官很快別開視線，拒絕接受我的道歉。我還眨著眼睛，灰衣神官便背對我開始移動。木鞋「叩叩叩」的聲響在白色石造走廊上迴盪。除了腳步聲以外，什麼聲音也聽不到，沉默更是讓人感到沉重，我快步跟在灰衣神官後頭。

一在走廊上轉彎，我就聽見了腳步聲以外的聲響。不由得抬起頭，看向聲音傳來的方向，看見幾名灰衣巫女正在打掃走廊。雖然在洗禮儀式上沒有見到半名灰衣巫女，但此刻她們的服裝儀容並不算很潔淨。不是因為她們正在掃地，也不是因為穿著髒兮兮的衣服，比較像是洗澡的次數和教養不一樣，氣質與走在前方的灰衣神官截然不同。她們一發現灰衣神官，都特意停下了手，退到走廊兩邊並排，垂下視線。

……難不成這是表達敬意的動作？

我應該是因為太矮，整個人隱沒在了灰衣神官身後，所以灰衣巫女們後來才驚訝地看著我，由此也能知道剛才的動作並不是對我做的。親眼見識到連孤兒出身的灰衣神官之間也有地位高低之分，對於自己一腳踏進了不同以往、有著階級差異的世界，內心開始感到不安。在目前為止的生活環境中，我從來沒有接觸過貴族。一直以來也都住在大家水平都差不多的生活環境裡，就算開始和富商往來，也多虧了想出的商品具有價值，所以都用還算對等的態度接待我。

……我真的沒問題嗎？完全沒有階級社會的常識，會不會不小心犯下大錯？

寂靜無聲的華麗雪白走廊上迴盪著讓人感到無助的腳步聲。我明白到了自己即將踏進連麗乃那時候也未曾經歷過的，令人難以想像的世界裡。

「神官長，我帶梅茵大人過來了。」

灰衣神官口中的「梅茵大人」讓我很不習慣，一點也不覺得是在叫自己。我還是小孩子，又是平民，沒有什麼了不起，成年的灰衣神官卻要加上大人稱呼我。這真是太奇怪了，害我的心情靜不下來。但是，我將在神殿領取青衣，接受等同貴族的待遇，所以也不能說：「請直接叫我的名字就好了，不然我冷靜不下來。」對於稱謂，也只能我自己去適應了。

「打擾了。」

我習慣性地微低下頭，走進神官長室，發現正前方擺設著簡易式祭壇。一眼就能看出是把洗禮儀式時，禮拜堂裡那高達幾十階的底座簡化成了眼前的版本。

在僅有三階的祭壇上，第一階擺著黑色披風和金色王冠，都是洗禮儀式時正面臺階上原本裝飾在石像身上的東西。第二階擺有法杖、長槍、聖杯、盾牌和劍。第三階則擺有鮮花、水果、香爐和鈴鐺，角落還有一套摺得整整齊齊的青衣。祭壇前方鋪著藍色地毯，讓我很難不回想起洗禮儀式時的祈禱畫面。

上一次來神官長室的時候，並沒有這個祭壇。我在門口停下腳步，回溯記憶時，神官長就停下工作中的手，站起來，走到祭壇前方。

「梅茵，過來吧。」

我稍微快步走上前，在神官長面前站定。神官長一雙淡金色的眼眸往下看著我，輕嘆口氣後，用眼神示意祭壇。

「原本應該要在神殿長室的祭壇前，宣誓以後要全心侍奉神與神殿，再授予妳青衣，但神殿長似乎不想讓妳進入他的房間，所以就在這裡臨時設了祭壇。」

「……有勞神官長費心了。」

當時因為神殿長的態度和語氣太過傲慢，我氣得失去理智，衝動地任由魔力爆發。但也多虧於此，內心的憤怒與煩躁也隨著部分魔力一起發洩得一乾二淨。不過，我當然也知道被我失控魔力威懾過的神殿長，會因此討厭、憎恨我。

……而且他本來就瞧不起我是貧窮人家的孩子了。

但打從一開始就被神殿的最高權力者討厭，還完全沒有修復的可能，這種情況其實非常不妙吧？對於今後在神殿的生活，我馬上就感受到了一道阻礙，卻看見神官長慢慢搖頭。

「為了不火上加油，妳最好盡可能別與神殿長碰到面。」

比我更了解神殿長的神官長都這麼說了，現在最好盡量避免接觸吧。況且我也不想接近神殿長，所以點了點頭。

「那麼，開始宣誓儀式吧。」

神官長拿起香爐，握住連著香爐的鏈子，如鐘擺般緩緩搖動。隨著神官長的動作，香爐的細煙隨之搖曳，乳香般讓人心情沉澱下來的香氣就彌漫整個房間。

接著，神官長低聲仔細地為我說明供奉在祭壇上的神具。最上面的黑色披風代表夜空，是黑暗之神的象徵；金色王冠代表太陽，是光之女神的象徵。這對夫妻是司掌天空的最高神祇，所以擺在最頂端。第二階的法杖象徵沖走冰雪的水之女神，長槍象徵促進成長的火神，盾牌象徵抵禦寒冬到來的風之女神，聖杯象徵包容萬物的土之女神，長劍象徵劃開堅硬大地的生命之神。第三階是獻給神的供品，包括象徵生命呼息的草木、慶賀結果的果實、象徵平穩的香，和代表信仰之心的布匹。

「春天的貴色是綠色，代表跨越寒冬後萌芽的新生命。夏天的貴色是青色，代表生命成長茁壯後該前往的天際。秋天的貴色是黃色，代表纍纍的果實漸熟，垂下穗頭的麥子。冬天的貴色是紅色，代表緩和冷意，帶來希望的爐火。」

在神殿，會隨著季節改變尊崇的顏色。例如裝飾在祭壇上的布、地毯，以及神官和巫女青衣上的飾品顏色，都是以當季的貴色為基準。

「那麼，請宣誓。」

神官長說著跪在地毯上，立起左膝，在胸前交叉雙臂，往下低頭。我也在神官長旁邊擺出相同的姿勢。確認我已經作好準備，神官長開口說了：

「隨我複述。」

我緊張得注視神官長的嘴巴，很怕自己說錯。神官長的薄唇動得很緩慢，一字一句非常清楚地唸出宣誓文。

「司掌浩浩青空的最高神祇，暗與光的夫婦神；」

「分掌瀚瀚大地的五柱大神，」

「水之女神芙琉朵蕾妮、」

「火神萊登薛夫特、」

「風之女神舒翠莉婭、」

「土之女神蓋朵莉希、」

「生命之神埃維里貝。」

「願最高神祇之恩光普照，乃由浩浩青空遍布瀚瀚大地；」

「願五柱大神之恩光護佑，瀚瀚大地之萬千事物得以生生不息。」

「諸神之恩澤聖潔崇高，自當敬奉予以回報。」

「吾將清心淨心，堅定己志，以眾神為明燈，世世代代敬仰信奉。」

「大自然諸神亦在此列。謹此宣誓，吾將日夜獻上祈禱與感謝，奉獻己身。」

正確地複述完後，我仰頭看向神官長，他像在說我做得很好般輕輕點頭。接著神官長站起來，轉頭看向牆邊的灰衣神官。比較靠近祭壇的灰衣神官無聲無息地移動，拿起擺在祭壇角落的那疊青衣，交給神官長。

「青色是引導、促進成長的火神之貴色，亦是最高神祇司掌的浩浩青空的顏色。對於宣誓今後要信奉最高神祇，並且持續成長的神官及巫女，都會授予這套青衣。」

獲得青衣後，站在牆邊的見習巫女協助我穿上。先從頭套上青衣，再束起腰帶，穿法很簡單。裡面的衣服就依據季節自行調整，舉辦儀式的時候，會再戴上各種與神有關的飾品。

「梅茵，神所引導而來的虔誠信徒，我們在此歡迎妳。」

神官長輕彎下腰，雙臂在胸前交叉。我也模仿神官長的動作，交叉雙手。

「由衷感謝各位的歡迎。」

「那麼，獻上祈禱吧。」

這句話太過突然，我一時間沒有意會過來是要我做什麼。我交叉著雙手，「咦？」地歪過頭後，神官長皺起眉，好像受不了我的領悟力這麼差。

「洗禮儀式上不是教過了嗎？要向神獻上祈禱。」

……啊，是指跑〇人姿勢嗎？說得也是。既然要進入神殿，就表示以後日常生活都要做那個動作吧……我的腹肌承受得住嗎？

洗禮儀式上，因為腹肌不敵而中途離場的記憶眼看就要甦醒，我急忙甩甩頭，把那幅畫面拋在腦後，縮起小腹，不讓自己笑出來。感受著神官長銳利如針的視線，像在懷疑我是不是忘了，我趕緊獻上祈禱。

「祈、祈禱獻予諸神！……啊?!」

想不到要保持直立的跑〇人動作沒那麼容易。要用一隻腳就保持平衡，並且支撐住自己的身體，相當需要體力。我根本無法像洗禮儀式上的神官們那樣，擺出優雅的跑〇人姿勢，狼狽得左搖右晃。

「妳這樣的祈禱不行。日後妳必須出席祈福儀式，在人們面前祈禱。身為巫女卻不會祈禱，成何體統？在祈福儀式到來之前，要讓自己能夠正確祈禱。」

「嗚嗚……我會全心全意努力。」

神官長嘆口氣後，緩緩搖頭，看向並排站在牆邊的灰衣神官。

「那麼，接下來為妳介紹以後將服侍妳的灰衣神官、見習神官及巫女。」

神官長說完，站在房間角落的灰衣神官中就走出三個人，來到祭壇前。分別是一名已經成年的灰衣神官，還有少年和少女各一名，這兩人年紀看起來和我差不多。

原來剛才那個帶我來神官長室的灰衣神官，就是我的侍從！他的體型有些魁梧，身高和父親差不多高，還有著淡紫色的頭髮和深褐色的眼睛，給人的感覺不苟言笑，沉默寡言。看來忠厚老實，表情十分僵硬。大概是因為抿著嘴唇的關係，感覺有點不好親近。

「我是法藍，今年十七歲。還請您多多賜教。」

「我才請你多多指教。」

我有禮貌地回應後，神官長馬上喝斥：

「梅茵，妳是身披青衣之人，不該以謙遜的態度面對灰衣神官。」

「對、對不起，我會小心。」

我完全不懂階級社會。依我至今的常識，實在不知道怎樣做才是對的，怎麼做又是錯的。看來只能和變成梅茵後，開始適應新生活那時一樣，一邊摸索一邊學習這裡的常識了。在感到不安的我面前，又站著一名好像會更讓我不安的侍從。

大概是營養不良，眼前的少年明明和路茲差不多高，卻骨瘦如柴，眼神還非常兇惡。頭髮是淡金色，瞳孔乍看下是黑色的，但定睛一看其實是紫色。給人的第一印象，就是動作敏捷的頑皮小孩。老實說，是我害怕接觸的類型。

麗乃那時候我一直都待在室內看書，現在的我則是身體虛弱，經常臥病在床，完全就是足不出戶的最佳典範。基本上一點也不會想接近動作粗魯……呃，是調皮搗蛋、活潑好動又講話粗俗的男孩子。應該沒辦法好好相處吧——我抱著這樣的想法看著少年。少年也像在對我品頭論足，無禮地上上下下打量我好幾遍後，開口說了：

「我叫吉魯，今年十歲。妳就是我的主人嗎？爛透了，根本是個臭小鬼嘛。」

……嗯？這是侍從該有的態度嗎？

那種瞧不起旁人的眼神，再加上粗俗的講話方式，都讓我無比震驚，不由得目瞪口呆，於是神官長又出聲斥責。但不是罵吉魯，是罵我。

「梅茵，吉魯是妳的侍從。當他態度不好時，妳就該負責管教。」

「咦？我嗎？」

「身為主人的妳不管教，不然要由誰管教？」

……雖然神官長說得理所當然，但要怎麼管教才好？看他這樣子，不管我怎麼口頭勸說，應該都不會聽吧？

「呃，可以請你稍微改一下遣詞用字嗎？」

「哈！說什麼蠢話！」

神官長像在說「無可救藥」般地搖頭，但我覺得這很明顯就是選錯了對象。難道是故意找碴嗎——這麼心想的瞬間，我恍然大悟。會選這名少年，無疑就是想找我麻煩。我一點也不覺得吉魯勝任得了侍從的工作，所以是故意把問題兒童丟給平民的我吧。領悟之後，就覺得再繼續禮貌應對也太蠢了。只要當作是班上那些愛調皮搗蛋的男孩子就好了吧。換言之，就是無視。

我輕抬起手打斷吉魯，看向三名侍從中唯一的女孩子。深紅色的頭髮加上淡水藍色的雙眼，五官感覺好強又驕縱，但是一個小美女。不是可愛，是那種漂亮精緻的五官。怎麼說呢，總之就是那種清楚自己外貌的優勢，懂得如何討男生歡心的女孩子。

……因為都是女孩子，就是可以感覺出這種差別呢。

「我是戴莉雅，今年八歲。讓我們好好相處吧。」

嘴上說要好好相處，戴莉雅的眼裡卻一點笑意也沒有。察覺到現場明顯無法成為好朋友的氣氛後，還進入了攻擊態勢。不過，至少表面上還掛著可愛笑容的戴莉雅對於神官長來說，應該不是有問題的人選吧。他並沒有出言斥責。

沒有半個侍從表現出了友好的態度，我一點也不覺得日後可以和他們好好相處。光有他們侍在我身邊，感覺就會身心俱疲。

「呃，神官長。我以前都沒有侍從服侍我，所以就算沒有侍……」

「不行。青衣神官必須配有侍從，這是義務。他們是神殿長和我選出來的侍從。妳既已穿上青衣，身為他們的主人，言行舉止也必須合乎自己的身分。」

「是嗎？我知道了。」

……不可以說不要侍從嗎？而且，還沒有選擇的權利嗎？

在剛立下誓言成為神殿見習巫女的第一天，好像馬上就遭受到了重挫。

巫女的工作

「這下子，宣誓儀式就結束了。」

「那接下來就去圖書……」

「且慢，我話還沒有說完。」

在神官長的催促下，我從祭壇前面移動到辦公桌前。法藍替我準備好了椅子，於是我坐上去。

「謝謝啦，法藍。」

「……您不需要道謝。」

法藍一瞬間十分驚訝，但馬上稍微板起臉孔。難不成也不能道謝？看來下次最好去找芙麗妲，問問她貴族的言行舉止都是什麼樣子。

「我可以接著說了嗎？」

「是，麻煩神官長了。」

不知道是什麼的報告書，神官長的桌邊堆了一大疊木板和羊皮紙。神官長一邊看著其中幾份資料，一邊朝我瞥來。就好像老師拿著教科書在教導學生，開始說了。

「如妳所知，神殿裡的青衣神官全是貴族出身。所以平民的妳如今披上青衣，妳要知道基本上沒有人對此感到高興。」

這我當然也知道，但當面聽到別人這麼說，背脊還是忍不住發涼。之前表示自己想當見習巫女的時候，我心想反正自己的壽命只剩下半年，只要能看到圖書室裡的書就好了。但是，神殿裡有魔導具。成為青衣見習巫女以後，就能延長壽命，與神殿往來的時間也會因此延長。不能再像之前那樣自暴自棄，必須考慮到更多事情。

「現在是因為青衣神官的人數實在過少，需要擁有魔力的人，才能對妳視而不見，但一旦送來神殿的貴族之子增加，屆時就不敢保證了。這點我先提醒妳。」

我在大腿上用力握拳，咬住嘴唇。一旦我在貴族面前做錯事，也會連累到家人。為了能在這裡平安度過，我需要更多資訊。

「更遑論現在神殿長還拒絕出席宣誓儀式。妳應該也不認識其他青衣神官，他們對於平民的妳也不會有好臉色。因此，今後都由我負責指導妳。」

因為我光有魔力和財力，卻沒有對等的身分，等同在踐踏貴族們一直以來擁有的特權意識，所以對我當然不會有好感。這我明白。但是，嘴上說著貴族對我都沒有好感，神官長卻是相當親切地給予我忠告。

「呃，那神官長不會感到不愉快嗎？因為我……」

「我只看重優秀的人才。尤其現在神官和巫女的人數都減少了，工作都集中在我身上。擅長文書工作的妳願意進來幫忙，我怎麼可能把妳拒於門外。」

看到神官長「呵」地輕笑一聲，露出了心機頗重的笑容，我的臉頰不禁抽搐。既然說我擅長文書工作，就表示神官長先前提過的調查已經結束了，也蒐集到了和我有關的各種資訊吧。這個世界完全沒有保護個人隱私的概念。身為貴族的神官長一問，對方肯定什麼都說了。真不知道神官長到底掌握了哪些情報，好可怕。

「我會竭己所能努力，但我在神殿要負責哪些工作呢？如果有我該做的工作，還請神官長告訴我。」

「嗯。首先妳該做的工作，就是擔任我的助手，幫忙處理文書資料。這是最重要的工作，上午妳都要在這裡處理資料。接著是祈禱和奉獻。尤其妳身為巫女，必須要懂得如何祈禱。」

「祈禱我知道，但奉獻是什麼呢？」

「就是往神具注入魔力。法藍，拿盾牌來。」

法藍輕輕點頭，拿著直徑約五、六十公分寬的盾牌走回來。圓形盾牌似乎是以黃金製成，上頭刻有著不愧為神具的複雜圖騰，到處還穿插著藍色的紋路。正中央嵌著一顆掌心大小的黃色寶石，內部像在燃燒般有著蕩漾的波紋，閃閃發光。另外盾牌邊緣也同樣鑲了一圈黃色寶石，只是大小和彈珠差不多。不過，邊緣的小寶石一半是黃色的，另外一半則像水晶一樣透明。

「伸手觸摸中央的魔石吧，想像自己把魔力灌注進裡頭……」

原來不是寶石，而是魔石。這麼有奇幻氣息的物品讓我心臟狂跳。輕輕伸出右手，觸摸魔石後，整個盾牌發出了金色亮光。與之同時，複雜的圖騰和一排從未見過、像是文字的符號就變作淡綠色的光芒，浮起到手腕的高度。

……嗚哇，好像魔法陣喔！好神奇，太神奇了！

在好奇心的驅使下，我凝視著發光的符號，接著有種吸塵器正在吸走體內熱意的感覺。就和之前差點因為身蝕死掉、芙麗妲為我使用魔導具時的感覺一樣。趁著這難得的機會，我特意打開了平常封起自己體內魔力的蓋子。身蝕的熱意瞬間從中心往外湧出，一鼓作氣流向掌心，被吸進了魔石裡。我不由得沉浸在這種暢快的感覺中，任由不必要的熱意被吸走，但很快就回過神。

……這個會不會壞掉？

想起了自己曾經弄壞芙麗妲的魔導具，我有些感到害怕，不由得縮回手，再把稍微減少了的魔力封回中心。雖然只釋放了魔力短短的時間，但對身體造成負擔的魔力一口氣變少了許多。感覺就像壓在身上的大石頭不見了，身體變得輕盈。

「嗯……魔力量為七顆小魔石嗎？」

聽到神官長這麼說，我看向盾牌，發現盾牌四周變作黃色的小魔石變多了。原來是注入魔力後，顏色就會改變。一眼就能看出還剩下多少魔力。

……突然覺得自己好像充電器。

我試著張握剛才釋放了魔力的右手。身蝕的熱意真的是魔力呢，而且一旦有了明確的出口，還可以清楚感覺到魔力的流動——我想著這些事情時，神官長神色有些憂心地低頭看我。

「梅茵，對妳的身體造成負擔了嗎？」

「呃……我倒覺得神清氣爽，身體變輕了喔。」

「……是嘛。切記要在不對身體造成負擔的前提下進行奉獻。」

用魔力為神具充電的奉獻工作還算輕鬆，最辛苦的大概是祈禱吧。要用我現在的身體單腳站立，實在太困難了。而且還不是往左右張開手臂來保持平衡，而是要往斜上方舉高，這點最困難。恐怕連角度和維持時間，都會受到嚴格的指導。

「最後一項工作，就是要閱讀並記住聖典上的內容。」

神官長低沉又小聲地補上這句話，我的耳朵馬上對此產生反應。神官長說了，要閱讀和記住。雖然我對記憶力沒有自信，但閱讀這部分儘管交給我吧！

「我做！我馬上就去圖書室！」

我猛然起身，往上高舉起手，向神官長展現我的幹勁。但是，神官長看也沒有看我一眼，拿起另一張紙看起來。

「在那之前，我想先和妳討論捐款。坐下吧。阿爾諾，拿帳簿過來。」

和錢有關的事情可不能馬虎。尤其我要捐出的金額非常龐大，所以我也很在意這件事。主要是支付方式，和神殿會如何運用捐款。

「妳之前說過要捐一枚大金幣……」

在神官長的輕睨下，我開始回想和班諾討論過的內容。班諾說過：「一年當中會舉辦好幾場儀式，每一次都會由商業公會統一收款，再捐給神殿，但我從沒有以個人名義捐獻過。」還說了：「妳這筆捐款金額太過龐大，很可能引來不必要的注目，最好分成好幾次支付。而且要是給了只會亂花錢的無能之人太多錢，身邊的人也會很困擾吧。」

「呃……如果要我現在就付的話，雖然付得出來，但能不能分成好幾次，像是每個月捐一枚小金幣呢？」

「神殿並無法指定奉獻金的金額，所以自然可以，但理由是什麼？」

「因為我認識的人說了，要是一下子就捐一枚大金幣，說不定會有人被鉅款沖昏頭，就花了比平常更多的錢……我也認為應該先向管理神殿財務的人，問清楚捐款的去向和用途後，再決定支付方式比較好。」

總不能原封不動地轉達班諾說過的話。我含糊其辭地這麼說了後，神官長似乎仍是明白了我的意思，沉思一會兒後嘆氣。

「一般收到奉獻金後，其中五成會挪作神殿的維護費用，剩下的再分配給青衣神官。分配給神官的金額，依據地位各有些許的差異。身為管理財務的人，我建議第一次先捐五枚小金幣，剩下的再每個月各捐一枚小金幣。」

「這是為什麼呢？」

我偏頭表示不解，神官長便把一疊整理過的羊皮紙遞到我面前。快速看過後，我發現是帳簿的一部分，不禁大吃一驚。神官長指著資料說：

「神殿的收入大略分作三種，一種是領主所捐的奉獻金，一種是舉辦儀式時收到的民眾布施，第三種是青衣神官老家提供的援助金。所以青衣神官一減少，收入也會跟著減少。若簡單地向商人說明，就是現在的神殿完全是入不敷出。況且神殿長一直要我榨取妳的錢財，所以為了安撫他，我還是希望能先收到一筆大額捐款。」

神官長也太老實地告訴我神殿的內情了，像神殿其實入不敷出這種事，真的可以告訴我嗎？

「呃……神官長，這些事情告訴我沒關係嗎？」

「幾天後妳就要處理這些工作了，現在告訴妳也無妨。」

看來神官長說的幫忙處理資料，不像歐托那樣只讓我幫忙計算，還會讓我接觸到相當內部的神殿業務。

「……我明白了。那麼，我該怎麼把捐款交給神官長呢？以往這種鉅款，我都是透過公會證進行交易，但神官長不可能有公會證吧？」

「由妳親自拿過來不就好了嗎？」

神官長說得簡單，但我一直以來都是用公會證進行鉅額交易，從來沒有親手拿過金幣。要我這樣的小孩子拿著鉅款，一路從商業公會走到神殿，未免太恐怖了。

「對於已經習慣了鉅款的神官長來說，可能覺得這很簡單，但我從來沒有在身上帶過這麼多錢，所以會害怕。」

「唉，不然妳以為為什麼要指派侍從給妳？」

……啥？侍從？

聞言，我的目光忍不住掃向站在我身後待命的三名侍從，然後歪過頭。要我把鉅款交給人選明顯不當的侍從保管，這我根本辦不到。法藍是還好，畢竟這是神官長的命令，他應該會願意遵從吧。但感覺戴莉雅和吉魯會為了找我麻煩而把錢花掉，太恐怖了。從他們對我表現出的態度來看，我還無法相信任何一個人。

「但我不希望把錢交給第三個人以後，我說我已經捐款了，結果神官長卻說沒有收到。」

「……妳不相信侍從嗎？」

神官長一臉訝異地問，我也感到非常驚訝。一般的貴族，馬上就能相信初次見面、態度又不友善的陌生人，還把五枚小金幣交給對方嗎？還是說，彼此締結了某種對方不會背叛自己的魔法契約？我回想了介紹侍從給我時的情景，但應該沒有訂下類似的契約。而且和魔法有關的契約都需要滴血，這點至少我也知道。

「雖然說是我的侍從，但都是沒有任何強制效力、才第一次見面的陌生人吧？我沒辦法馬上就相信他們，把鉅款交給他們保管。」

……而且他們的態度還一點都不友善耶？不可能、不可能。比起這些侍從，我覺得公會長還更值得信賴。

在金錢方面上，我能信任的大人不多。不知道能不能請班諾或馬克陪我來。神官長是貴族，思及可以和貴族建立起交情，班諾應該不會拒絕吧。希望他不要拒絕。

「我想請習慣攜帶鉅款、我又能夠信任的大人陪我一起過來，能請神官長答應讓對方進入神殿嗎？」

「對方是誰？」

「是奇爾博塔商會的班諾先生，他在經商方面是我的監護人。」

「……嗯。那好吧。」

等路茲來接我，再順路去店裡討論一下吧。我也想順便問班諾，知不知道怎麼向侍從下達指令。和使喚員工相比，有沒有什麼共通點？我正陷入沉思，眼前的神官長就合上帳簿，交給阿爾諾。

「那麼，今天該告訴妳的事情都說完了。梅茵，有任何問題嗎？」

「有！在第四鐘響、路茲來接我之前，我想待在圖書室看書，請問我可以進去圖書室嗎？我非常想閱讀並記住聖典上的內容！」

「妳說的路茲，就是負責管理妳身體狀況的少年吧？今後妳要讓侍從管理妳的身體狀況。」

明明在問能不能進入圖書室，卻牽扯到了管理身體狀況這件事。我再一次看向侍從。吉魯搔著腦袋，明顯一點幹勁也沒有；戴莉雅心不在焉地看著窗外；法藍則是直接略過我，望著神官長。橫看豎看，我都不覺得他們往後能夠管理我的身體狀況。

「我的家人說了，在侍從可以管理我的身體狀況之前，都要我和路茲一起行動。其實這也會對路茲造成很大的負擔，所以我也希望可以盡快把這項任務交給侍從。要是他們願意努力就好了……那麼，我可以去圖書室嗎？」

「法藍，替她帶路吧。」

「遵命。」

神官長說完，法藍輕輕交叉雙手，帶著微笑點點頭。臉上自豪的神情，和我剛才看到的表情完全不同，忠實地顯現出了法藍真正的主人是誰。

不過，法藍應該還算安全吧。他看起來非常仰慕神官長，也不像會惹是生非的樣子。對法藍下達這樣的評價後，我跟在他的身後，蹦蹦跳跳地前進。

……總而言之，圖書室我來了～！而且這是工作！是我的工作！

我開心得踩著輕盈的步伐，戴莉雅和吉魯則跟在我身後。走出神官長室有一段距離後，吉魯「呿」一地咂嘴。

「居然想去什麼圖書室，真是蠢斃了。」

……氣死我了！不知道書有多偉大的你才是大笨蛋！

我一骨碌轉身，瞪著吉魯。吉魯皺起鼻子，進入備戰狀態。

「妳那什麼眼神啊？妳又不是貴族，只是平民而已吧？明明和我們沒有什麼兩樣，居然穿上青衣，裝得這麼神氣。我才不承認妳是我的主人。我絕對不會服從妳的命令，也不會讓妳有好日子過！」

吉魯不承認我是他的主人，但我也一樣，不認為他是我的侍從。況且現在的我，也沒有力氣、體力和愛心去管教這麼沒有教養的小鬼頭。所以，無視。

「是嗎？我知道了。那彼此彼此。」

「……?!妳說『我知道了』是什麼意思啊?!瞧不起人嗎?!」

吉魯氣得七竅生煙，開始大吼大叫，但我背對他繼續前進。下一秒，背後傳來了少女尖細的嗓音。

「妳真的瞧不起我們呢。」

戴莉雅哼了聲，這時候連表面上的假笑都消失了。還以為她是對男生都會討好裝乖的類型，在其他侍從還在的時候，應該不會顯露出本性，想不到此刻這麼乾脆就露出真面目，真教我吃驚。看來要更改對戴莉雅的評價才行。也許她並不是那種討好男生、想當萬人迷的類型。還是說，她是那種除了自己鎖定的對象外都不屑一顧，肉食性的女獵人？

我看向戴莉雅。她撩起深紅色的頭髮，態度高傲地揚起下巴。明明才八歲，卻做得這麼有模有樣，真是太可怕了。

「唉，討厭啦！好不容易才當上了神殿長身邊的見習巫女，現在卻偏偏把我指派給一個完全不懂我魅力的小女孩。而且還是這麼遲鈍的貧民小孩，真是糟透了！」

原來戴莉雅是神殿長派來的眼線。難怪態度這麼不友善。

……不過，真不知道她在想什麼，居然公開宣布自己就是間諜。這也是神殿長的指示嗎？

「那就換成其他人吧。」

對於戴莉雅突然就暴露自己的來歷，我偏頭納悶，卻也感到慶幸地提議換人。誰知戴莉雅聽了，有些上揚的眼尾更是往上倒豎，生氣怒吼：

「討厭啦！妳真的是笨蛋耶。我才不會和別人交換呢。妳在說什麼啊?!」

……我才想說這句話，妳到底在說什麼？

「神殿長可是親自把這項任務託付給我，要我找妳麻煩耶。要是和別人交換，我的能力會受到質疑吧！」

雖然語言可以溝通，但我們好像聽不懂彼此在說什麼。完全無法理解。我不可能去接近一個明白宣告神殿長已經委託自己，要她找我麻煩的人，當然是最好趕快把她換掉。但想到這裡，我忽然驚覺。就算趕走了戴莉雅，神殿長那邊也一定會再指派新的侍從過來。與其來一個擅長隱藏心事的侍從，不如像戴莉雅這樣如此露骨地表現自己，對我來說還比較安全。我陷入沉思後，戴莉雅就伸出食指指著我。

「就算妳穿上了青衣，我也一點都不怕妳喔！我要得到神殿長的認同，以後成為他的愛人！」

是我聽錯了嗎？還是最近很流行和小女孩簽訂愛人契約？我同時回想起了芙麗妲告

訴我她要成為愛妾時的衝擊，再想到神殿長的年紀，不禁感到作嘔。從之前見過的灰衣巫女，我還以為神殿長喜歡秘書型的性感成年女性，想不到被騙了。

「……呃，成為愛人值得炫耀嗎？」

「那當然啊，愛人耶？愛人是女孩子最渴望得到的地位，妳連這種事都不知道嗎？不過，要是不像我這麼可愛，再怎麼奢望也不可能啦。」

「咦？最大的夢想是成為愛人嗎？」

這明顯和我的常識不一樣。至少芙麗妲對於愛人的理解，和我對於愛人的理解是一樣的。至少芙麗妲並沒有自豪地挺起胸膛，得意洋洋，說要以此做為目標。觀念的不同讓我無法馬上接受，吉魯就瞧不起人地露出討人厭的嘿嘿賊笑，聳了聳肩。

「這不是廢話嗎？要是成了青衣神官的愛人，就能反過來使喚灰衣神官耶？而且其他神官也不會對神殿長的愛人說三道四，女生就是這點占便宜……不過，妳的腦袋真的沒問題嗎？怎麼這麼基本的常識也不知道啊？」

就算吉魯輕視我無知，我也一點都生氣不起來。對於孤兒院的女孩子而言，可以出人頭地的最快方式居然是成為掌權者的愛人，這種事我根本不想知道。在我目前接觸到的常識中，也從沒聽說過有人最大的夢想是成為愛人。但是，他們一直在這樣的環境下生活，這在神殿裡也是常識。生活環境不一樣的我不管現在說什麼，他們都聽不進去吧。

「吉魯，你說得太過分了！」

看到我捧著腦袋，法藍揚聲斥道。但是，吉魯一副滿不在乎的樣子，嘿嘿地嘲笑我。

「要怪就怪她自己什麼都不知道。這可是大家都知道的常識。」

「……梅茵大人，方才神官長也說過了。態度欠佳的時候，您要出言管教。」

「嗯，是啊。但比起這種事，圖書室還沒到嗎？」

我真的覺得怎麼樣都無所謂了。我一點也不想額外花費體力和力氣，去訓斥或管教吉魯和戴莉雅。仰慕神官長，多半不太樂意要來服侍我的法藍；目標是成為神殿長的愛人，一心想為我製造麻煩的戴莉雅；以及瞧不起我，從一開始就講明不打算服侍我，也不打算聽從我指示的吉魯。與其要我思考該怎麼做才能和這些侍從和平相處，不如想想接下來就能看書了還更有意義。

「我會向神官長報告喔。」

「請自便。反正那是法藍的分內工作吧。」

法藍嘆口氣後，打開一扇門，走進房內。看見門後的樂園，心臟頓時用力一跳。我很擔心又被擋在外面，於是心跳飛快地伸出手，一邊摸尋有沒有透明的牆壁，一邊走進圖書室。和上次不一樣，這次我沒有被拒在門外，成功進入了室內。

「嗚哇！」

整個人一走進房內，空氣的味道明顯變了。我感動得渾身發抖，深深地吸了一大口書庫裡彌漫著塵埃的獨特氣味。和我熟悉的書庫氣味不一樣。是因為這裡主要的媒介都是羊皮紙，又放了很多木板嗎？還是因為墨水的品質不一樣？墨水和古老紙張的氣味都讓我感到非常懷念，開心得眼眶深處都發熱了。

圖書室內的書架數量並不多，有的書架掩著門片，也有的書架塞滿了木板和紙片。另外還有專門用來保管卷軸的書架，就好像手工藝店裡架上堆滿的布捲，捲起的書籍都堆在架上，寫有書名的標籤往下垂掛。更裡面的地方還有保管卷軸用的圓柱形箱子，外型就像木桶，貼著寫有系列名稱的標籤，註明裡頭放了哪些卷軸。

燦爛明亮的陽光從等距隔開的窗戶傾瀉下來，就在太陽光剛好可以照到的地方，擺著像是大學教室裡能看見的長桌。桌面傾斜的閱覽桌上放著好幾本書籍，全用粗大的鎖鏈和桌子綁在一起，正呼喚著我，要我過去閱讀它們。

「這本書就是聖典。」

在法藍的引導下，為了閱讀鏈著鎖鏈的聖典，我輕輕地撫摸皮革裝幀的封面。然後，解開壓住書口的皮帶。下一秒，書口就變得蓬鬆，封面往上隆起。吸收了溼氣的羊皮紙都會有這種現象，但在我眼裡看來，這彷彿是聖典在催促我快點閱讀它。

……哇啊，我到底有多久沒有看到書了？

打開封面，鎖鏈沉重的噹啷聲響在寂靜的圖書室裡迴盪。我翻開有些泛黃的書頁，指尖都在發抖。然後循著帶有些許個人特色的手寫文字，久違地開始閱讀。

「喂，中午了耶。吃午飯的時間到了。」

難得我睽違已久地又能夠沉浸在如此幸福的時光裡，卻有人來妨礙我。如果只有聲音，我還可以充耳不聞，但對方甚至搖晃我的肩膀，讓我不得不回到現實世界。

「吉魯，圖書室禁止交談。如果你不能保持安靜，可以請你出去嗎？我要看書。」

「啥?!要吃午飯了耶?!」

吉魯震驚地大叫，但對我來說，午飯和書根本不能相提並論。只要能看書，就算兩天都不吃飯，我也不會覺得肚子餓。

「反正我好像不算是你的主人，吉魯也沒有必要一定要留在這裡吧？你可以自己去吃飯，出去吧。」

明明我准許了他可以自行吃飯，吉魯卻瞪大眼睛，還想要說些什麼。

「所以，吉魯。不要，來妨礙我。」

在理智斷線之前，我刻意地打開魔力的蓋子，讓魔力遍布全身。經過剛才的奉獻，我大概掌握到了要怎麼釋放魔力，很快再度嘗試。於是下一秒，法藍就揪起吉魯和戴莉雅的衣領，神色慌張地衝出圖書室。

……嗯，變安靜了。

把魔力壓回中心後，我再度追逐起文字。後來，直到路茲來接我之前，再也沒有人來打擾我看書。

「路茲——！」

一看到路茲，我就有種回到了常識可以相通的世界的安心感，全身都放鬆下來。我跑下階梯，緊摟住前來接我的路茲手臂，不停用頭磨蹭。

「路茲，我好累喔。」

「啊……妳的臉色也不太好看呢。辛苦了。」

路茲輕拍了拍我的頭，慰勞我的辛苦。我今天做的事情雖然只有看書，但侍從們的工作似乎就是要待在我身邊，所以始終都有人站在我旁邊，一直看著我。當我沉浸在書中的世界時，通常都會忽略四周的人事物，但有時候恍然回神，就可以感覺到某個人的視線，這讓我非常如坐針氈。真不知是他們的視線讓人感到不舒服，還是讓人感到沉重，但這種一直有人在監視自己的狀態形成一種負擔，讓我筋疲力竭。

……貴族真是了不起。我要花多久時間才能習慣呢？

光是可以回家睡覺，說不定就是一種幸福了。要是這種狀態得從「早安」持續到「晚安」，我可能會發瘋。

「路茲，我接下來想去見班諾先生，他在店裡嗎？」

「我走的時候他剛回來，現在應該在吧。發生什麼事了嗎？」

路茲一臉擔心，我急忙搖頭。

「我得去商業公會領錢，再把捐款交給神官長。我想早點解決這件事……」

「這樣啊。那走吧。」

路茲說完，只見三名侍從居然打算跟上來。在神殿的時候也就算了，我不希望他們連在外面也跟著我。我不想被監視。

「……你們可以不用一起來喔。」

「我是侍從，不能不跟著主人。」

「就是說呀！居然不帶侍從就要和其他人見面，我簡直不敢相信！」

不只法藍，連戴莉雅也說「我簡直不敢相信」，那代表青衣神官要和別人見面的時候，帶著侍從同行是種常識。我在腦海裡記下來。

「哼……要是可以不用去的話，那我就先走了。因為我肚子餓了。」

顯然也一樣缺乏侍從常識的吉魯恨恨地瞪著我說完，便一骨碌轉身，跑得不見人影。但是，另外兩個人卻無意走回神殿。沒有侍從跟著我當然比較輕鬆，而且要去的地方是平常就會進出的奇爾博塔商會，有路茲陪我，並不需要派不上用場的侍從。

……可以把他們趕走嗎？

「戴莉雅，可以請妳去通知神官長，等我和班諾先生討論完了，就會帶著奉獻金回神殿嗎？因為得有人通知神官長才行，麻煩妳了。」

「哦……得有人通知才行嗎？我知道了。包在我身上吧！」

戴莉雅露出了簡直是一目了然的賊笑。不知道是根本不會去通知，還是要直接去向神殿長報告。戴莉雅帶著截至目前為止最為開心的笑容，轉身走進神殿。成功趕走了戴莉雅後，我安心地吁口氣，法藍卻不滿地皺著臉龐，來回看著我和戴莉雅的背影。

「梅茵大人，如果要向神官長傳話，還請託付給我。請讓我和戴莉雅同行。」

「法藍，我已經拜託戴莉雅了喔。既然你說侍從一定要跟著主人，那你可以跟我們一起去。」

法藍明明白白地在臉上表現出了不滿，搖搖頭說：

「但是看戴莉雅那樣，不知是否會向神官長稟告……」

「現在有路茲陪著我，不然法藍也過去吧。要是沒有人去通知神官長，確實會很傷腦筋呢。」

說完，我和路茲手牽著手開始移動。法藍好一會兒在神殿門口徘徊不去，最終似乎還是以向神官長報告為優先，轉身走進了神殿。

「梅茵，這樣好嗎？他就是負責管理妳身體狀況的人吧？」

路茲往後回頭，看著空無一人的神殿門口，歪過頭問。這麼說來，是說過要讓侍從管理我的身體狀況呢——我心想著，大嘆一口氣。

「……嗯。他是神殿分配給我的候補人選之一，但我覺得很難吧。因為本人一點幹勁也沒有。」

「啊？」

「法藍應該是想服侍神官長，卻被叫來服侍我吧。不管做什麼，都有種心不甘情不願的感覺。如果我能成為比神官長更優秀的主人，情況大概會不一樣吧，但你不覺得這根本不可能嗎？」

「成為主人的梅茵嗎……一點威嚴和氣勢也沒有嘛。」

路茲調侃說完，「嘻嘻」地笑起來。我也跟著一起放聲大笑。輕鬆自在的氣氛讓我非常放鬆。

「馬克先生，你好。班諾先生在嗎？」

路茲開門才開到一半，我就看見了馬克，於是像平常一樣揮手。但馬克一看到我，臉色馬上大變。

「梅茵，快點進來！」

「咦？」

馬克焦急的模樣非比尋常，急急地催促我們進入商會。甚至也沒有讓我們在店裡等候，先去徵得班諾的許可，就神色鐵青地打開裡頭的房門，直接對班諾說：

「老爺，梅茵來了。我馬上讓她進來。」

「馬克，怎麼啦？只是梅茵來了，有必要這麼慌……」

大概是聽到了馬克立即就關上房門，班諾用打趣的語氣說著，抬起頭來。但是，當他的視線一固定在我身上，馬上就瞪大雙眼，眼尾往上吊。

「梅茵！妳這個大白痴！」

「呀啊！」

班諾突然扯開喉嚨怒吼，我嚇得彈起來，摀住耳朵，當場癱坐下來。路茲也「噫?!」地倒吸口氣，往上一跳。

「咦？咦？為什麼連班諾先生的反應都這麼大？」

「妳這個不帶腦袋出門的丫頭！怎麼能穿這身衣服過來?!妳該不會一路都穿著這身衣服，從神殿走來這裡吧?!」

「……對啊，有什麼問題嗎？」

我低頭看著自己的衣服，不解歪頭。路茲也一樣滿臉問號。看到我和路茲根本不明白問題的根源在哪裡，班諾用力搔抓腦袋，馬克則是按著太陽穴。

「梅茵，妳身上穿的是青衣巫女服。一般青衣巫女和神官都是貴族。而貴族移動的時候都會坐馬車，不可能徒步在街上亂晃。妳知道這是為什麼嗎？」

聽了班諾的問題，我偏過臉龐，回想坐馬車的數次經歷。馬車非常顛簸，坐起來一點也不舒服。但是，因為平民一輩子也坐不起，所以都會投以欣羨的眼光，這也是一種彰顯身分地位的最快手段。但在麗乃那時候，車輛是隨處可見的交通工具，而我都是在預計要出門買不少東西，或是要出遠門，或是天氣不好、懶得走路時才會坐車。

「呃……是因為貴族都愛面子，覺得走路很麻煩嗎？」

「不對！貴族要是隨隨便便在外拋頭露面，會有人為了錢綁架他們！妳要是不想被綁架，就別在神殿以外的地方穿那套青衣！」

「是、是是是、是的！」

我當場脫下青衣見習巫女的制服。因為底下就穿著奇爾博塔商會的學徒制服，只要解開腰帶，再從頭扯下來就好。

……還以為這套青衣只是制服，原來在他人眼裡，等於身上掛著「我是貴族，身上有錢」的牌子走在路上。我從沒想過會有人為了錢綁架貴族。

班諾神色複雜地望著我在小心摺起後，抱在懷裡的青衣制服，然後心力交瘁似地長嘆口氣。

「那麼，妳有什麼事？應該不只是為了來把我們嚇得心臟病發吧？」

「是的，我有事想拜託班諾先生。班諾先生，可以請你等一下陪我一起去商業公會，再陪我一起去神殿嗎？」

「為什麼？」

班諾側頭，一臉不明所以。

「我想去領捐款用的五枚小金幣，再請班諾先生陪我一起走去神殿。以前鉅額交易的時候，我都是用公會證收錢和付錢，但神官長沒有公會證，我也不敢自己帶著那麼多錢走在路上。向神官長反應以後，他居然要我把錢交給侍從，這也太可怕了。」

聽完我的牢騷，班諾用力皺起眉。

「哪裡可怕了？那不就是侍從的工作嗎？」

「……要我把這麼一大筆錢託付給幾乎完全無法信任的陌生人，這麼恐怖的事情我才辦不到呢。」

我噘著嘴唇說完，班諾睜大赤褐色的雙眼，連連眨眼睛。

「妳這傢伙明明做事都不用大腦，不管遇到什麼事都覺得不痛不癢，就算被騙也還是學不乖地跑去公會長家，居然會連妳都無法信任？那些侍從到底是什麼人？」

「呃……神殿指派給我的侍從中，一個是神殿長的眼線，一個是神官長的眼線，最後一個是感覺故意要找我麻煩的問題兒童。在神殿的時候，我不介意他們一直在我身邊打轉，但實在沒辦法把錢託付給他們。」

「雖然我早就料到了……但妳還真是不受歡迎。」

班諾講得一針見血，我小聲呻吟。

「嗚……因為我之前以為自己只剩下半年的壽命，只要能看書，就算被討厭也無所謂嘛。但這種情況如果一直持續下去，真的很麻煩呢。」

「因為從這方面來看，情況和以前不一樣了。關於神殿長和神官長派來的眼線，就算只是做做表面，妳也只能改善和他們的關係。用不著真的信任他們，但要找出可以交給他們做的事情……至於問題兒童，妳就當成是野獸來管教吧。」

聽到野獸這兩個字，再想到吉魯的外表，腦海中不禁蹦出了瘦弱的小猴子站在樹枝上拍手吱吱叫的畫面。

「但野獸和人類又不一樣。」

「沒什麼差別。不聽話的時候就要揮鞭管教，聽話的時候才給他們食物。讓他明白誰是主人就好了。」

班諾並不是要我建立起信任關係，而是要我讓他服從。

「……但與其要花時間做這種事，我還寧願看書。」

「不准嫌麻煩！以後妳都要待在貴族社會，一定要懂得怎麼使喚侍從！」

「嗚嗚……我會好好反省。」

班諾嘆口氣後，輕輕甩頭，像在重整腦中的思緒。

「我們離題了。那麼，妳要什麼時候帶捐款去神殿？」

「我打算問過班諾先生的行程再決定喔。我請侍從向神官長報告，等班諾先生有空，就會帶著捐款回神殿……」

我話才說完，班諾的臉色瞬間丕變。

「這等於是告訴對方我們現在就要過去吧！馬克，馬上作好前往神殿的準備！」

「是！」

馬克臉色蒼白地衝出辦公室。

「咦？呃，那現在就去商業公……」

「浪費時間！不需要跑這一趟，把公會證拿出來！」

重疊公會證後，班諾就丟下一句「要去神殿了，把青衣穿回去」，然後從房內的另一扇門衝上樓。

我拿起才剛脫下的青衣，重新穿回身上，繫好腰帶後，垂下腦袋瓜。沒想到事情會變成這樣。我剛才那麼說只是想趕走侍從，結果給班諾先生帶來了這麼大的麻煩。

「……路茲，怎麼辦？」

每當所屬的組織改變，不論是許下約定的方式，還是一句簡單話語所隱含的涵義，都會和以往截然不同。這麼簡單的道理我明明知道，腦袋卻沒有理解。

路茲輕拍了拍我的頭，安慰我。

「我們不會知道貴族是什麼樣子嘛……這次犯了錯也是沒辦法的事，但是梅茵也該改改自己的缺點。」

「我的缺點？」

我歪過頭。路茲眼神有些嚴厲地看著我，大力點頭。

「我知道梅茵最喜歡的就是書，也想要所有時間都用來看書。可是在這之前，妳必須先向身邊的人多問問題，快點學會怎麼在那個世界裡生活……我也因為完全不了解商人的世界，很多事情身邊的人都理所當然知道，我卻不曉得。所以，就算是很微小的事情，我也會問清楚。這麼做以後，不論是其他學徒還是馬克先生，都會細心地指導我。梅茵也不該嫌麻煩，要向別人問清楚，否則永遠也學不會。」

路茲這番話帶來了強烈的震撼。出生在工匠家庭的路茲，卻循著自己的心願進入商人的世界，所以我知道他為了融入店裡有多麼努力。然而，我為了看書，明明和路茲一樣主動跳進神殿的世界，卻完全沒有努力去適應神殿的常識。

「我因為想要一直當商人，所以會好好努力。梅茵如果想留在神殿看書，首先也該學會神殿裡面的規矩。放心吧，梅茵一定沒問題的。因為梅茵很聰明。」

「我才不聰明呢，做事老是不經大腦。路茲還比較厲害。」

我的腦袋才不聰明。就和班諾說的一樣，做事總是不用大腦。以前別人就常說我空有知識，卻不懂得規劃下一步。

「就算做事都不經大腦，但梅茵會為了自己的目標勇往直前。所以為了可以全心全意地看書，梅茵什麼事情都願意做吧？為了可以安心看書，妳就加油吧。」

「嗚……路茲真是太了解我了。」

就在我心情變得比較開朗的時候，聽見了走下樓梯的腳步聲。房內的房門「嘰」一地打開，穿著長袖服裝、但看得出是涼爽材質的馬克走了出來。

「讓兩位久等了。」

不同於平常的工作服，馬克穿著用了大量布料、袖子還可以翩翩揮動的外衣，造型很像是和服。邊緣有著以藍色為基底的刺繡，長度直達膝蓋。底下是比較合身的白色長褲，感覺上就是豪華版的洗禮儀式用正裝。布料的質感也很高級，一看就知道是與貴族見面時穿的服裝。

「讓你們久等了。」

班諾從馬克後頭走出來，身上白色外衣的袖子比馬克的更長又更寬，長度甚至長到腳踝。刺繡的豪華程度更是馬克的好幾倍，而且還罩著薄薄的斗篷。肩膀上鑲著藍色寶石的金屬造型別針固定住了斗篷，班諾手上還拿著像是花的物品。原本有些微捲的奶茶色頭髮抹了類似髮蠟的東西，往上梳攏固定後，眼前的班諾簡直判若兩人。

為了與貴族見面，光是服裝就得這麼大費周章地進行準備，讓我忍不住嘖了嘖口水。對於自己闖進了全然陌生的世界，反而是我開始感到害怕。我不應該隨口說出那種會把別人捲進來的發言。

「班諾先生，對不起。都怪我什麼都不知道，才把你捲進來……」

我跑上前，班諾便舉起手上的花朵飾品說：「這是新產品。」然後插在我的髮簪旁邊，再一如既往露出無畏的笑容。

「妳不用這麼感到抱歉。危機就是轉機，是我的座右銘。只要應對進退能夠合乎貴族的禮節，再順利送上奉獻金，就能讓對方留下奇爾博塔商會做事迅速又確實的印象。那走吧！」

班諾充滿自信的發言自然其來有自。不知道店內的指令傳達系統是如何運作的，當班諾和馬克換好衣服，走出商會時，店員們已經準備好了剛好可以捧在雙手上、外型有如寶石盒的木盒，裡頭裝有要捐給神殿的小金幣。另外布匹、小罐子和布包也各別準備了三份。此外，店門口早有一輛可供四名大人乘坐的龐大馬車在等候，車夫也穿上了整齊筆挺的服裝。

……什麼時候準備好的?!

我正呆若木雞，班諾卻和平常不一樣，態度恭敬地將我抱上馬車。坐進顯然造價不菲的馬車後，我不安地抬頭看向班諾，他卻彈了下我的額頭。

「現在的妳可是貴族。已經習慣貴族社會的我會盡可能協助妳，所以不管發生什麼事，妳都要從容不迫地面帶笑容，表現得堂堂正正。絕對不能低下頭，做得到嗎？」

「……可以。」

馬車窗外就是路茲。看見他動著嘴巴在說「加油」，我也用力點頭，讓路茲可以看見。

馬克坐進來後，關上車門，馬車便緩慢地開始移動。和我的心情一樣，馬車不穩地搖搖晃晃，前往我將首次窺見的貴族社會。

青衣與迥異的常識

可以感覺到馬車在神殿的入口停下來，車夫跳下駕駛座，接著隱約傳來了車夫向門口守衛攀談的聲音。為了下車，我正想從座位上站起來，班諾無聲地伸手制止我。我愣愣地抬頭看向他，班諾沒有出聲說話，慢慢搖了搖頭。意思是要我別說話，乖乖坐著嗎？我這麼判斷後，稍微往後坐好，班諾輕輕點頭回應我。

因為不知道現在發生了什麼事，接下來又會有什麼狀況，我整個人都在發抖。我緊握著拳頭，環顧馬車內部，發現馬克正利用馬車停下來的時間在寫東西。大概是察覺到了我的視線，馬克抬起頭來，露出了像在安撫我的微笑。雖然知道自己的臉頰有點僵硬，但我還是咧開嘴角回以笑容，馬克掩著嘴角開始憋笑。

不知道能不能打破沉默，我只好鼓起臉頰，表示我在生氣，班諾卻從旁邊戳了下我的臉頰。突然覺得就只有我一個人這麼緊張兮兮，實在是很蠢。

不一會兒馬車又有些搖晃，是車夫重新坐上了駕駛座。馬克迅速收起墨水和筆，把寫了字的紙張遞給班諾。班諾看完，咧嘴一笑。我探頭想看上面寫了什麼，但馬車在這時候再度移動。馬車開始發出哐咚巨響的同時，班諾也開口說了：

「首先要在大門報上來訪者的名字，再請人通報，打開供馬車出入的大門。下車的順序先是馬克，再來才是我和妳。妳要牽著我的手，慢慢下車。絕對不能用跳的下車，或是踩空階梯。」

顯然班諾是指上一次搭乘馬車時，我和路茲一起吆喝著：「嘿！」然後跳下馬車這件事。而我才在心想自己很可能會緊張得踩空階梯，所以默默別開視線。

「請人通報後，妳的侍從應該會前往玄關待命。以服侍過神官長的那個侍從為首，接著是妳、我，再來是馬克和其他侍從，要以這樣的順序去拜見神官長。」

我本來還以為只要把錢交給神官長就好，「奉獻金在這裡，請收下。」想不到要這麼講究排場。要是只有我自己一個人拿去給神官長，真不敢想像這樣的行為到底有多失禮。

「放了奉獻金的盒子由我搬運，等一下在神官長室確認過盒裡的金額後，妳要開口慰勉我的辛勞。」

「咦？怎麼慰勉？『謝謝你』和『承蒙你的幫忙了』，這樣可以嗎？」

「如果能更像貴族用語的話會更恰當，但要這麼說也可以。」

……像貴族用語的慰勞？例如「有勞了」？這也未免太高傲了吧。

我「嗯……」地尋思，回想記憶中的騎士傳奇和詩集，但不僅太像是演戲的臺詞，而且萬一對方回給我和書裡面不一樣的回答，只記得一小節的我根本應付不了。對象畢竟是商人，介紹商業禮儀的書籍裡可能會有適合的句子，只是感覺又和貴族用語有些不太一樣。

「那如果是『非常感謝您欣然答應我的請求，勞駕您跑這一趟了』呢？」

「妳到底是在哪裡學到這些話的?!」

班諾震驚地看著我。但我可是很努力在記憶裡翻找，並拼湊成像是貴族千金會說的話，班諾卻沒有任何評語，真不知道算不算合格。

「這句話不行嗎？」

「……不，非常足夠了。在回到馬車上來之前，妳都試著這樣說話吧。」

我硬是吞回差點要脫口而出的「嗚咦?!」怪叫聲，端正坐好，慢慢地深呼吸。

「我明白了。」

馬車很快穿過一道大門，進入神殿的占地內停下。車夫開門後，馬克最先下車，接著是班諾。我是最後一個，站在車門邊。

從敞開的車門往外看出去的光景，是我從沒見過的神殿入口。大概是貴族和富豪專用的玄關，遼闊的前庭擺著材質各有不同的雕刻，還有花花綠綠爭奇鬥妍的花圃，入口玄關也和禮拜堂正面的牆壁一樣，用五彩繽紛的瓷磚加上了裝飾。

我之前進出的那個較小的大門與大道筆直連結，似乎是供平民徒步專用，和這邊的入口比起來，簡直可以說是後門。光是玄關，就用黑白和彩色明確地劃分出了兩個世界。映入眼簾的景象，讓我體認到了這裡有著我所不知道的確切差異。親眼目睹到了超出我預期的差距，心臟不禁用力緊縮。

「梅茵，手……」

聽到班諾的聲音，我才恍然回神地伸出手。為了不掉下去，我低頭想看向腳邊，班諾就用力拉過我的手，把我抱在手臂上。

班諾一邊面帶微笑，一邊快速地低語說：「不准低頭。」我也內心狂冒冷汗，笑容可掬地頷首。剛才班諾的提醒，我一直解讀成是「就算沒有自信也不要低頭」，原來只要是往下低頭的動作都不行。班諾以平常難以想像的恭敬動作把我放下來。接著只見法藍快步走來。

「梅茵大人。」

「班諾大人，這位是我的侍從。法藍，現在能夠面見神官長了嗎？」

我稍微側著臉龐，仰頭看向法藍。他驚訝得瞪大眼睛後，立刻在胸前交叉雙臂。

「一切都已準備妥當。」

「梅茵大人，老爺帶來的禮物該交給何人才好？」

聽到馬克這麼問，我從容地環顧四周，沒有看見吉魯和戴莉雅。真不知道該煩惱沒人可以幫忙搬運，還是該因此鬆口氣，不用擔心他們會來幫倒忙。想不出該怎麼做才正確的我，決定把問題丟給法藍處理。

「法藍，能麻煩你交給可以信任的人搬運嗎？」

但明明把事情都丟給他，法藍卻立即點頭回道：「遵命。」然後動作迅速地開始執行。既沒有表現出不滿，也沒有想反駁地說「可是」。眼前的法藍儼然是一名確實地執行主人指令的優秀侍從，讓我忍不住偏頭納悶，「奇怪了？」

……法藍的態度怎麼突然就變了？明明跟上午比起來，我現在變的就只有遣詞用字而已啊……

這時我才猛然驚覺。對法藍來說，合乎貴族的言行舉止肯定非常重要吧。對於法藍眼裡只看得見神官長，我內心感到煩躁，但同樣地，法藍也對沒有半點貴族氣質的我感到憤慨吧。如果想讓法藍心甘情願地工作，身為主人的我努力還不夠。路茲說得沒錯，我必須認真以對，學習貴族該有的一言一行。

法藍叫來數名灰衣神官，指示眾人分頭搬運禮物。確認灰衣神官們都捧好了禮物，沒有遺漏後，法藍才走在最前頭說：「請往這邊走。」和上午心不甘情不願的感覺完全不同，現在的法藍神采奕奕，簡直如魚得水。

在班諾的視線催促下，我走在法藍身後，接著彷彿事先商量過般，隊伍依著班諾剛才說過的順序開始前進。但是，法藍已經成年，步伐又大又快，要跟上他十分吃力。我拚命地動著雙腳跟上，走在我半步後方的班諾看不下去，開口說了：

「你走路的速度有些太快了吧？」

法藍回過頭來，眨了眨眼睛，不明白班諾在說什麼。

「我知道你才剛成為侍從，但如果不留意走路的速度，梅茵大人很快就會不支倒地。也許是我多管閒事，但還請你留意一下速度。」

「……實在萬分抱歉。」

居然讓身為客人的班諾出言提醒，害法藍感到無地自容。原本該由身為主人的我告誡才對。我有那麼一瞬間差點要開口道歉，但這時候我要是向法藍道歉，就是不及格的貴族。

「班諾大人，非常感謝您的費心。法藍是深得神官長信賴的優秀神官，一定馬上就會改進，您不需要擔心。」

「那麼，今天就先讓習慣照顧您的馬克抱著您移動吧。我不希望您又像某次一樣，突然間就暈倒了。」

班諾的臉上寫著：「別出現在走廊上暈倒這種醜態。」於是馬克把手上的布包交給法藍，先說了句：「恕我失禮了。」然後把我抱起來。

……呀啊——?!居然是公主抱?!

對於和平常不一樣的抱法，我慌忙摀住差點失聲尖叫的嘴巴。一邊提醒自己要保持優雅，一邊奮力擠出優雅的微笑。

「法藍，那麻煩你帶路了。」

「遵命。」

到了可以看見神官長室的地方，馬克才把我放下來，重新接過法藍手上的布包，回到搬運禮物的隊伍裡。儘管距離短得眼前就能看見神官長室，法藍卻頻頻回頭，邊前進邊留意我的速度。我微笑著點點頭，示意他「沒有問題」，法藍明顯露出了鬆一口氣的表情。

和神殿長室不同，並沒有神官站在神官長室的房門前。法藍從腰帶內掏出一個小鈴鐺，在空無一人的房門前搖鈴。平常總是先開口通報，裡面有人回答後，灰衣神官再打開門。但此刻只是搖響鈴鐺，門就自己打開了。我抬起腳，正想走向打開到一半的房門，班諾就壓住我的肩膀。我悄悄環顧身邊的人，發現大家都是靜待不動。看來直到房門完全打開之前，都不能夠亂動。我收回腳，假裝什麼事情都沒發生過，泰然自若地一起等著房門敞開。

兩名灰衣神官站在門後，神官長則在阿爾諾的陪同下，站在辦公桌前等著我們。進入房內，法藍在接待用的桌前停下腳步。見狀我也停下腳步，班諾和馬克跟著停下，負責搬運禮物的神官們在牆邊整齊列隊。

接著班諾往前跨出一步，和我在宣誓儀式上做的一樣，立起左膝跪下，輕輕低下頭去。

「在這火神萊登薛夫特威光輝耀的吉日，得以在諸神的引導下與您會面，願能蒙受您的祝福……神官長，非常榮幸能夠見到您。我是奇爾博塔商會的班諾，幸得梅茵大人引薦，一同前來拜見。往後還望您多多關照。」

班諾一派理所當然地唸出了神的名字，但我還沒有記下來。看來若不記住每個季節每位神祇的名字，就無法向貴族打招呼。一想到自己今後也要說出這些問候語，我不禁臉色發白。此時我才深刻地體會到，神官長為什麼會說記住聖典內容是我的工作。看來要學會怎麼和貴族往來，得要歷經一番辛苦。

「在此由衷賜予你祝福。願火神萊登薛夫特為奇爾博塔商會帶來指引。」

神官長說著，左手按著自己的心臟，右手往斜前方併攏手指，舉在班諾的頭部不遠上方處。緊接著神官長的掌心發出了淡淡藍光，把班諾奶茶色的淺色髮絲染成了藍色。雖然光芒很快就消失了，但誰都看得出來班諾得到了祝福。

這麼神聖又莊嚴的光景出乎意料，我不自覺屏住呼吸。那道藍光就是魔力嗎？雖然我之前衝動地釋放出了魔力，只會威懾別人，但如果能夠學會怎麼運用，也能像那樣給予他人祝福嗎？還是說身為見習巫女，必須要學會才行？

腦海裡的該做事項越來越多。路茲那番「看書前，該先學會怎麼在這裡生活」的提醒，也隱隱作痛地刺在心上。

「梅茵大人，這邊請。」

法藍的呼喚讓我回過神，只見神官長已經在待客用的桌旁就座。考慮到在場眾人的身分，我不動，其他人肯定也不能動。所以我在法藍的引導下，走到椅子前面。到這裡為止都沒問題。然而，我的體型就和四、五歲的小孩子差不多，基本上椅子都要用爬的才坐得上去。平常用爬的當然沒問題，但今天可不太妙。

……真是意想不到的危機！椅子太高了，無法優雅地坐上去！一般的貴族千金這時候該怎麼辦?!「真傷腦筋呢」的手勢在這裡也行得通嗎?!

我死盯著椅子，感到窮途末路。於是乎，雖然不知道行不行得通，但我還是併攏右手指尖貼在臉頰上，左手再環抱般地倚在右手肘上，微微側著臉龐，抬頭看向法藍。然後，靜待三秒鐘。

「……梅茵大人，恕法藍失禮了。」

法藍將手伸進我的腋下，把我抱上椅子。

……噢噢噢噢！可以互通耶！

法藍「哐咚」一地幫我調整椅子的位置。我向他微微一笑，法藍的嘴角便勾起了近似苦笑的淺笑。我的視線從法藍身上拉回到桌面上時，班諾已經在我旁邊坐下，阿爾諾和馬克則分別站在神官長和班諾身後。在我背後，肯定也站著法藍吧。拿著禮物的神官們依然站在牆邊。

「梅茵大人，您託我保管的物品就是這些沒錯吧？」

班諾打開始終捧在雙手上，有著雕刻且形如寶石盒的木盒，向我展示裡面的物品。

木盒裡放了五枚小金幣。我第一次親眼看到小金幣。目不轉睛地望了一會兒閃閃發光的金幣後，我照著班諾的吩咐，慰勉班諾的辛勞。

「非常感謝您欣然答應我的請求，勞駕您跑這一趟了。」

「不敢當。」

班諾沒有合上蓋子，把木盒放在桌上，遞給神官長。

「神官長，這些是梅茵大人捐獻的奉獻金，還請您收下。」

「……嗯，我確實收下了。梅茵、班諾，有勞了。」

神官長很快地確認過盒內的金額，便合上蓋子，交給阿爾諾。阿爾諾捧著木盒，不知離開去了哪裡。大概神殿裡有專門保管奉獻金的地方吧。

「此外，這些是聊表問候與謝意的禮物。」

聽見班諾這麼說，站在牆邊的灰衣神官往前跨步，在桌邊排作一排。馬克依據種類，逐一把禮物擺在桌上。神官長看著桌上的禮物，挑起一邊眉毛。

「問候我明白，為何要表達謝意？我沒有做過會讓你感謝我的事情吧？」

「多虧了神官長的裁奪，梅茵工坊才能繼續運作，這點我也由衷感謝神官長。」

班諾在胸前交叉手臂，輕垂下眼皮。神官長點點頭說：「原來如此。」接著班諾向神官長介紹桌上的禮物。

「這是本店商品中品質最為高級的布匹，而這是絲髮精。雖然現在由我買下了所有權利，但原本是在梅茵工坊製作的產品。最後，這也是由梅茵工坊開發，最近才剛開始販售的植物紙。」

當中神官長最感興趣的是植物紙。他拿起植物紙，確認觸感。

「這一份送給神官長，而這一份送給雖然不在此地，但貴為神殿最高掌權者的神殿長，而這一份送給使我有幸能夠拜見神官長的梅茵大人，還請三位笑納。」

……咦？還有我嗎?!

我忍不住瞪大雙眼，忍下了大叫的衝動。沒有發現我正強忍著不表現出驚訝，兩個人繼續對話。

「嗯，這項禮物真是出色。謝謝你。你們把這些禮物擺在那邊的架上吧。」

「神官長如此滿意，是我的榮幸。」

灰色神官們在神官長的指令下開始行動。馬克也忙著把桌上的禮物遞給神官，用布重新把植物紙包起來。

……呼，結束了。

提交了奉獻金，神官長也收下了禮物，本日的任務算是平安結束。我才輕吁一口氣，班諾就在桌面底下非常快速地伸出手，輕拍了我一下。我看向班諾歪過頭，只見他肌肉非常靈活地一邊帶著假笑，一邊還用無言以對的眼神看著我，視線示意下方。我也小心著盡量別低下頭，目光往下看，發現班諾的指尖間夾著一張小紙條。

以前經常有同學會在上課的時候交換紙條呢——我不禁感到懷念，同時悄悄伸出手接過紙條。雖然我和女孩子交換過紙條，但和男孩子卻從來沒有過。雖然班諾的年紀已經稱不上是男孩子了，但和異性交換紙條，還是我有生以來頭一次。即使對象是班諾，我仍然有些小鹿亂撞，打開紙條。把紙條藏在桌子底下一看，結果上面寫的是：「笨蛋，不要放鬆。」

……把我的小鹿亂撞還給我！

就在我快要忘了保持優雅的時候，神官長算準時機般地轉過頭來。我慌忙擠出笑臉，但不知道是不是露出了馬腳，神官長的表情開始有了變化。我輕吸口氣，端正坐姿後，神官長往旁抬手一揮。灰衣神官們見了便交叉手臂，輕彎下腰向神官長行禮，然後魚貫走出房間。

「趁著這個機會，我有幾個問題想向班諾問清楚。」

神官長的神色肅穆，以絕不容許謊言和搪塞的銳利眼神望著班諾。與之同時，身旁班諾散發出的氣息也明顯變得比剛才要緊繃。看樣子，接下來才要進入正題。我也挺直了背，緊握住班諾寫著「笨蛋，不要放鬆」的字條。

進入正題

灰衣神官們向神官長行禮，相繼走出房間時，阿爾諾不知道從哪裡推來了推車。接著大概是遵循了神官長的喜好，開始用厚重的玻璃容器泡茶。準備好開始泡茶後，阿爾諾抬起頭來，拿出好幾瓶裝了茶葉的罐子，一邊排開，一邊說明種類和產地。

「梅茵大人，請問您喜歡喝哪一種茶呢？」

……老實說，我根本不知道。

我糊裡糊塗地隨便指了其中一種，回答：「給我這一種吧。」接著關於要加進茶裡的牛奶，又問了我許多問題。

……就算問我，我也完全不知道。

但是，地位較高的我如果不先選擇，就無法問下一個人，所以也沒辦法參考班諾的回答說：「給我和班諾先生一樣的。」貴族大人居然連喝杯茶也這麼麻煩——我這樣心想的同時，回頭看向法藍。是時候動用今天學會的新招式，「丟給別人解決」。

「法藍，你覺得哪種牛奶最適合加進這一種茶呢？」

「這個嘛……如果是霍格的三歲古羅瓦修的牛奶，會有淡淡的甜香，十分適合加進福加夫茶裡。」

「是嗎？那麼，就幫我加霍格的古羅瓦修吧。」

今天喝的茶叫做福加夫茶，還加了霍格的古羅瓦修牛奶。發音的排列組合讓我不得不歪頭，心想這是什麼咒語？

阿爾諾在向班諾詢問口味的時候，灰衣神官也全都離開了房間。

「梅茵大人，請用。」

我盡可能不製造出聲響，動作優雅地拿起玻璃杯，喝了一口。調過的福加夫茶裡添加了濃醇的牛奶，柔和的甜味在口中彌漫。茶葉本身和沖泡方式都很出色吧，好喝得讓人幾乎要融化。

泡完了所有人的茶，阿爾諾就推著推車，不知道推回了哪裡。人才剛剛不見，但很快又走回來，緊緊掩上房門。所有動作全都俐落且沒有一絲多餘，讓我不由得發出讚歎。阿爾諾回到自己的崗位，站到神官長身後時，神官長也開口說話了。

「班諾，根據報告上的內容，你是最先具有慧眼，提拔了梅茵的人。我很好奇在你眼中，梅茵是什麼樣的人物？在神殿，神官們都認為梅茵非常危險，會任由魔力失控。因此關於梅茵的為人，我希望認識了她這麼長一段時間的你，能夠誠實地告訴我真正的想法。」

「任由魔力失控……？哦，有這麼一回事？」

班諾用沒有半點笑意的雙眼瞥向我。看他的眼神，要是這裡不是神官長室，他肯定早就暴跳如雷，「臭丫頭，我怎麼沒聽說！」我迅速把視線轉向另外一邊，拿起杯子湊到嘴邊。

「我只是一介商人，所以關於魔力，並不是非常了解。但如果是關於我認識的梅茵大人，倒是可以提供我個人的想法。」

「嗯，那說吧。」

神官長稍微往前傾身，催促班諾往下說。此刻我的心情，就和監護人及導師在家庭訪問或三方面談上討論自己的事情時一樣，內心非常坐立難安。雖然我板著正經八百的表情坐著，但其實很想要大叫：「快停下來！不要亂說！至少挑我不在場的時候！」然後一溜煙衝出房間。

「在創造新商品這方面上，梅茵大人是位天才。單就商品的創意而言，無人能夠追隨她的腳步。不過，實際上做出成品的是本店的學徒。梅因大人自身完全沒有意識到自己是位天才，基本上個性溫文，待人也十分寬容。以上是本店對她的了解。」

平常班諾老罵我個性迷糊、做事不用大腦、沒有戒心，但講訴對象換作貴族的時候，就變成了個性溫文，待人還十分寬容。想不到會從班諾口中聽到這種評價。這就是所謂的見人說人話，見鬼說鬼話嗎？

「慢著。個性溫文也就罷了，但待人寬容？」

神官長似乎無法認同，用非常懷疑的表情看著我和班諾。這也難怪。畢竟我曾讓魔力失控，害得神殿長暈過去，這件事在許多神官間想必出了名吧。再加上如果法藍已經報告過今天的事情，神官長應該也知道我對妨礙我看書的吉魯，稍微釋放出了魔力。在神官長眼中，我大概和寬容這兩個字八竿子打不著邊，而且是個容易生氣，激動下還會釋放魔力的危險人物。

「只要不觸犯到梅茵大人絕對無法退讓的重要事物……例如家人、朋友和書，她的寬容程度甚至會讓人無言以對。不僅警戒心薄弱，就算稍微受騙上當也學不會教訓。十分了解梅茵大人的本店學徒說過，與其說是寬容，更該說她是漠不關心。」

聞言，法藍的低喃從上方傳來：「漠不關心嗎？原來如此。」回想自己上午的舉動，完全沒有反駁的餘地。神官長發出沉吟聲看向我後，再一次沉吟。

「還有嗎？除了家人、朋友和書以外，還有可能會讓妳魔力失控的其他事物嗎？」

「我重視的事物除了這些，目前想不到其他的了。」

我回答，神官長有些安下心地點頭，「那就好。」班諾稍微抬頭望著半空，像在思忖什麼，然後交互看向法藍和神官長。

「請再容我補充。關於梅茵大人，我必須另外再向神官長報告的事情，就是梅茵大人身體虛弱的程度非常罕見。」

「身體虛弱？嗯，之前是說過需要管理身體狀況的人。」

神官長的視線一投過來這邊，我就感覺到法藍有些惶恐地在發抖。可能是想起了剛才在走廊上，班諾對自己說過的指責。

「梅茵大人沒有力氣也沒有體力，到了會讓人吃驚的地步。如果不仔細觀察她的臉色、說話次數、走路速度、行動的距離和內容，就算她看起來精神很好，也會突然就失去意識。之後更會發燒，昏睡上好幾天。目前為止，對於梅茵大人的身體狀況，沒有人能比本店的學徒管理得更完美。」

「你說的學徒，就是那個名叫路茲的少年吧？……法藍，你能勝任嗎？」

神官長一問，在場眾人的目光都集中在法藍身上。法藍深褐色的瞳孔慌亂得游移了一會兒後，低下頭去，十分懊悔地回答：

「不，目前還沒有自信……真是萬分抱歉。」

我稍微回過頭，正好看見法藍落在我視線高度的拳頭在微微顫抖。未能回應自己尊敬的神官長的期待，看得出法藍非常懊惱。

「法藍今天早上才成為我的侍從，沒辦法馬上就勝任吧。路茲也是花了很長一段時間，才能夠完全掌握我的身體狀況呢。」

「花太久時間可不行。」

枉費我幫忙打圓場，神官長卻一句話就厲聲駁回。

「到了秋天，可能又會收到騎士團的召集，一定要在那之前能夠管理梅茵的身體狀況。沒問題嗎，法藍？」

在神官長的筆直注視下，法藍先吸一口氣後，重重點頭。

「……遵命。一定會在秋天之前完成您的吩咐。」

從法藍在入口玄關的指揮和對於茶的知識，都能看出他為了神官長，不管付出多少努力都在所不惜。如今這又是神官長親自下的命令，他一定會非常認真地研究如何管理我的身體狀況吧。總之，侍從有了幹勁願意管理我的身體狀況，真是太好了。看到我鬆了口氣，班諾擔心地垂下視線。

「神官長，梅茵大人比起同齡的孩童，可以說是非常聰明伶俐。但是，她也十分缺乏社會經驗，也不了解神殿內部的常識和貴族社會。」

「嗯，我知道。所以我才指派法藍給她。法藍是我身邊非常優秀的侍從，有問題儘管問他吧。當然，我也會親自指導梅茵。」

我聽到站在身後的法藍倒吸了一口氣。不由得轉過頭後，就看見法藍不敢置信地睜大雙眼，愣愣地望著神官長。

……咦？莫非法藍以為他會被派來服侍我，是因為自己的實力不夠嗎？如果真是這樣，那說不定只要對他說「讓我們一起努力幫上神官長的忙吧」，就能輕易地把他拉攏到我這一邊來？

我一邊喝茶，一邊思考著要怎麼攻陷法藍。神官長輪流看著我和班諾後，瞇起眼睛說了：

「對了，班諾。聽說梅茵是你的水之女神，這句話是何種涵義？」

「嗯啊?!」

班諾冒失地大叫出聲，還鬆開了手上的杯子，發出哐噹巨響。看到班諾這麼顯而易見的慌亂，神官長顯得更是懷疑，吐氣後蹺起另一隻腳。

「我想先問清楚，你究竟是用何種眼光看待梅茵？」

「什麼何種眼光……我自己也不明白為什麼身邊的人會這麼說。」

難得看到班諾辯解得這麼支支吾吾，真是太有趣了，但我也不明白神官長口中的水之女神是什麼意思。這麼說來，之前歐托也說過類似的話，還惹了班諾生氣。回想起來後，我歪過頭問：

「恕我冒昧，水之女神是用在什麼意思上呢？」

我環視了眾人一圈，但大家都在視線對上的瞬間別過頭，各自散發出了「別問我」

的氣息。氣氛超級尷尬。我不知所措地偏著臉龐，班諾就傳來寫著「不要說話」的紙條。看來是不能夠公開大聲問的事情，所以我悄聲偷偷問法藍。

「……既然提到神，應該跟神殿有關吧？法藍，你能告訴我嗎？」

「啊，呃，這……」

法藍朝神官長投去求救的視線。班諾扶著額頭嘆氣，神官長則一臉不快，萬分無可奈何地開口說了：

「一般說到水之女神，都是用來泛指思慕之人、戀人和心動之人。」

……思慕之人？戀人？不可能、不可能。班諾是對已逝戀人非常專情的不婚主義者。就算撇開這些不說，看著我和班諾，聯想到那邊去才奇怪吧。

「這種事情絕不可能。班諾大人和我的年紀差距，可是大到都能當父女了唷！」

我按捺著噗哧笑出來的衝動這麼說。班諾也跟著幫腔，嚴正否定。

「梅茵大人說得沒錯，這種事情絕不可能。」

「但是，不過是能當父女的年齡差距，這種情形並不少見吧？」

神官長看著班諾，像是還無法消除懷疑。如果是在麗乃那時候的日本，這種情形在演藝圈時有所聞，但自從轉生變成了梅茵以後，我還從來沒聽說過。因為就算要再婚，要是年紀差距大到了足以當父女，通常男方的年紀也已經需要子女的照顧，而身為主要收入來源的子女，都會討厭這種等同多了一個家人要扶養的情況。但若要靠年幼結婚對象一個人的薪水養家餬口，平民社會也沒有那麼容易生存。

「但我從來沒聽說過有這種情形呢……啊，這麼說來，像這種年紀差到可以當父女的關係，在神殿並不少見囉？因為我有一名侍從，就是希望將來能成為神殿長的愛人呢。可是，這在平民之間是不可能的。」

畢竟神官長都待在神殿，不了解平民的狀況也是無可厚非嘛。我這麼說著想要打圓場，現場卻再次彌漫起了奇妙的沉默。同時，班諾又遞來了寫著「拜託，閉嘴」的紙條。看來只是幫了倒忙。

我聽話地照著班諾遞來的紙條，閉上嘴巴，接著誰也沒有再開口說話，房內籠罩著沉重的靜默。只見大家都不停喝茶，窺看著彼此表情的視線頻頻來回交錯。好尷尬，簡直尷尬得要命。

「……神官長，儘管僕從之身實乃不敬，但還請您允許小的發言。」

在這種誰也無法開口的詭譎氣氛下，打破了沉默的救星正是馬克。神官長迅速抬頭，看向馬克，臉上的表情明白寫著「誰都好，快來打破這個僵局」。神官長只差沒有舉起雙手，馬上答應。

「可以，說吧。」

「為了老爺的名譽，小的可以斷言，和一般人用水之女神來作比喻時的意義並不相同。想必神官長也知道，因為梅茵大人接二連三創造出來的商品，老爺開創了新的事業。對於長年來都專做服飾買賣的奇爾博塔商會而言，梅茵大人接連為本店撒下了新事業的種子，因此可說是本店的水之女神。」

「嗯，原來是這樣的涵義。我明白了。那麼最後，是關於梅茵工坊……」

明明是自己提出來的話題，雖然看似還不太能接受，但神官長沒有再追究，果斷地改變話題。

「梅茵工坊究竟能有多少獲利？當初可是說好了營收的一部分會繳納給神殿，神殿才允許工坊繼續經營。」

「是啊。」班諾裝作在思考的樣子，在覆蓋住了大腿的長袖裡頭，把早已寫了字的一張紙切作小片。我終於發現，原來班諾從剛才開始遞過來的紙條，全是馬克在馬車上寫字的那張紙！我的臉頰不禁抽搐。

……等一下，馬克先生?!難不成「笨蛋」也是馬克先生寫的嗎?!虧我還相信你是優雅高貴的紳士！事先準備好的提醒小語居然全是那種話嗎！

雖然腦袋明白了馬克只是代替班諾寫下「笨蛋」和「閉嘴」，但內心還是大受衝擊。真希望他別帶著平常的笑臉寫那些話。我正兀自消沉，又一張小紙條遞過來。上面寫著：「妳別說話。」

「……獲利的多寡，端看製造的商品而定。神官長應該也知道，經營一項事業，並不會定期定量地得到收益。況且現在要成立的新事業都還在籌備階段，別說獲利了，反倒要先為初期投資砸下大筆金錢。考慮到還要維持工坊的營運，並且開拓新事業，我認為繳納淨利的一成最為妥當。」

聽到班諾提議的一成，神官長不悅地板起臉孔。

「一成未免太少了吧？」

「……恕我失禮，但一成甚至還算太多了。畢竟我們無法刪減運輸上所需的花費、材料費和發給工匠的薪水。」

「但……」

「有時候做生意，就算要稍微壓低自己的獲利，也必須賣出商品不可。但是，倘若梅茵工坊出現虧損的情形，現在的神殿並無法幫忙承擔吧？」

神官長不發一語。神殿怎麼可能幫忙承擔，之前才說過神殿已經是入不敷出了。更何況，神官長也很難反駁吧。神殿一直是從孤兒院的孤兒中選出灰衣神官，以此獲得人力，再從領主和青衣神官的老家獲得收入。神殿的收入與支出，與做生意的商家完全是不同的情況。神官長恐怕不知道一家店都是如何運作，薪水又是如何分配吧。

「梅茵大人自己收取的那一份酬勞如果要捐給神殿，是她個人的自由。但若要從工坊的營收中捐出，就必須在不妨礙到工坊營運的前提下捐款。」

「……我明白了。就一成吧。」

在班諾的口若懸河下，最終由他掌握了主導權，決定了要繳納給神殿的金額。明明班諾自己臉不紅氣不喘地抽走了三成的佣金，卻把給神殿的捐款壓到只有一成。我暗暗為班諾的能言善道感到佩服時，馬克就迅速拿出契約書，擺在桌上。既已口頭達成協議，那就立即簽約。馬克的表現相較於班諾顯得低調，卻也非常優秀。老實說，我覺得一點也不輸給貴族青衣神官旁的侍從。

因為和神殿簽約，就等於和一大群貴族簽約，所以擺在桌上的是魔法契約用的契約書。內容寫著梅茵工坊的一成淨利必須繳納給神殿，再由代表神殿的神官長、身為梅茵工坊長的我，以及身為監護人，且有義務要負責提交財務報表的班諾簽下名字，最後是蓋血印。

……又要流血?!我討厭契約魔法。

「梅茵，為何愣著不動？換妳了。」

雖然只是要往指尖輕劃一刀，但要劃傷自己，還是讓我很不習慣。在神官長的催促下，我顫抖著手握住刀子。於是從旁輕輕地伸來一隻手，法藍拿起小刀。

「梅茵大人，請您閉上眼睛。」

我緊緊閉上眼，伸出手後，指尖就傳來銳利的痛楚。張開雙眼，指尖上浮起一顆血珠。把指尖按在法藍遞來的契約書上後，契約書就和先前一樣，在金色火焰的包覆下憑空消失。

「那我的問題都問完了。班諾，感謝你今日讓我度過了這麼有意義的一段時間。」

「不敢當。」

就在神官長和班諾說著客套話的時候，馬克很快地收起簽魔法契約的工具，法藍把桌上的茶器整理到桌邊，阿爾諾開始準備地毯。

「那麼，為神所引導的會面與簽約，獻上祈禱和感謝吧。」

神官長說著，引領班諾和我走向地毯。全員魚貫移動的時候，我仰頭看著班諾和馬克，拚命忍下想笑的衝動。

……難道班諾先生和馬克先生也要擺出跑○人的動作嗎?!好想看！超想看的！可是，我的腹肌絕對承受不住！

腦海中馬上出現了兩人一起擺著跑○人姿勢的畫面，破壞力之驚人，讓我摀住嘴巴。但就在這時，身體忽然使不上力氣，我脫口發出了「嘿哇?!」的叫聲，一點貴族千金的氣質也沒有。膝蓋一彎，往下軟倒後，上半身更循著頭部的重量往前撲倒。

「梅茵大人?!」

身後的法藍發出慘叫，所有人的目光也往我聚集過來。看見我趴倒在地，神官長受不了地嘆氣。

「梅茵，快點站起來。成何體統。」

用不著神官長催促，我也已經好幾次試著想站起來，手卻完全無法動彈，連頭也抬不起來。

「呃，身體的情況不太對勁。我完全使不出力氣。可是，也沒有發燒的感覺，手腳反而覺得很冰……班諾先生，這是怎麼回事呢？」

「誰知道！別問我！」

班諾怒吼著把我抱起來，所以我想像平常一樣捉住他的衣服，手臂卻怎麼也動不了。無力往下垂落的手臂好重，感覺好像不是自己的手。

「神官長，在您面前如此驚慌失措，實在萬分抱歉。但請容許我們省略告辭的問候，即刻動身打道回府。」

「啊，嗯，無妨。梅茵就交給你了。」

班諾抱著我，向臉色蒼白地看著我的神官長請求告退。期間，身體完全不像往常那樣有開始發燒的感覺。雖然現在的天氣還算涼爽，但明明是初夏，我卻覺得身體變得越來越冰冷。

馬克慌慌張張地完成了打道回府的準備，阿爾諾和法藍則為抱著我、大步前進的班諾打開門。和平常暈倒的情況不一樣，這次我並沒有失去意識，手腳還無力地左右搖晃，感覺太奇怪了。我一邊感受著頭部向下垂去的重量，一邊對於沒能親眼目睹到班諾和馬克的跑〇人姿勢，內心深感遺憾。

「班諾大人，請您留步！」

在我腦袋往後仰的視野裡，看見了法藍的胸口直到下巴。但是班諾沒有答腔，繼續跨著大步快速前進。我的頭也因為這樣跟著不停搖晃，感覺就像有人在攪拌我的腦漿。真希望班諾可以走得再平穩一點。我正這麼心想時，法藍來到了班諾的半步後方，邊走邊再次呼喚。

「班諾大人！」

「幹嘛？如你所見，我趕時間。」

班諾變回平常的樣子，不再客氣有禮地回話。聽見班諾的語氣這麼粗魯，法藍瞬間顯得畏縮，但又吸一口氣繼續要求。

「請由我抱著梅茵大人吧。」

「都說趕時間了，不必。」

「我是梅茵大人的侍從，怎麼能讓客人做這種事！」

就算面對態度冷若冰霜的班諾，法藍依然沒有退縮。我在心裡替他捏了把冷汗，但班諾停下腳步。

「全身使不出力氣的孩子雖然還小，但還是很重。你絕對不能鬆手。」

班諾當場慢慢地彎下膝蓋，把我交給法藍。法藍稍微調整了我頭部和手臂的位置後，接著站起來。現在我的頭變成了靠在法藍的肩膀上，所以不再左搖右晃。

「法藍真會抱人呢。」

我大感佩服地說完，法藍有些像在生氣，嗓音變得尖銳。

「梅茵大人，請您不要勉強自己說話。」

「我只是身體使不出力氣，但腦袋感覺很清醒，所以沒有在勉強自己喔。」

「……但您似乎已經沒有餘力再留意遣詞用字。」

法藍的語氣中透露著擔心，我輕聲笑了。感受到法藍的關心，我有些害羞，但也有些高興。

「法藍，因為還有戴莉雅和吉魯在，下次不知道什麼時候才有機會可以單獨說話，所以我有話想跟你說。可以嗎？」

擔心也許走廊上還有其他神官，所以我湊在法藍耳邊，講悄悄話地小聲說。法藍的目光依然直視前方，輕點了點頭。

「請您儘管說。」

「我現在還完全不了解貴族的事情，可能會給法藍帶來很多麻煩，可是我會努力快點學會，希望你能幫助我。我會努力幫上神官長的忙，所以在目標相同的前提下，我們可以互相合作嗎？」

法藍的手臂忽然用力繃緊，喉結上下滾動，應該是嚥了嚥口水。

「這正是我的工作……反倒是我沒能明白神官長的苦心，居然把不滿發洩在了梅茵大人身上，還請您原諒……」

「咦？沒能明白是什麼意思？神官長都沒有好好說明嗎？」
我目瞪口呆。連一句說明也沒有，就把法藍指派給我，難怪他會不滿。畢竟是從神官長身邊的侍從，變成了一介青衣見習巫女、還是非貴族的平民小女孩的侍從。當然會覺得這根本是降職啊。
「因為不知道身邊到底有多少人是敵人的眼線，所以神官長為了不留下話柄，平常都不多話。今天雖然摒除了其他神官，但居然那麼多話，還是讓我非常吃驚。」
「不不不，用意沒有傳達給部下知道，這可是大問題喔。法藍在不知道神官長用意的情況下，就被指派給我，一定很難過吧？」
雖然我不知道神官長現在的處境究竟是什麼情況，但讓這麼忠心耿耿的人傷心難過，同伴肯定只會越來越少。
「我的心情就像神官長在對我說他不需要我，程度還和吉魯及戴莉雅一樣。」
「才沒有呢。神官長雖然把法藍指派給了我，但根本還是把你當成自己的人啊。」
為了讓法藍對神官長更是忠心，順便也能對我好一點，我滿懷私心地試著安撫法藍，悄聲這麼說。
「是嗎？」
雖然形式上是疑問句，但法藍的口吻明顯偏向否定。
「神官長根本只覺得是把法藍借給我，所以才會明明有客人在，卻在身為新主人的我面前，沒有知會一聲就命令你喔。他要求你在秋天之前管理好我的身體狀況，但換作一般的貴族，這麼做不是很失禮嗎？」

「……梅茵大人說得沒錯呢。」

法藍輕笑出聲的時候，玄關的大門也敞開了。馬車正好在這時候駛進來。大概已經計算過了時間，所以看見我們這麼快就出來，車夫顯得相當驚慌。

「法藍，把梅茵交給我。」

班諾率先進了馬車，張開手臂說。法藍猶豫了一秒後，把我交給班諾，並央求道：

「請問不能讓我同行嗎？」

「不行。你穿這身衣服就離開神殿，會惹來不必要的麻煩。」

班諾接過我後，厲聲駁回了法藍的請求。多半沒想到會因為衣服而遭拒，法藍困惑地低頭看著自己的衣服。

「要是不嫌棄舊衣，下次再準備一套衣服給你。但今天你就死心吧。」

「感激不盡。」

向班諾道完謝後，法藍在馬車前交叉手臂跪下。

「梅茵大人，由衷期盼您平安歸來。」

這大概是對要出門的主人說的問候語，但因為太過出乎意料，讓我慌了手腳，不知道該怎麼回答。我始終認為神官長才是法藍的主人，更何況我對法藍來說，也不是一個好主人，他並不需要等候我的歸來。見我語塞，班諾在我耳邊低聲說：

「只要回答他『留在這裡等我回來』就好了。」

要法藍等我回來？但神殿又不是我的家，我在這裡也沒有房間，也還沒有熟悉到覺得在這裡有自己的容身之處——要這麼反駁很簡單，但是，聽到法藍說會期盼我的歸來，我就覺得自己身為法藍的主人，必須要回來這裡，內心感到很難為情。

我輕吸一口氣，盡可能有主人樣子地回道：

「法藍，留在這裡等我回來。」

我橫躺在馬車裡的座位上，頭部枕著班諾的大腿。班諾摘下黃金別針，把披風蓋在我身上，變冷的身體好像暖和了一些。放心吐口氣的同時，我才意識到自己現在的姿勢，忍不住想要放聲大叫。

……怎麼回事?!這不就是所謂的枕大腿嗎！

不只偷偷交換紙條，居然連和家人以外的異性枕大腿這種初體驗，對象又是班諾，真是作夢也想不到。不過，這種絲毫不帶男女之情的案例可以不算數嗎？因為使不出力氣，我無法避免地全身重量都壓在班諾的大腿上，但在回到商會之前，也只能保持這個害羞的姿勢了。為了稍微分散想要逃跑的心情，我說話速度有些變快地開口問班諾。

「班、班諾先生，神官都沒有便服嗎？」

「因為沒有必要，就算沒有也很正常。」

依據班諾的說明，神官只有儀式的時候才會離開神殿，出現在平民區。雖然沒有青衣神官那麼醒目，但基本上都不離開神殿半步的灰衣神官要是跟在我身邊，在城裡走來走去，只會招來不必要的注目。

「但這些事不重要。梅茵，妳別再說話了。」

班諾用勸告的語氣冷靜地說，緩緩地撫過我的額頭。接著為了暖和我冰冷的手，輕輕握住我的手。班諾的動作簡直像在對待病倒了的重要戀人。連在前世都沒有累積過這種經驗的我，比起害羞，更感到困惑，不知道該作何反應。

……雖然語氣很粗魯，但就是因為班諾先生會無意識地做這些動作，身邊的人才產生奇怪的誤解啊！

好像看穿了我的想法，坐在對面的馬克哀傷地垂下目光。

「老爺，梅茵並不是莉絲小姐。請您放心吧。」

「……我知道。我當然知道，所以別把『放心吧』說得那麼簡單。」

班諾望著窗外說，卻沒有放開我的手。因為班諾不把臉龐轉過來，所以我看不見他的表情。但是，總覺得好像不小心觸及了能力出色、看似無懈可擊的班諾心中，那絕不容許他人觸碰的傷口。當年他的戀人大概也是笑著說「放心吧」，想讓班諾安心，最後卻離開了這個世界。

無法開口和班諾攀談，也無法回握那隻為我帶來暖意的大手，馬車返抵了奇爾博塔商會。

「路茲，快進來辦公室！梅茵在神殿暈倒了。」

路茲似乎待在店裡工作，一邊等著我回來，聽到馬克難得扯開喉嚨大喊，踩著慌亂的腳步聲跑過來。

一張長椅在馬克的指示下搬進辦公室，班諾先拿開披風，讓我躺在長椅上，再把我虛軟無力的手臂放在肚子上。想不到自己的手臂還滿重的。接著披風再一次代替被子，輕柔地蓋在我身上。

橫躺在長椅上後，只見路茲擔心地低頭檢查我的臉色。他摸了摸我的額頭、脖子和手，一臉納悶。

「妳應該是累了，臉色很差，但又沒有發燒，手腳反而還很冰冷。只是全身使不出力氣嗎……我從來沒有看過這種情況。梅茵，妳今天一天都做了什麼？」

路茲問，我開始回想非常漫長的這一天。

「呃……我先是去了神殿，進行宣誓儀式，再祈禱和奉獻，然後為我介紹侍從，聽神官長說明了一些事情，之後直到路茲來接我為止，都待在圖書室看聖典。再接下來的事情，路茲和班諾先生也都知道了。」

「奉獻是什麼？」

「呃，就是往神具灌注魔力。體內多餘的熱意變少了，感覺神清氣爽喔。」

說明到一半，肚子發出了「咕嚕嚕嚕嚕～～」的叫聲。所有人都看向我的肚子。

……對喔，現在才想起來，我好像沒吃午餐。因為一直都很緊張，完全忘了這回事。一想起來，就覺得肚子好餓。

「我好像肚子餓了。」

我說完，緊繃的氣氛也稍微緩和下來。馬克微微一笑，打開通往樓上的門扉。

「既然沒有發燒，還會覺得肚子餓，那身體應該也不會突然出現異狀吧。我去換身衣服，順便端點食物過來，老爺。」

兩人的身影消失在了門後。路茲拿了張椅子搬到長椅旁邊，坐在椅子上後，皺起眉頭，顯然還問不夠地繼續追問：

「居然這種時候肚子餓，妳中午吃了什麼啊？」

「因為不想占用到看書的時間，所以我沒吃。而且看書的時候，我可以兩天都不吃飯也沒關係。」

我說完，路茲翡翠色的雙眼就綻放出了憤怒的冷光，語氣變得凌厲。

「喂，那是什麼時候的事？妳變成梅茵以後，是因為沒有書才想要做書吧？那妳所謂看書的時候可以兩天都不吃飯也沒關係，到底是指什麼時候的事？該不會是成為梅茵之前的事了吧？」

「啊……」

路茲知道我並不是真正的梅茵，擁有麗乃的記憶，所以一聽到他這麼說，我淌下冷汗。路茲說得沒錯，兩天不進食也沒關係，是麗乃那時候的事了。自從變成了體弱多病的梅茵，我雖然曾經身體不舒服吃不下飯，但從來沒有自己主動不吃過。

「而且妳說妳用了魔力，意思是指妳可以照著自己的意思，去移動身蝕的熱意吧？差點被身蝕吞沒的時候，妳不是說過，體溫一下子上升又下降很痛苦嗎？那跟使用魔力應該是一樣的情況吧？」

「可是，奉獻是魔力朝著一個地方被吸走，身蝕是熱意在體內沒有目標地亂竄，兩件事並不一樣啊。」

「但一樣都是有魔力在妳體內流動吧。更別說妳本來就身體虛弱又沒體力，居然還不吃午飯，一直亂跑到現在，那難怪會暈倒啊！妳這笨蛋！」

大喊後，路茲像是洩了氣，鬱悶地嘆息。接著他握住我的手，按在自己的額頭上，用快哭出來的雙眼注視著我嘀咕說：「冷死了，現在是夏天耶。」

「因為看到圖書室太興奮了，就完全忘了要吃飯。對不起喔，路茲。」

路茲緊握住我的手，雙眼還隱約泛著淚光地激動大喊：

「怎麼可以忘記這種事！這是妳自己的身體耶！」

「在吵什麼？對方可是病人，小聲一點。」

大概是非常快速地換好衣服，班諾從裡面的房門走出來，一邊皺眉提醒路茲。路茲為了班諾站起來，放開我的手。空出位置後，沒好氣地吐出自己的委屈。

「都是因為梅茵說她看書看得太認真，忘了吃午飯才暈倒，所以我才……」

「妳這個大白痴！」

「呀啊?!」

才提醒路茲別對病人大聲說話，班諾自己就怒聲咆哮，還震耳欲聾到了我以為自己的心臟要停止跳動了。就算班諾瞪大了眼睛怒吼，我也沒辦法逃跑，更沒辦法摀住耳朵，只能用嚇得迸出了淚水的雙眼，愣愣地望著站在眼前的班諾。

「聽說身蝕的成長速度之所以緩慢，就是因為被魔力吸走了營養。妳在使用了魔力之後，居然還敢不吃飯?!」

「這、這我怎麼知道嘛……」

「這可是妳自己的身體！這個蠢丫頭，還不多用點心蒐集身蝕的資訊！」

我知道班諾說得沒錯，但我根本不知道要怎麼蒐集身蝕方面的資訊啊。但要是多嘴說了這句話，感覺只會火上澆油，讓班諾更是火冒三丈。

「梅茵總是粗心大意，但也不是現在才知道的事了，請妳一定要多加注意自己的身體。另外，也請老爺不要再對無法起身的病人大聲怒吼了。」

馬克的語氣雖然溫柔，但也沒有縱容我，喀噹地將餐具放在桌上，扶我坐起來。

「梅茵，這些妳吃得下嗎？」

碗裡是把堅硬的麵包切作小片，再浸在牛奶裡的麵包粥。這是專門做給病人吃的食物，上頭甚至還淋了蜂蜜。甜甜的，一定很好吃吧。

「我來扶著梅茵。路茲，你能餵梅茵嗎？」

「我很不會餵人，可能會弄髒那身衣服。」

路茲指著我身上的青衣，一臉為難地說。青衣因為是貴族的衣物，品質絕佳，價格也很高昂。要是濺到牛奶後，發酸發臭就糟了。但是，就算要先把青衣脫下來，青衣的穿法卻是從頭套在身上，所以很難一邊扶著完全使不出力氣的我，一邊脫下衣服。

「這樣啊，這可傷腦筋了。」

「馬克，你去拿蜂蜜的結塊部分過來。得先讓梅茵稍微可以自己移動，不然很難幫她脫下衣服。」

馬克立即遵照班諾的指示行動，拿來了結晶狀的小塊蜂蜜。形狀凹凸不平、就像星糖一樣的蜂蜜放進了嘴裡。蜂蜜慢慢融化後，香醇的甜意滲透般逐步滋潤了整個身體。當結晶的蜂蜜在嘴裡徹底融化消失，我也覺得身體恢復了一點暖意。好幾塊結晶蜂蜜又接著放進我的嘴裡，我專心地舔著蜂蜜，班諾就搔搔頭。

「梅茵，關於使用魔力，神官長有沒有對妳說過什麼？像是可能會覺得不舒服，或是事後會像現在這樣全身無力……」

我回想神長官上午說過的話。

「呃……神官長是說過，要我在不會造成負擔的前提下進行奉獻。但我只覺得身體變得輕盈又清爽，一點也沒有造成我的負擔。」

「是嘛。但妳一直以來都處在身蝕的狀態，所以體內經常充斥著魔力吧？有沒有可能是平常充斥在體內的東西忽然不見了，才導致這種異狀發生？」

「……也許有這可能。」

我集中意識，打開一直封印著魔力的蓋子，釋放出少許可供擴散的熱意後，讓熱意慢慢地在體內循環，就感覺到冰冷的指尖變暖和了。往還需要熱意的地方注入熱意後，重新蓋上蓋子。

「好像被班諾先生說中了，身體變暖和了呢。」

「但妳不要暖和過頭又病倒喔。」

路茲立刻從旁邊提醒我。路茲完全掌握了我很可能會做出來的蠢事。

「……應該是沒問題了。」

手變暖了以後，我試著慢慢張握手心。雖然感覺還有些僵硬，但可以照著自己的意識行動了。見狀，班諾也放心地吐氣。

「梅茵，關於身蝕，我很多也都是透過別人聽來的資訊。所以關於魔力，妳要自己向神官長問清楚。雖然還年輕，但他有著青衣神官中少見的清澈眼神。」

「咦？神官長很年輕嗎？」

我訝異地眨了幾下眼睛，班諾先是聲明：「妳還是小孩子，所以我不知道妳的年輕是指多年輕。」然後回答：

「但他的外表看起來才二十二或二十三歲吧。因為給人的感覺還涉世未深，顯得青澀，所以有可能還要更年輕……」

「騙人?!不是已經三十歲左右了嗎？我還以為年紀和班諾先生差不多！」

「梅茵，妳這句話絕對不能在本人面前說。」

班諾用非常恐怖的表情警告我。

……可是，因為神官長很穩重，又散發出一種威嚴，也很習慣使喚人，再加上又是神官「長」，我還以為年紀已經不小了呢。

我「嗯……」地沉吟，一邊挪動身體的每個部位，試著想翻身坐起來。然而，因為還沒辦法自己移動，別說翻身了，我直接從長椅滾到了地板上。

「梅茵?!」

「笨蛋，妳在幹什麼！」

「因為我以為好像可以坐起來了……」

聽完我的辯解，三個人一致橫眉豎目。

「一個完全動不了的傢伙在說什麼鬼話？」

「是啊，眼睛真的片刻也不能離開梅茵呢。」

「拜託妳了，妳就乖乖不要亂動。」

看到我稍微恢復了體力，三個人似乎都安下心來，但擔心的心情開始轉變成憤怒。三人團團圍住掉在地上的我，背後都燃燒著熊熊的怒火。

「路茲，你去告訴梅茵的侍從法藍，要他從今以後，關於梅茵當天的所有行動、有沒有使用魔力、午餐吃了什麼，全部都要詳細報告。」

「畢竟若不嚴格監督梅茵，就不知道她會做出什麼事情來，這麼做也是應該的吧。因為明明都在旁邊看著她了，還是發生了這種情況。」

班諾以指尖咚咚地敲著桌子，怒氣沖沖地瞪著我；馬克乍看下笑臉迎人，眼底卻完全沒有笑意，表情非常恐怖。我一句話也無法反駁，垂頭喪氣地乖乖聽著班諾和馬克的訓斥，接著聽見路茲低聲說了。

「擺出那種表情也沒用，這次不會再輕易放過妳了。」

最了解我的路茲伸手指著我，大聲宣告：「看到書就在自己眼前，梅茵才不可能會聽地位比自己低的侍從說的話。要是侍從告訴我們，妳因為有人打擾妳看書就生氣，或是沒有按時吃午餐……我就要拜託神殿裡面地位比梅茵高的人，禁止妳進入圖書室！」

……太殘忍了！

多虧了大家的關心，看來我今後在神殿也要過著徹底受到監控的健康生活了。

購買舊衣

等到魔力充滿了整個身體，可以移動手腳，我開始吃起馬克準備的麵包粥，然後總算能像平常一樣隨心所欲地行動了。

「梅茵，關於侍從的便服，要我幫妳準備，還是妳要自己準備？」

「便服該去哪裡買比較好呢？應該不能去我們平常去的舊衣舖吧？」

雖然平民都因為生活貧困，很難自己做新衣，但除了像我這樣的例外，一般小孩子都會不斷長高。不出多久就會需要更大件的衣服，穿不下的衣服也沒有了用處。但是，因為房子都已經夠小了，根本沒有空間可以堆積用不到的東西，所以除了正裝那類的高價衣服，便服一旦穿不下了就會拿去舊衣舖賣，再在舊衣舖購買今後要穿的便服。減去店家收購衣服的報價後，就能用便宜一點的價格購買新的舊衣。因為只要能穿就好，所以衣服當然都很髒，補釘更要當作只是點綴。至於設計感？沒有這種東西。重點只在於布料的厚度以及是否耐穿。要是衣服的布料變得太薄，店家就會不願意收購，只能拿來當作嬰兒的尿布或抹布。

「笨蛋，別讓他們穿著那種衣服在北邊亂晃。」

將會和我一起出入奇爾博塔商會和神殿的侍從，基本上都在高級地段的城市北邊活動。所以不能讓他們穿和我們一樣的便服，否則太寒酸了。

「但我不知道哪裡有高級的舊衣舖，也不知道侍從該穿哪種衣服。所以，就全面交給班諾先生負責吧。」

「明天妳要是沒有發燒，我就帶妳去一趟舊衣舖。順便也要查看餐廳的工程進度，妳也一起來。」

「好的。」

我點點頭，班諾看向路茲。

「路茲，雖然你明天本來休息，但也一起過來吧。」

「路茲，對不起喔，還要你陪我。」

「沒關係，我正好也想用便宜一點的價格買到制服以外的衣服。」

進入神殿以後，路茲依然要陪我行動，所以在沒有工作的日子，也想要能夠在北邊行走的衣服。和便服不一樣，學徒制服每次穿完都要清洗。因為從事服務業，必須維持整潔的儀容。但是，衣服越常清洗，布料當然也磨損得越快。雖然不想讓制服磨損得太快，但路茲能在北邊走動的衣服就只有學徒制服。

「要是沒有其他衣服可以在休息的時候穿，就又要再訂做學徒制服了。」

聽到路茲這麼說，我也想要為自己買件衣服。我也和路茲一樣，除了學徒制服外，沒有能在北邊走動的衣物。

「班諾先生，到時候也請幫我挑件衣服吧。」

在這裡，從來不可能特地為了自己的衣服去買東西。一想到明天要去買東西，我興高采烈地和路茲一起踏上歸途。

「路茲，那明天見了！」

我笑容滿面地和路茲道別，他卻瞪著我說：「我還沒向妳家人報告今天的事情。」

我「嗚」地畏縮，但當然阻止不了路茲。

「為什麼梅茵都不好好照顧自己?!」

「多莉，不要哭嘛！」

「我才沒有哭！我是在生氣！」

我知道多莉其實一直很擔心我去了神殿以後，身蝕真的就能治好嗎？會不會突然就消失不見？所以看到多莉哭著對我生氣，讓我最有罪惡感。

「對不起，對不起嘛。我下次再也不敢了。」

「……以後會乖乖吃午飯嗎？」

「那當然！」

我用力點頭後，多莉上揚的眉梢就稍微往下掉。

「妳會乖乖和貴族大人討論魔力的事情嗎？就算看到書，也不會忘記約定嗎？」

「……唔……」

「梅茵？」

多莉用淚光閃閃的雙眼瞪著我，但明知道自己做不到，所以我無法輕易答應。我非常肯定，一旦看到書在我面前，理智一定轉眼間就飛到九霄雲外去。

「……為、為了不忘記，我會叫侍從提醒我。他做事很認真，妳放心吧！」

「唉，妳就是不能答應我，妳自己會做到吧？」

多莉咳聲嘆氣地聳肩，但我沒有自信能夠遵守約定。雖然家人都哭笑不得，但怒火似乎也消了大半，所以我改變話題。

「對了，多莉。如果妳明天工作休息，要不要一起出門？我要去幫侍從買衣服，所以要去挑選北邊人們穿的衣服，雖然只是去舊衣鋪，但也能學到東西吧？」

而且，幫忙挑選衣服的人是班諾。班諾是專向貴族販售服飾的大店老闆，這樣的經驗對多莉來說一定很有幫助。

「但明天會去很多地方，可能也要陪著我一起去，如果妳不嫌麻煩的話。」

「嗯，好期待喔！」

多莉露出了開心的燦爛笑容。看著多莉一如往常的甜美笑容，我暗自鬆口氣。

……太好了。多莉好像不生氣了。

「什麼啊？多莉，妳今天也不去森林嗎？」

我和多莉及路茲兩人手牽著手，正要從水井廣場走向大道時，背後傳來了帶有些許譴責意味的呼喊。

「啊，拉爾法。」

回過頭，路茲的哥哥拉爾法正一身便服，揹著籃子追上我們。那身裝扮顯然要去森林。看到為了要去北邊，穿上了最漂亮衣服的多莉，以及穿著學徒制服的路茲和我，拉爾法微微皺臉。

「你們要去哪裡？」
「我今天要去參觀衣服喔。拉爾法要去森林吧？」
為了順便和開始工作的朋友們交換資訊，多莉沒有工作的日子通常會去森林。但其實現在的情況和以前不一樣，從家計層面來看，多莉並不是非去森林不可。因為我和幾年前比起來，臥病在床的次數已經大幅減少，現在我和多莉也都開始工作，所以家裡的經濟情況改善了許多。
但是，路茲家有四個正值發育期的男孩子，伙食費的開銷極大，即使四個孩子都出去工作了，家計簿上的收支變化大概還是沒什麼改變。而且學徒的薪水很少，搞不好現在因為比較少去森林裡採集，食物變得比以前還要匱乏。也因為這樣，休息的時候大家自然都要去森林採集，但只是學徒的路茲居然連休假也要去店裡，家人似乎都不太高興。路茲還發過牢騷說：「與其給家人比一般學徒薪水多一倍的錢來彌補，他們還是更希望我去森林採集。」
在走到大道前，多莉都和拉爾法並肩前進，表情尷尬的路茲則稍微落在後方走著。我和路茲手牽著手前進，發現拉爾法不時往這裡看過來，路茲就會輕輕嘆氣。
「拉爾法，那你加油喔！」
「嗯。」
來到大道上後，拉爾法要往南，我們要往北。多莉一邊向拉爾法大力揮手，一邊握住我空著的另一隻手。我們走在大道上，開始往城市北邊前進。因為要參觀衣服，主要都是興致高昂的多莉在說話，路茲則照著馬克的吩咐，努力成為善於傾聽的人，聽著多莉說話。

忽然感覺到一道視線，我回過頭，只見拉爾法一臉欲言又止，還站在剛才道別的地方看著我們。但視線一和我對上，他就像做了虧心事被人發現一樣，急忙地轉身跑向南邊。漸行漸遠的距離，就好像是路茲與其他哥哥之間內心的距離，我默默地垂下目光。

抵達奇爾博塔商會時，班諾已經做好了出門的準備，正在店裡頭工作，並向馬克和幾名員工下達指示。

「今天多莉也一起來了嗎？前陣子珂琳娜才在說，多莉以後可以成為手藝精湛的裁縫師吧。」

「真的嗎?!我好高興！」

班諾掛著對外的親切笑容，誇獎多莉。今天要和班諾一起外出，而不是和馬克。上午要去巡視義大利餐廳的改建工程，檢查工匠們是否有按照要求進行改建、有沒有擅自把建築材料換成便宜貨。

「工程這麼快就開始了啊。」

「因為比預期中要快就決定了地點。現在正在擴張廚房。」

義大利餐廳的所在位置，是向飲食店家協會購買了原先在城市北邊的一間飯館。現在正在進行改建工程，首先要設置烤爐，擴張廚房的面積，之後再把地板全面換新。因為要提供貴族等級的飲食，所以內部的裝潢也預計砸下重金。目標是成為一間能讓客人覺得自己像成了貴族在吃飯的高級餐館。

「等餐廳改建好了，我打算邀請那些和貴族做生意的大店老闆，舉辦試吃會。」

「嗯，就是模仿公會長……」

「這不是模仿！試吃會是妳的提議，所以我並不是模仿公會長。」

「……這樣啊。」

不論是木材、磚瓦和鐵等材料，還是工匠的施工情況，看起來都沒有什麼問題。烤爐尚未完成，但一等烤爐做好，就會雇用廚師，讓廚師在開店前進行練習。

「幸好一切很順利呢。」

我由班諾抱在手臂上，環顧正在施工的餐廳內部說，班諾的臉色便沉下來。他用只有我聽得見的音量，小聲嘀咕：

「不，問題還堆積如山。」

「咦？」

「……但這些事不需要告訴妳。喂，要去另一間店了。」

班諾呼喊路茲和多莉，接著前往和奇爾博塔商會也有長年往來的舊衣鋪。多莉不停回頭看向正在施工的餐廳，一邊走著，麻花辮一邊跟著她蹦蹦跳跳。

「不知道貴族等級的飯菜是什麼樣子？真想吃一次看看呢。」

我隔著班諾的肩膀，低頭看向和路茲一起走在班諾後頭的多莉，回想自己構思的食譜。

「嗯……應該有三成是多莉在家裡也吃過的菜色，五成是用烤爐做的新食譜和點心，剩下兩成是以尹勒絲廚師的食譜為基礎，再稍作變化的創意料理吧？」

我說完，多莉微微皺起小臉。

「……難不成那間餐廳要賣的食物，就是梅茵的怪怪料理嗎？」

「多莉，太過分了！妳明明都吃得津津有味！」

明明平常都吃得很開心，此刻卻從家人口中聽到「怪怪料理」的評價，大受衝擊的我不禁心灰意冷。多莉急急忙忙補充說：

「很好吃喔！雖然真的很好吃，但第一次做的人，看到梅茵提供的做法都會大吃一驚吧？雖然我已經習慣了。」

「好吃就好了啊。」

路茲聳聳肩說「好吃就好了」，卻也沒有糾正多莉說的「怪怪料理」這個形容。我教的做法確實常常和這裡的調理方法不太一樣，所以無法堅決否認。

「怎麼？你們都吃過梅茵做的料理嗎？」

因為餐廳正在改建，廚師無法做菜，所以在場的人當中，只有班諾還沒有吃過我做的料理。但聽到班諾這麼問，路茲和多莉卻表情非常複雜地互相對看。

「呃，雖然食譜是梅茵提供的，但是……對吧，路茲？」

「嗯，出力做的人都是我們。一點也不覺得算是吃過梅茵做的料理啊。」

……說得完全沒錯。

不斷長高的兩人和幾乎沒有成長的我，如今體型已經是截然不同。以麗乃那時候的記憶來作比較，就是幼稚園小孩和小學中年級學生的差別。體格相差這麼多，手能搆到的高度自然也不一樣，力氣也不同。不管要做什麼，能力範圍都相差懸殊。我能做的事情明明沒有增加多少，但兩個人就算沒有父母的協助，能做的事也越來越多。

「我也想長高啊……」

我咕噥地脫口說出了真心話，但似乎只有抱著我移動的班諾聽見。因為沒有意識到自己發出了聲音，所以班諾安慰地輕拍我的背時，我心頭一驚。

我會長不高，都是因為身蝕的關係，誰也無能為力，但要是被多莉和路茲聽見我的埋怨，兩個人一定會很擔心，還會耿耿於懷。我偷偷往後面看，觀察兩人有沒有聽見。看見兩人在討論我提供的食譜中有哪些東西好吃，我才放心地吐一口氣。

正在改建的餐廳和接下來要前往的舊衣舖都在城市北邊，所以沒多久就抵達了。城市北邊的舊衣舖，和我家會去的舊衣舖果然大相逕庭。我熟悉的舊衣舖，都是大略地依照尺寸把衣服放在籃子裡，髒兮兮的灰色和茶色衣服堆作一疊疊小山。但北邊的舊衣舖可能是因為品質較好，除了貼身衣物外，每件舊衣都會掛在十字形的衣架上，色彩也很繽紛。因為每件衣服都是量身訂做，所以沒有其他尺寸和顏色可供挑選，但整間店的氣氛就像麗乃那時候，小鎮老闆基於個人興趣所開的服飾店。

我們一走進店裡，一名看似是老闆的女性就瞪大眼眸，快速衝上來。深棕色的頭髮嚴謹盤起，同樣顏色的雙眼閃著好奇的晶亮光芒。

「哎呀，班諾，這是怎麼回事？你什麼時候生了這麼多孩子……」

「妳在胡說八道什麼？」

「因為從來沒傳過八卦消息的班諾，居然帶著小孩子來我這裡耶！這麼有趣的題材，我當然要加油添醋一番，和朋友分享呀。」

「喂，妳別亂來。」

大概已經認識很久了吧，兩人輕鬆自在地你一言我一語。我們愣愣地看著兩人，班諾於是打斷女性，說明來意。

「今天我是來幫他們買衣服，順便讓店裡的學徒跟我學點東西。」

「店裡的學徒……班諾先生要教路茲什麼事情呢？」

「梅茵，身為我店裡的學徒，怎麼可以連一套衣服都不會挑選？」

路茲「唔唔」地不敢吭聲。過著貧民的生活，從小到大都認為衣服耐穿最重要，路茲和多莉並沒有培養出鑑賞衣服的眼光。班諾是想讓他們意識到這一點，重新開始學習吧。

「梅茵，妳侍從的衣服從這邊挑選就好了。款式比較新，袖子也短，方便活動。」

「要從這邊挑選的話，那件深綠色和褐色的衣服比較適合法藍吧，班諾先生覺得呢？法藍做事認真又一絲不苟，應該也很適合他的髮色和瞳孔顏色。」

「……不錯啊。至於另外兩個人我沒見過，所以沒辦法幫妳。從妳挑給法藍的品味來看，應該不會太糟。那妳隨便挑一件吧。」

「是～」

班諾把我放下來後，我開始在給小孩子穿的小件衣服當中，挑選看來適合吉魯和戴莉雅的衣服。雖說挑選，但同尺寸的衣服並不多，所以選擇非常有限。想當然地，我很快就選好了。只剩下在路茲身上比對，確認大小是否真的沒問題。

……唉，要是有更多衣服可以選就好了。

挑起來一點成就感也沒有，我不禁意興闌珊。麗乃那時候真是太奢侈了，衣服簡直是唾手可得。明明那時候對衣服沒什麼興趣，現在沒有了卻又想要，人類真麻煩。

「路茲、路茲，你可以過來一下嗎？」

「梅茵，怎麼了嗎？」

「吉魯的身高正好和路茲一樣，所以我想放在路茲身上比比看。」

我抱著三件男生的衣服，攤開來在路茲身上比對。大小看起來沒問題。接著我把其中一件拿給路茲。

「在這種大小的衣服裡面，這件應該是最適合路茲的。吉魯應該是這件吧？」

我來回比較著手上要給吉魯穿的衣服，班諾輕輕嘆氣。

「梅茵，妳是在哪裡學會怎麼挑衣服的？」

「在哪裡？……我沒有學過啊。」

雖然我看過很多介紹色彩搭配的書籍和服裝雜誌，但並沒有正式學習過。真要說的話，學校的美術課可能算吧。

「反正關於妳的事情，怎麼思考也沒用吧。」

「是呀，請班諾先生就這麼想吧。路茲，接著讓我比比看這件。」

我拿起為戴莉雅挑選的連身裙，路茲就瘋狂搖頭。看著以紅色為基底，造型十分可愛的連身裙，他舉高雙手比叉。

「這件衣服應該拜託多莉吧！我不要！」

「因為多莉比路茲還高嘛。戴莉雅又比路茲要矮，所以沒辦法拜託多莉。」

儘管路茲老大不甘願，但我還是把要給戴莉雅的衣服攤在路茲背上，挑選尺寸。因為戴莉雅的身高和我及多莉都不一樣，這也沒辦法嘛。

「那麼，路茲，從挑選適合梅茵的顏色開始學起吧。例如這一種綠和這一種綠，雖然都是綠色，但還是有差異。那適合梅茵的是哪一種綠色？」

和剛才拿著衣服在路茲身上比對一樣，這次換作班諾在我身上比對衣服。路茲和多莉一臉認真地來回看著我和衣服，伸手指向同一件。

「這邊！」

「沒錯，這件更適合梅茵的膚色。那如果是這件和這件呢？」

班諾一邊實際拿著衣服在我身上比對，一邊開始說明同色系、類似色、補色、中差色、彩度和明度等與色彩有關的知識。把長年累積的經驗彙總成為知識後，就是我看過的色彩搭配書籍嗎？我感慨萬千地這麼心想著，坐在椅子上，任由班諾拿著布在我身上比劃。

「先記住客人適合哪幾種顏色以後，接著再挑選款式。服裝是最能體現身分和地位的物品，要是穿了不符合自己階級的衣服，往往會帶來麻煩。最切身的例子，就是梅茵的洗禮儀式。」

「啊嗚……」

「今天要為梅茵挑選的衣服，要供她出入神殿。身邊會帶著侍從的人所穿的衣服，重點在於袖子的長度。」

這麼說來，我想起了班諾前往神殿時，就是穿著袖子很長的服裝。長到簡直像是未婚女性和服的袖子，感覺不管要做什麼都很礙事。

「因為自己不用做事，侍從會打點好一切，所以長袖的衣服是用來顯示自己的身分不用在乎衣服的污漬。但實際動手工作的人，就不能穿著累贅的長袖。」

「咦？可是，當時馬克先生也穿著長袖吧？雖然還不到班諾先生袖子的一半。」

「那是去見貴族時，侍從該穿的衣服。因為對方會有侍從和僕人，馬克幾乎不用做事。反過來說，如果是貴族來訪，馬克就必須換上短袖的衣服，熱情款待對方……雖然還沒有貴族來過我們商會。」

「哦～」我輕輕點頭，路茲和多莉則是雙眼發亮，專心地聽著班諾講解。

「那麼，參考我剛才的說明，現在為梅茵挑選適合她的衣服吧。路茲、多莉，不知道誰會選得更好？」

兩人目光銳利地互瞪之後，開始在店裡頭來回行走，挑選衣服。見狀，班諾開心得輕笑起來。

「梅茵，幹得好。有競爭對手在，成長速度會快得驚人。」

「對多莉來說也是很好的學習，真是太好了。」

看著兩人認真地比較衣服，實踐自己學習到的內容，我順便詢問班諾在貴族社會裡，應該要注意哪些事情。但是，班諾搖搖頭。

「妳和我的身分不一樣。如果妳是和貴族往來的商人，我自然可以教妳，但關於要怎麼在貴族之間周旋，問法藍會比較正確。就和路茲一樣，再瑣碎的事情都要問清楚。因為對方完全不知道，妳究竟不了解哪些事。」

我聽了點點頭，這時候路茲和多莉抱著衣服衝過來。

「梅茵，妳要選哪一件？」

「咦？呃……」

在路茲和多莉的逼問下，我招架不住地看向兩人選的衣服。多莉選的是可愛的粉紅色連身裙，路茲選的是以藍色為基底的連身裙。

「如果只是要在外頭走動，多莉的衣服比較可愛，但考慮到要去神殿，好像是路茲的衣服更適合。真難選擇呢……」

「妳先試穿看看吧。」

班諾說，我和拿著多莉與路茲所選衣服的老闆一起進入試衣室。老闆幫我穿上多莉選擇的衣服後，讓我站在磨得光可鑑人的金屬鏡子前。

「嗚哇……」

我第一次看見自己的五官。臉型是鵝蛋臉，肌膚白得近乎透明，但其實更偏向病懨懨又沒有血色的蒼白，藏青色的直髮好像又讓皮膚顯得更慘白了。

鏡子裡還映照出了一對滴溜溜的大眼睛，黃色的眼珠像金色又像黃土色，正驚訝地瞪得老大。筆挺又形狀姣好的鼻子和豐厚的下唇很像母親，和多莉就只有眼睛像而已，其他都不像。

只要再加上小孩子特有的開朗朝氣，在麗乃那時候無庸置疑是可愛的小女孩。不過，不知道在這個世界會得到什麼樣的評價。但路茲說過我長得可愛，那表示審美觀應該差不多吧。我「唔唔」地苦惱，讓大家看我試穿上的衣服。

「哇啊！梅茵，好可愛喔！太適合妳了！」

多莉看到我穿上了她挑選的衣服，立刻讚不絕口，路茲則歪著頭發出沉吟。不過，表情顯得很不甘心，所以是適合到了他難以開口挑剔的地步吧。班諾露出苦笑，揮揮手示意我去換下一件。

「果然這件更適合梅茵！」

換上路茲選的衣服後，這次換路茲笑容滿面地大力稱讚。多莉有些不甘心地嘟著嘴唇說：「我選的衣服更適合啦。」結果兩人開始爭論起誰選的衣服更適合我。眼看兩人爭論得越來越激動，我求助地回頭看向班諾。班諾摸著下巴，環顧店內。

「梅茵，妳照鏡子確認過自己的模樣了吧？妳覺得哪件衣服最適合自己？」

「呃……如果還要考慮用途，我覺得這件、這件和這件比較好吧？」

我最先拿起了一件白襯衫。袖子很長，領口和袖口還綴有蕾絲裝飾，樣式雖然簡單，但很符合貴族的裝扮。第二件是正好適合穿去神殿的藍色裙子。上頭雖有花朵的刺繡，但只要套上青衣巫女服就看不見了。最後是有著花朵刺繡和蕾絲，造型像是馬甲的紅色背心。

「如果是這幾件，之後只要再多買其中一件，或是再買新的作替換，就能大幅改變整體的感覺，還能搭配現在既有的學徒制服。班諾先生覺得怎麼樣？」

我抬頭看向班諾問。班諾輕聲笑著，看向路茲和多莉。兩個人都一臉出乎意料，瞪著我選的衣服。

「路茲、多莉，這裡的衣服不只有連身裙。快點拋開女孩子就要穿連身裙的常識吧。」

貧民女孩子的衣服就只有連身裙。因為如果要縫製成上下兩件，就需要更多的布料。我們會為了禦寒而穿上好幾層衣服，但從不曾為了漂亮而打扮自己。在我生活周遭，也沒看過有人會只替換掉襯衫的領口，或為袖口換上新的蕾絲。

「在下次之前要好好複習。」

兩個人消沉地垂頭喪氣，但接著同時抬起頭來，表情充滿了要贏過競爭對手的火熱鬥志，不知為何卻都盯著我瞧。

路茲的怒火與吉魯的怒火

「妳今天的行李還真多。」

一早路茲就來接我，看到我堆在籃子裡的布包，聳肩這麼說道。去森林時用的籃子裡頭，今天放了大量以布包起的衣服。有要給法藍、戴莉雅和吉魯的衣服，我的青衣及腰帶，還有昨天剛買的三件式衣服。

昨天買的衣服很可愛，很像是民俗服裝，但因為沒有補靪，甚至還有精美的刺繡，長長的袖子上也綴有蕾絲，根本不是這一帶孩子會穿的衣服。要是穿著那身衣服走在路上，難保不會有人來找我們麻煩。

因為家人也提醒了我，所以最後我決定和路茲一樣，先穿平常的便服去班諾的商會，再借用路茲租的倉庫換衣服。在北邊活動以後，服裝和隨身攜帶的物品全部得換作高價品。因為這在北邊是理所當然，所以也無可奈何。但如果不提高警覺，被人發現自己平常就擁有昂貴物品，那往來住家會變得十分危險。

小孩子在洗禮儀式結束後所穿的學徒制服，通常是父母準備的新衣，所以很少會被歹徒盯上。但要是年紀漸長後還穿新衣，就有可能被小偷鎖定為目標。看來最好也拜託班諾幫我準備一間房間，讓我可以放東西。

「因為這樣，能請班諾先生也租給我一間便宜的房間嗎？」

路茲跑去自己房間換衣服的時候，我待在辦公室裡等他，順便拜託班諾租給我一間房間。正和無數木板奮鬥的班諾拉下臉來，為難地瞪著我。

「要租房間給妳是沒問題，但如果想要便宜一點，就只有閣樓的房間喔？……妳有辦法每次都只為了放東西和換衣服，就專程走到頂樓嗎？」

想起了現實中，自己連走上自家五樓就會氣喘吁吁，我「嗚」地萌生退意。

「只要慢慢地、慢慢地走上去，我想應該沒問題。」

「在我看來倒是很有問題。更何況妳在神殿沒有房間嗎？那妳有客人來訪的時候要怎麼辦？」

「客人？」

我去神殿就只是為了提供魔力和看書，應該不會接待到客人啊。我一頭霧水地歪過頭，班諾便放下筆，朝我看過來。

「像我派路茲去接妳的時候，原本會被帶到妳的房間吧？上次是怎麼處理的？」

「……就讓路茲在大門等我，灰衣神官再到圖書室來叫我。呃……也就是說，最好和神官長商量，看能不能指定圖書室為我的房間嗎？」

「為什麼會得出這種結論?!」

「因為這只是我個人的心願，忍不住就說出來了。」

我也知道擺滿了珍貴書籍的圖書室不可能變成自己的房間，只是說說心願而已。

「唉，算了……既然妳沒有房間，今天就向神官長提出要求，借間房間吧。」

「咦？今天嗎？」

「今天路茲的工作，就是要告訴法藍如何管理妳的身體狀況。」

「我知道了。我會和神官長商量看看。」

談話告一段落後，班諾拿起桌上的鈴鐺搖鈴。很快地，一名女傭從後頭的房門走出來。

「老爺，有什麼吩咐嗎？」

「幫梅茵換衣服吧。梅茵，妳就在屏風後面換衣服吧。妳不可能走到頂樓。」

……咦？意思是要我在這裡換衣服嗎?!

我硬是把湧到喉嚨的大叫吞回去。班諾向女傭下完命令以後，就拿起筆開始工作，女傭也動作俐落地展開屏風，打造可以更衣的空間。一切都很理所當然地進行準備，反倒是不知所措的我顯得很奇怪，害我想不到適當的句子來拒絕。

「呃，班諾先生，不勞你這麼費心，我只要慢慢走上去就好了喔？」

「妳體力本來就沒多少了，別在出發之前浪費掉。」

但我如此微小的抵抗，三兩下就被班諾的一句話粉碎殆盡。

……畢竟班諾先生也是在擔心我，這也算是種體貼，我又還是小女孩，別感到難為情就好了……才怪，太讓人難為情了吧！

「那個……」

「請問要換穿哪件衣服呢？這一件嗎？……好，準備完成了唷。請過來吧。」

「快點在路茲回來之前準備好。」

沒時間容我拒絕，更衣的準備就完成了。我只好死了心，走向屏風。

「……那就恭敬不如從命了。」

因為太丟臉了，我只想快點結束。走到屏風後頭，我在女傭阿姨的幫忙下，迅速開始換裝。一鼓作氣脫下連身裙，套上襯衫，下襬就長到了大腿，這下子就算被別人看到我也不在意。

襯衫上大量的小鈕扣有一半都由阿姨幫我扣上，再請她幫我調整裙子的長度和腰身，然後綁緊馬甲背心上的繩子。最後再戴上班諾給我的髮飾，更衣就大功告成。

「班諾先生，我換好了。謝謝你。」

我把脫下的便服摺好，抱在手上，走出屏風。班諾抬起頭來，由頭到腳慢慢地端詳我的裝扮。

「……嗯，還滿有模有樣的嘛。」

「咦？咦？意思是指我很像千金大小姐嗎？很可愛嗎？」

「不講話的話。」

「唔？」

我閉上嘴巴，把便服放進籃子裡。這時馬克帶著路茲走進來。

「老爺，失禮了。哎呀，梅茵，妳已經換好衣服了嗎？」

「班諾先生幫了我。」

「……老爺？」

「梅茵，妳這白痴！省略太多了！我只是叫來了瑪蒂達！」

班諾用力抓頭，用眼神示意正在收拾屏風的瑪蒂達。「哦。」馬克意會過來地點點頭，將換上了學徒制服的路茲往前推。

班諾瞥了眼路茲，確認路茲手上有片木板後輕點點頭。

「路茲，那你今天的工作，就是前往神殿，告訴梅茵的侍從法藍要怎麼管理梅茵的身體狀況。要請法藍向我們報告的事項已經整理好了嗎？」

「是的，老爺。」

路茲和馬克一樣行了一禮，帶著我的籃子走出辦公室。看到路茲的言行舉止越來越像個店員，我好像有點明白了父母在參觀孩子上課時的那種心情。

……哇，路茲也成長了不少呢。

「路茲，你的儀態和遣詞用字變得好很多了耶。」

「還差得遠啦，畢竟這也是工作啊。」

路茲露出了自豪的笑容。能為努力向上的自己感到驕傲，我覺得是件很棒的事。我也得向路茲看齊。

「就像路茲在店裡會用敬語一樣，我在神殿也得用貴族小姐的說話方式才行呢。」

「……妳沒問題嗎？」

「班諾先生沒說過我之前那樣不行，所以應該不會很突兀吧。但為了習慣，還是要多多練習……我在神殿改變遣詞用字的時候，就算很奇怪，你也別笑我喔。」

我本來就不習慣貴族小姐的說話方式，要是被路茲取笑，一定馬上就失敗。

「……那我也要用敬語說話嗎？」

「班諾先生面對貴族的時候，敬語的轉換流利到讓人吃驚呢。可能至少要用比較有禮貌的說話方式吧？」

「嗯、嗯……」

走到神殿，發現所有侍從都已經在門後的廣場等著我。明明沒有任何通知，他們怎麼會知道？我正感到納悶，路茲就告訴我，奇爾博塔商會已經先派來了使者。回家的時候，好像也要先通報一聲。貴族社會實在有夠麻煩。

……那麼，我該怎麼打招呼才好呢？「早安」？「我回來了」？嗯……

「哼哼，是不是很傷腦筋呀？」

「咦？」

本打算一到神殿就要應對得像是貴族小姐，卻馬上因為戴莉雅而受挫。我怔愕地發出訝叫聲，歪過頭後，法藍推開戴莉雅，站到我面前。

「梅茵大人，您回來了。一直由衷等著您平安歸來。」

「法藍，我回來了。我不在的時候沒有發生什麼事吧？」

我重新調整心情，詢問法藍。法藍在胸前交叉雙臂，微彎下腰。

「萬事無恙。」

「哪裡萬事無恙了啊！之前明明帶客人過來，卻沒有侍從陪著妳，一定很丟臉吧？哼哼，太痛快了！」

雖然戴莉雅得意萬分，但非常遺憾，我一點也不覺得丟臉。我反而更加體認到了法藍的能力有多麼出色，也非常慶幸會製造麻煩的問題人物不在。

「……有法藍陪著我喔。」

「哼！一個人又做不了多少事情，也沒辦法獻上捧花吧。客人一定很失望。」

……獻上捧花是什麼意思？就算要我從前後文來推測，我也不想知道。而且，班諾先生能夠認識神官長，禮物又受到好評，還掌握了主導權來決定梅茵工坊的獲利分配，看起來倒是非常滿意呢。

雖然搞不太清楚，但戴莉雅似乎是想聽到我說「真傷腦筋」。因為太麻煩了，最好快點結束掉這種對話吧。

「啊……嗯，真傷腦筋呢。真的非常傷腦筋。」

「哼哼，我就知道。」

「梅茵大人，您是對……」

「我現在正因為戴莉雅太麻煩了，非常傷腦筋。」

聞言，法藍心領神會似地垂下目光。我看向還放在路茲身後籃子裡的衣服，再看向戴莉雅，慢慢地側過頭。

「戴莉雅，我究竟該怎麼做，妳才會想認真工作呢？」

「我怎麼可能為了妳工作啊?!妳真是大笨蛋耶！蠢死了！」

戴莉雅露出沾沾自喜的笑容後，轉過身就跑走了。連句問候也沒有，還只顧著把自己想說的話說完，那以後就算要把她趕走，我內心也不會有罪惡感，還會覺得神清氣爽吧。

「……喂，梅茵，那個是怎麼回事？」

「基本上是我的侍從。」

「啊？那種傢伙也能當侍從喔？」

路茲張口結舌地指著戴莉雅離去的背影。看來他打算用敬語說話的決心已經蕩然無存。我懂路茲的心情。我如果不重新打起精神，也很難回到貴族小姐的說話方式。

「恕我失禮，但她是例外。」

可能是覺得自己的工作受到了侮辱，法藍立即反駁。如果侍從原先都由法藍這樣優秀的人才擔任，那麼目標是成為神殿長愛人的戴莉雅，確實算是例外吧。

「法藍是優秀的侍從喔。雖然戴莉雅看起來的確有問題……」

「哦……所以侍從不是全部都像她那樣吧。那就好。」

路茲才這麼說完表示理解，另一個問題兒童就自己跳出來。吉魯伸手指著路茲，狠瞪著他說：

「擅自跑進神殿裡來，你又是誰啊？」

路茲不悅地板起臉孔，說：「……誰啊？」但是，因為身高和自己差不多，又出現在這裡，路茲應該已經猜到吉魯是什麼人了。

「我的侍從。」

「也請把他當作例外。」

「所以正常的只有你一個嗎?!這怎麼搞的啊?!」

雖然法藍馬上聲明吉魯也是例外，但無助於改善路茲的觀感。畢竟路茲只看過我例外居多的侍從，所以認真可靠的法藍就成了少數派。我和法藍都捧住腦袋，吉魯則朝著路茲大聲叫囂。

「從剛才開始你就一直抱怨！你又不是神殿的人！」

「我是奇爾博塔商會的路茲，主要負責管理梅茵的身體狀況。今天我來，是要和梅茵的侍從討論怎麼管理她的身體狀況，結果侍從居然連好好打聲招呼都不會……」

路茲本來鬥志高昂，心想著要和貴族打招呼，所以他似乎非常失望。

「路茲，對不起喔。因為我這個主人還不成熟。」

「協助還不成熟的主人，不就是侍從的職責嗎？如果不能確實完成主人交代的工作，就不需要這種侍從。沒幹勁的傢伙就快點讓他們走人吧。像剛才的女孩子也是，她滿腦子就只想著找妳麻煩。」

路茲說得沒錯，但戴莉雅是神殿長指派的侍從，無法輕易請她走人。

「不過，其實她這樣的表現也算是幫了我的忙，所以現在先算了吧。」

「幫了妳的忙？」

「因為戴莉雅是神殿長的眼線。她都會特別跑來告訴我自己做了哪些事情，總比私底下背著我動手腳好吧。」

比起指派給我應付不來的眼線，戴莉雅還好多了。路茲聳聳肩，嘀咕說：「真是複雜。」

「……喂，臭小鬼，妳在瞧不起我們嗎？」

吉魯的眼睛都倒豎成了三角形，瞪著我和路茲。吉魯都說臭小鬼了，想必指的是我吧，但我沒有義務回答他。

「法藍，我有事情想拜託你。」

「請儘管吩咐。」

「不准無視我！別瞧不起人了！」

吉魯大吼，用力拽過我的手臂。因為體格和力氣都相差懸殊，所以被吉魯用力一拉，體格只有四、五歲孩童大的我一下子就被甩飛出去。

「呀啊！」

眼看著我就要飛出去，正好人在旁邊的路茲立即張手抱住我，護住了我的身體。把路茲當成了肉墊的我一瞬間不曉得發生了什麼事，頻頻眨著眼睛。

我緩慢地環顧四周，發現剛才和我面對面說話的法藍正屏著呼吸，伸長了手看著這邊。好像是伸出了手，卻沒來得及拉住我吧。吉魯八成沒想到我這麼容易就被甩飛出去，震驚地來回看著我和自己的手。

「梅茵，妳沒受傷吧？」

「我沒事，幸好有路茲接住我。那你呢？」

「嗯。那傢伙是妳的侍從吧？不覺得太缺乏管教了嗎？」

我和平常一樣對路茲說話。然而，路茲的雙眼卻燃燒著怒火，瞳孔的顏色還有些變淡。看得出來路茲現在非常生氣，我瞬間有些瑟縮。

「雖然非常缺乏管教，但我實在不想浪費時間、體力和心力……而且我也沒有體力和力氣啊。」

「那我代替梅茵，幫妳管教一下吧。」

路茲平靜地說，扶我站起來，確認我沒有受傷以後，就把我託給法藍照顧。下一秒，路茲撲向吉魯，用力往他揮了一拳。

「你這混帳！要是梅茵受傷了怎麼辦?!」

平民區的小孩子之間經常會發生小型衝突，但彼此都有默契，就是要先仔細觀察對方，別讓對方受傷。因為在平民區，身體是我們從事各種活動的資本，所以嚴格禁止過度動手。而這一次，吉魯明顯太過分了。如果只是講話無禮，路茲也只會聳聳肩，講話反譏回去吧。但是，我的家人和班諾都已經吩咐過路茲要「保護梅茵」，吉魯居然還在路茲面前動手。更別說，我還是他的主人。

「你怎麼可以突然打人?!」

「這才是我要說的話！你這臭小子，侍從怎麼能對主人動手！」

依據平民區的規定，動手的吉魯遭到還手也是應該的，所以我沉默地看著路茲教訓吉魯。同時還心想：要是吉魯能因此變乖一點就好了。

「梅茵大人，還、還請您阻止路茲……」

「為什麼？管教吉魯是主人的工作吧？路茲說了他要代替我喔。真是太好了呢。因為我沒力氣又沒體力。」

雖然也沒有動力啦——我在心裡補上這一句。倉皇無措的法藍來回看著我，和遭到路茲掌摑臉頰的吉魯。

「您是要管教吉魯吧？管教一般都是關進反省室，或減少一次神的恩惠……呃，不可以使用暴力。」

看來連管教方式，平民區也和神殿大不相同。

「路茲，到此為止吧。」

「但這傢伙根本還沒搞清楚，還反問我為什麼打他耶！」
「在神殿好像不能動手打人。」
「啊？不是要管教嗎？」
「這裡的管教方式不一樣。」
路茲這才嘖了一聲，放開雙手。除了第一下是用拳頭以外，其他似乎都是賞耳光，所以吉魯臉上沒有明顯的傷痕。
「真是的！不只該做的事情沒做，還對梅茵動手，太差勁了。這種侍從太危險了，不能留在梅茵的身邊。快點解雇他吧！」
「那個臭小鬼還不是一樣什麼也沒做！她根本沒有給我該給的東西！」
吉魯捂著臉頰站起來，憤恨地瞪著我。看來又有某些我不知道的常識了。
「法藍，我該給他什麼東西？」
「還問是什麼，妳連這種事也不知道嗎?!真的很沒常識耶！」
法藍還沒回答，吉魯就先大叫起來。讓他這麼一直大聲嚷嚷，根本無法討論事情。明知道我沒有神殿的常識，卻只會一直咆哮，真是不懂得動腦筋。
「吉魯，你真是個笨蛋耶。你剛才自己不都說了，我沒有常識嗎？那你怎麼會認為我會知道？打從一開始，你就知道平民出身的我不可能懂得神殿的常識吧？事到如今還期待什麼呢？」
「唔……」
吉魯答不上話，瞪著我咬牙切齒。路茲為了保護我，站到我面前與吉魯對峙。

「說什麼該給你的東西，未免太自大了吧？明明什麼工作也沒做，還以為自己可以得到東西嗎？沒有任何付出還想得到東西，這種想法有夠莫名其妙！」

「神的恩惠會平等地賜給每一個人吧！雖然地位越高，也能越先得到恩惠，但所有東西都是平等的！跟工不工作沒有關係！」

「啥？」

完全聽不懂吉魯在說什麼，我和路茲面面相覷後，問向站在一旁的法藍。

「法藍，能請你告訴我嗎？我該給的東西究竟是什麼呢？」

該給予的事物

法藍交互看向我和吉魯後，慢慢開口說了。

「青衣神官和巫女，都有義務要把神的恩惠分賜給底下的人，也就是食物、衣服和住處。青衣神官和巫女進入神殿、挑選了侍從以後，侍從將能得到房間與衣物，並和主人一起生活。」

「所以是因為我在神殿沒有房間，就算當上了我的侍從，吉魯也只能繼續留在孤兒院嗎？」

「正是。」法藍緩緩點頭。

「此外關於三餐，都是主人吃完後，剩下的再分給侍從和見習侍從，再剩下的，就做為神的恩惠賜給孤兒院。所以比起在孤兒院得到的神的恩惠，自然是侍從得到的神的恩惠會更多。」

我因為不想和家人分開，以自己不用進入孤兒院為第一考量，還很高興成為了青衣巫女以後，可以繼續住在家裡。但是，想不到打破了神殿的慣例後，會為侍從們帶來這麼負面的影響。

「那法藍被派來服侍我以後，就從神官長的房間搬回到孤兒院了嗎？」

那難怪法藍會埋怨自己遭到降職，還對我遷怒了。讓法藍幫了我這麼多忙，卻沒有給他半點回報。我本來就打算要調高週末工作的薪水，但看來也要立刻請求神官長改善他們的待遇。

「不，我依然住在神官長室，戴莉雅恐怕也沒有移動住處吧。因為梅茵大人不在的時候，我會去協助神官長處理公務，食物也是在那裡獲得。」

這麼說來，神官長曾感嘆過工作量太多，人才卻太少。那麼我不在的時候，他自然不可能放過優秀的法藍。明白了法藍的處境並沒有變糟，我才鬆一口氣。

「也就是說，傷腦筋的人只有吉魯而已囉？」

「想必他是十分期待待遇會變好，卻發現結果和以前沒有兩樣，才這般大動肝火吧。在孤兒院裡即使不工作，每個人都能平等地領到神的恩惠。但是，侍從如果不工作，就有可能遭到汰換。居然如此天真地認為不工作，就能享受到侍從該有的恩惠，我對此倒是有些不快。」

法藍對自己的工作十分自豪，瞥了眼吉魯後這麼說。

「如果目前對法藍來說都沒有什麼問題，我打算暫時維持現狀，等法藍有什麼不方便的時候再考慮，這樣如何呢？」

「……遵命。」

大概是比較了現在和我有了房間後的狀況，法藍遲疑了一秒後，靜靜點頭。這下子這件事就結束了。我正這麼心想，吉魯卻又開始怒吼。

「妳滿口法藍、法藍的，那我呢?!我也跟他一樣是侍從啊！」

「……吉魯，你講話真矛盾。你不是最一開始就說過，不承認我是你的主人嗎？為什麼會覺得不是主人的我，會為了你準備食物、衣服和住處呢？」

不管橫看豎看，吉魯的言行舉止都不像是想讓待遇獲得改善的侍從。

「那就是青衣巫女的職責吧！而、而且妳又不打算提供食物和住處給我，我就算為了妳工作，待遇又會有什麼改變啊！」

「薪水。」

如同班諾會付給馬克和路茲薪水，我也認為自己必須支付薪水給侍從他們。當然，薪水會再依據工作量的多寡和工作性質而有所增減。我不可能付給法藍和吉魯同樣金額的薪水。

吉魯眨了幾下眼睛後，偏頭嘀咕說：「……薪水是什麼啊？」路茲哼笑一聲，把吉魯剛才說過的話原封不動還給他。

「你連這種事也不知道嗎？工作後就能拿到薪水，這是常識吧？」

「這、這才不是常識！」

「薪水是你工作後應得的報酬。有乖乖工作的侍從，我都會付錢給他們。」

「錢？……啊，哦，錢嗎？哼……」

看來吉魯連錢也沒有聽說過。他歪著腦袋瓜，視線左右游移，但目光一和路茲對上，就馬上裝出自己十分了解的表情。

「如果是會為了我努力工作的法藍也就算了，但吉魯根本不工作，我一點也不想為了你特別花時間去和神官長商量。這樣只會害我看書的時間減少。」

我整個上午都要幫神官長的忙，午餐也不能跳過不吃，讀書的時間本來就很有限了，不想再被人占用掉我寶貴的時間。

「法藍，那能請你帶我去找神官長了嗎？我上午都要在神官長那裡，幫忙他處理文件工作。」

「遵命。」

以法藍為首，接著是我和路茲，吉魯則一邊觀察我們的臉色，一邊跟在最後頭。

「喂，只要我工作，情況就會不一樣嗎？」

「那當然啊。因為我會為你的工作支付應有的報酬。」

「神官長，失禮了。梅茵大人到了。」

「嗯，來了嗎？身體狀況怎麼樣？」

面向著辦公桌的神官長抬起頭來。

「讓神官長擔心了，現在已經沒事了。我好像是因為奉獻才暈倒。想請問有人會因為體內沒有充滿魔力，身體就感到不舒服嗎？」

「魔力若是完全枯竭，有可能會置人於死地，但我從沒聽說過有人會因為體內沒有充滿魔力，身體就感到不適。難道這是身蝕特有的症狀？」

聽了我的提問，神官長放下筆，輕垂下眼翻找記憶。

「原本身蝕的存在就很少被人發現。尤其如果魔力量高，通常很快就會死亡，極少有研究資料。從沒有身蝕能夠像妳這樣，擁有這麼高的魔力卻還存活著。有機會真想仔細研究看看。」

神官長定睛看著我的眼神，簡直就像是發現了絕佳研究對象的瘋狂科學家，害我的背部不停打冷顫。為了逃離神官長充滿好奇心的視線，我立刻改變話題。

「我還有其他問題。請問有沒有什麼祭祀儀式，是只有青衣神官會被叫去貴族區呢？我想知道需不需要準備特別款式的衣服……」

「一整年雖然都有祭祀儀式，但妳還是見習巫女，需要出席的儀式並不多。不過，至少該準備一件儀式用的青衣比較好吧……對了，妳的青衣呢？」

經神官長一提，我才想起來自己還沒有換上青衣。

「因為聽說在神殿外面穿著青衣會有危險，所以我打算到神殿再穿起來。」

「會有什麼危險？」

「聽說有可能會被誤以為是貴族的小孩，遭到綁架。那恕我失禮了。」

我把手伸進路茲放在腳邊的籃子裡，解開包起的布包，拿出青衣和腰帶。

「梅茵？妳做……」

「穿上青衣啊。」

我一邊小心著別讓衣服勾到髮簪，一邊和上次一樣從頭套上青衣。「噗哈！」地從領口探出頭來，眼神就和不知何時跪下的法藍對上。法藍舉高的手臂失去了目標，一臉不知所措。

「法藍，怎麼了嗎？」

「……請讓我協助您更衣。」

「啊……呃，可以幫我拿腰帶過來嗎？」

這種時候，最好別說「我一個人來就可以了」吧。我老實地舉高雙手，讓法藍替我繫好腰帶，然後和面色凝重的神官長四目相接。

「梅茵，請到自己的房間更衣。太不自重了。」

想不到在這時候冒出了自己的房間這個話題。畢竟每天都要換衣服，所以我正想至少借間更衣室或儲藏室。

「……我可以有自己的房間嗎？」

「不，是我失言了。之前就是因為有人表示與其在貴族區域給妳一間房間，讓妳住在家裡更妥當，神殿長才同意妳來回往返，所以不能給妳房間。」

會為我著想，向神殿長表示我住在家裡比較好的神官，我只想得到神官長。看來神官長在我不在的時候，也費心幫了我很多忙。

「神官長，請問貴族區域以外沒有房間嗎？」

這個問題似乎讓神官長十分意外，他無法理解地皺眉，瞇起眼睛。看到神官長的表情變得懷疑，我慌忙補充說明：

「如神官長所知，雖然賜予了我青衣，但我並不是貴族。所以，我從來沒想過要在貴族區域裡有間房間。只要有地方可以讓我放東西和換衣服，有訪客的時候也能接待對方，這樣就夠了。就算是儲藏室也好，能借我一間房間嗎？」

「妳想邀請客人到儲藏室嗎?!太失禮了！」

神官長張大了眼睛抬高音量。對客人確實很失禮，但現在的情況也沒有比較好。

「請恕我直言，但我現在甚至連間儲藏室都沒有喔。就算路茲來接我，也只能讓他待在大門等待。讓客人站在大門口等候，難道就不失禮嗎？」

「居然這樣對待青衣巫女的客人……之後我會傳令下去，讓守衛至少要帶訪客前往等候室。」

神官長按著太陽穴說明，來訪理由不明的平民，和來找青衣神官及巫女的訪客，接待方式也會完全不同。我也因此發現在神官長心裡，他並沒有把我當成普通的貧民，而是視作青衣見習巫女看待。

「神官長，讓梅茵大人使用孤兒院的院長室如何呢？距離貴族區域雖遠，但原先是青衣巫女所用的房間，若用來接待訪客，也不會顯得太過寒酸。」

阿爾諾提議後，房內的神官們瞬間顯得十分驚慌。神官長沉著臉，沉思了一會兒後慢慢點頭。

「好吧。孤兒院的院長室就給梅茵使用。以後若要更衣和接待訪客，一律在院長室進行。等這裡的工作結束，再讓法藍為妳帶路。」

「神官長，雖然這個請求非常失禮，但可以先讓我過去一趟嗎？今天路茲要告訴法藍如何管理我的身體狀況，所以需要可以談話的地方。」

我心想那剛好可以去院長室討論，但神官長搖搖頭。

「院長室已經關閉了很長一段時間，完全無人整理，無法馬上使用。既然妳要在這裡工作，那在這裡討論就好了。法藍，你們用那張桌子吧。」

「感激不盡。」

法藍和路茲走向神官長示意的那張桌子。我看著兩個人，發現吉魯雖然和兩人一起移動，卻顯得無所事事。

「神官長，既然都沒有人整理，那更應該先派人前往吧？我上午在這裡工作的時候，就由吉魯過去打掃吧。」

「啊？我嗎？」

突然被指派工作，吉魯指著自己，慌張地左右張望。四周的神官也都驚訝地看著我和吉魯，交頭接耳地小聲談論吉魯的工作態度：「能把工作交給那傢伙嗎？」「聽說他都不打掃禮拜堂，還被關進了反省室。」

「……哎呀！吉魯，你連打掃也做不到嗎？」

「這點小事當然沒問題！」

「是嘛。那我會拭目以待，就看吉魯的表現了。加油喔。」

我這麼鼓勵。於是神官長把鑰匙交給一名還是少年的灰衣見習神官，由他帶著吉魯離開神官長室。看著關上的房門，神官長稍稍瞇起雙眼。

「梅茵，交給他好嗎？」

「因為若不託付給他工作，我也無法給出正確的評價。」

過不久，灰衣見習神官帶著鑰匙回來時，路茲正和法藍在討論如何管理我的身體狀況，我也開始幫忙文件工作。今天神官長交給我的工作，就是帳簿。還說：「妳是商人，應該很擅長吧。」單論計算的話算是擅長，但要是神官長以為可以把整本帳簿都交給我掌管，那就大錯特錯了。尤其是我的常識在神殿裡一點也不管用。

「雖然計算方式一樣，但很多地方還是和神殿不一樣喔。像是神的旨意這一項，請問這是指什麼東西？這一項的支出看起來是最多的。」

其他支出項目還有神的供品、給神的花、給神的水和神的慈愛。全是和神有關，讓我看了一頭霧水的項目，把這種帳簿交給我太可怕了。我問完，神官長好一會兒面無表情地注視我，然後小聲嘀咕說：「看來是不行。」再指向帳簿的某個範圍。

「……今天妳就先計算這個部分吧。」

「是……路茲，可以借我石板嗎？我忘記帶來了。」

「嗯？哦，拿去。」

路茲翻找籃子，遞來石板。借了路茲整套學徒裝備裡的石板後，我開始用筆計算神官長要求的範圍。神官長感到新奇地探頭過來觀看，但沒有問任何問題，所以我也無視他，繼續工作。

「……嗯，妳的速度很快，而且十分正確。」

神官長感佩地說道。因為在大門也會計算，我只是習慣了而已。而且像這樣單純地負責計算後，我就非常想念電子計算機。

心無旁騖地計算了好一段時間後，表示中午的第四鐘響了。

「今天就到此為止。」

神官長話聲一落，房內的灰衣神官們便動作一致地開始收拾整理。

「梅茵，為了不遺失院長室的鑰匙，平常要交給法藍保管。還有，這些是妳捐的奉獻金中，妳的那一份。」

神官長遞來了院長室的鑰匙，和一枚大銀幣及六枚小銀幣。自己捐了錢又自己拿，感覺真奇妙，但神官長說這筆錢會分給所有青衣神官，要我收下。

「既然現在有了房間，那正好，把那些也搬過去吧。」

神官長以眼神示意堆在架上的東西，也就是班諾帶來的禮物。上次因為我暈倒了，所以一直都還放在神官長室的架上。有上等的布匹、裝有絲髮精的小罐子，和包著植物紙的布包。

讓路茲和法藍拿著那些行李，我只拿著鑰匙，前往孤兒院的院長室。一路上，法藍向我說明接下來要前往的院長室。

「禮拜堂兩邊的三層樓建築物是孤兒院。隔著禮拜堂，分為男舍與女舍，賜給梅茵大人的院長室在男舍。」

「咦？但之前使用院長室的是位青衣巫女吧？為什麼院長室是在男舍？」

我發問後，法藍為難地左右游移視線，接著露出淡淡笑容。

「梅茵大人無須知道詳情。」

但不告訴我，會讓人很好奇。不過，看法藍的雙唇抿成了一條直線，態度堅決，看來是不可能會告訴我了。

「所以從大門去貴族區域之前，中間會先經過孤兒院吧。那以後一進來馬上就可以換衣服，對梅茵來說很剛好啊。」

「是啊。」

「梅茵大人，從大門走過來，院長室的入口是在後方，從貴族區域走過來則是在正面。為了不讓孤兒們不小心闖進來，院長室和孤兒們所用的入口並不相同。所以請您小心不要走錯了。」

聽到法藍這麼說，我偷偷按著胸口。阿爾諾會特別提到院長室，不想給我房間的神官長最終又下達許可，再加上院長室位在男舍，入口又和孤兒院分開來。從這幾點來看，院長室絕對是個大有隱情的地方。

「到了，梅茵大人。」

因為吉魯在打掃吧，入口有些敞開。法藍打開門，吉魯正在門後挺著胸膛，等著我們到來。

「嘿嘿，怎麼樣啊？」

打開門後，裡頭是一間兼作等候室使用的小客廳，更後方有道樓梯。房內大約有一半的空間打掃得一塵不染，另外一半則還需要繼續努力。

「這邊變得好乾淨喔。」

我說著走進屋內，正想要打開右手邊的房門，吉魯就制止我，「那裡還沒掃完。」我環顧了一樓一圈，接著想走向左邊的房門，吉魯又制止我，「那邊也不行。」乍看起來，一樓沒有其他扇門了。

「吉魯，你到底打掃了哪裡呀？」

「當然是妳的房間啊！我們的房間當然是之後再掃！虧我用心打掃了一樓從門口到樓梯的這半邊和二樓，妳別一直檢查其他地方啦！」

吉魯氣呼呼地走上二樓。看來吉魯優先打掃了身為主人的我所使用的空間。想不到他有這麼可愛的一面。看著擦得光潔晶亮的樓梯，我輕笑起來。

走上二樓，就是貴族的房間。空間明顯變得寬敞，還擺了好幾樣家具。房間中央是張點綴了不少豪華裝飾的待客用圓桌，另外還有四張椅子，牆邊另有衣櫃、架子，和有著精緻雕工的木箱。房間的角落還有張大床，只是目前並沒有鋪上棉被。家具的配置和神官長室大同小異，又有不少造型豪奢的精美家具，完全可以看出前一任主人是貴族的女兒。

「都沒有其他人要使用這些家具嗎？這些東西看來都很高級呢。」

「因為之前的主人是持有者啊。」

「那個主人是……不，算了，我不問了。那我就心懷感激地使用了。」

我不想白白多花一筆錢自行換掉家具，無謂的事情還是少知道為妙。接著把班諾的禮物放在打掃乾淨的架子上，再把青衣和乾淨的衣服擺進衣櫃裡。

「吉魯，謝謝你。房間變得好乾淨喔。」

「咦?!啊？嗯。因為是我掃的啊，那當然！」

吉魯臭屁地挺起胸膛，表情卻顯得非常害羞。雖然稍微撇過了頭，卻像是第一次被人稱讚，嘴角不由自主往上揚。不停瞄著我的雙眼彷彿在說：「再多稱讚我一點。」一看就知道他不習慣被人稱讚。既然會為了找我麻煩，而指派他來服侍我，想必吉魯平常就是問題兒童，經常遭到責罵，卻沒有受過稱讚吧。表現良好的時候就該大力稱讚，是管教的基本。

「吉魯，我再多稱讚你一點，蹲下來吧。」

「咦？這樣嗎？」

吉魯立起單膝跪下。能夠馬上就擺出祈禱和宣誓時的動作，由此可以看出吉魯的出身——我一邊這樣想著，一邊等著吉魯白金色的腦袋瓜來到比自己視線還低的地方，然後伸出手。吉魯一臉不知道我要做什麼的狐疑表情，目光跟著我的手移動。

「很好、很好，真是乖孩子。你做得很棒喔。」

我摸了摸吉魯的頭。但這種稱讚方式換作是路茲，很可能會臭著臉抗議：「別把我當成小孩子！」然而，吉魯瞬間瞪圓了雙眼，接著露出了想哭的表情，馬上低下頭去。我忍不住縮回手，卻聽見吉魯小聲說：「再多說一點。」

「房間打掃得很乾淨喔，吉魯一個人做得很好。」

吉魯乖乖地任我摸頭，耳朵脹得通紅。雖然內心升起了想要偷看他表情的衝動，但吉魯很可能會怒吼：「不准看！」所以我忍住了。比起孤兒院保障的衣服、食物和住所，我更該優先給予吉魯的，是感謝和讚美——我將此牢記在心。

外出的初次體驗

「房間還真大耶。」

路茲神色興奮地開始探索院長室。二樓有主人的房間，和照顧主人生活起居的女侍從住的房間，還有儲藏室。

雖然因為還沒有掃完，吉魯很不想讓我們進去，但我們也探索了一樓。進入院長室後，右手邊的房門後頭是提供給侍從的四個房間和儲藏室。客廳左邊的房門連接著廚房。廚房寬敞到足以容納好幾名廚師在裡頭走動，還有地下倉庫。

「只要把廚房打掃乾淨，客人來訪時就能泡茶。梅茵大人，我們準備一套茶具吧。」

法藍看著廚房，心滿意足地說，但我的視線被另一個東西吸引了。在廚房的最角落，有個看起來和公會長家的烤爐十分相似的東西。

「那個是烤爐嗎？」

「廚房當然都有烤爐吧？」

法藍說著偏過頭。神殿裡頭只存有青衣貴族專用的廚房，所以烤爐是很普遍的設備，但對我們來說卻非常罕見，還是現在正想取得的設備！

「路茲！發現烤爐了！要趕快向班諾先生報告！」

「嗯！」

為了開設義大利餐廳，和班諾及馬克一起行動的路茲也雙眼發亮，打量起貴族的廚房。

「法藍，廚房打掃乾淨以後，我可以帶廚師過來嗎？」

「當然。青衣見習巫女一般都會帶著廚師和僕人進來。」

我開始在腦海裡頭規劃起來，要一邊在這裡培訓廚師，一邊把食物分配給侍從和孤兒院。法藍偏過頭問：

「今日梅茵大人並沒有帶廚師前來，請問午餐打算如何處置呢？」

在神殿，一向都由青衣神官各自帶來的廚師負責煮飯，剩下的飯菜再往下分送，所以沒有帶廚師過來的我，就沒有午餐可以吃。

「我們去外面吃吧。你們兩個人都要先換衣服。」

「換衣服？」

我回到二樓，從路茲幫忙搬來的籃子裡拿出布包。接著放在桌上，輕輕推到兩人面前。

「這個不是神的恩惠，是為了回報給努力工作的你們兩個人，我所準備的獎勵喔。不是要和別人共享的東西。」

「梅茵大人，法藍感激不盡。」

「啊，咦？可以嗎？」

法藍和吉魯都用充滿了困惑、喜悅和期待的表情，小心翼翼地打開布包。真像是生平頭一次收到禮物的小孩子——才這麼心想，我忽然驚覺他們真的是第一次。在凡事都講求平等的孤兒院裡，大概不會有人送禮物給他們吧。但例如洗禮儀式，和我第一次獲得許可能去森林時，雖然家境貧窮，父母親都會在每個階段送給我禮物。法藍和吉魯卻從來沒有過這樣的經驗。

「……喂，這個是衣服吧？」

「沒錯。要換上這套衣服再出去外面喔。」

「真的假的?!我一直很想出去看看，我現在馬上去換！」

吉魯緊抱著衣服，露出了截至目前為止最燦爛的笑容，跨著大步飛也似地跑下一

樓。看到吉魯這麼露骨地表現出自己的喜悅，送衣服給他的我也非常開心，再把目光投向

默然不語的法藍身上。

法藍彷彿在看著什麼耀眼的事物，靜靜地注視攤在桌上的衣服，手指緩慢地撫過衣

服邊緣的刺繡。看著他像在細細品嘗幸福滋味的模樣，難忍的笑意湧上心頭。

「法藍，能不能穿上讓我看看呢？」

「遵、遵命！」

法藍這才發現有人在看他，靦腆地紅了臉頰，快步走下一樓。看到平常總是冷靜自

持的法藍難得這麼狼狽，我和路茲一起小聲笑了。

「梅茵，他們這麼高興，真是太好了呢。」

「嗯。」

路茲往樓下瞥去一眼，然後壓低音量。

「不過，一直想出去看看是怎麼回事？……這裡還真奇怪。」

「是啊。可是，對於生活在這裡的人來說，一定都覺得我們才奇怪吧。」

為了外出，我也脫下青衣，摺好放進衣櫃裡。真想要有衣架，這樣子衣服上才不會有難看的摺痕。不如拜託班諾，讓他請人製作吧？我這樣心想著，從奉獻金拿出了一小部分，當作本日的活動資金。

帶著穿過大門前往平民區時顯得裹足不前的兩個人，離開神殿。

「法藍，你不用這麼擔心，沒事的。」

大概是第一次穿上灰衣神官服以外的衣服，法藍一直非常在意袖口和衣襬。接近深褐色的衣服屬於沉穩的色調，十分符合法藍的氣質。而另一件嫩綠色的衣服，也非常適合活蹦亂跳地跑來跑去的吉魯。

「哇噢，是外面耶！光能來到外面，我就覺得能成為妳的侍從真是太好了！」

「那就誠心誠意服侍梅茵大人，並且改正你的遣詞用字。你這樣會讓梅茵大人臉上無光。」

「……唔，我之後會改啦。」

吉魯忙碌地左右東張西望，一看到感興趣的東西就衝過去，所以根本不可能配合我慢吞吞的走路速度。每次吉魯要擅自跑走，路茲都會制止他，最後變成由法藍抱著我移動。

「自己居然會在神殿外面走動，感覺真是不可思議。」

「因為這邊才是我的世界啊。法藍在外面的時候，講話最好也不要這麼拘謹。太有禮貌了，反而很引人注意。」

「要改變說話方式，比想像中還困難呢。」

路茲帶著我們來到一間位在中央廣場附近、比較高級的飯館，聽說商人經常會來這裡吃飯。店裡少見地並沒有大桌子，都只提供幾人坐的座位，已經可以看見幾組似乎正在談生意的客人。

路茲來過這間店，所以迅速地幫我們點好了推薦的餐點。此刻桌子中央擺了鹽燙香腸和綜合乳酪拼盤，切作薄片的麵包也放在籃子裡端上桌。最後，每個人面前都放了一碗蔬菜湯。

「我開動了。」

「啊？就這樣嗎？」

我和路茲正要伸手拿麵包，吉魯卻用責備的語氣這麼說。我和路茲停下伸到一半的手，互相對望。

「還需要再說什麼嗎？」

「你們都沒有說飯前的禱告吧？感謝司掌浩浩青空的最高神祇與分掌瀚瀚大地的五柱大神，惠予萬千事物成為我們的食糧，在此為諸神的旨意獻上感謝與祈禱，必不浪費這些食物。」

吉魯在胸前交叉手臂，流暢地唸出祈禱文。看來在神殿吃飯的時候，大家都會先這麼禱告。

「……不知道，我從來沒聽過。」

「這就表示我也得學會怎麼禱告吧。」

請吉魯和法藍教我怎麼唸，我試著複述了一次飯前的禱告。根本不可能馬上記下來。下次得寫在筆記本上才行。我重新打起精神，和路茲開始吃飯，法藍和吉魯卻沒有伸手碰食物。面對食物，只是坐著不動。

「咦？你們不吃嗎？肚子不餓嗎？」

我訝異地問，法藍卻緩慢搖頭。

「我們是侍從，在梅茵大人用完餐之前不可以吃。」

「可是不一起吃，食物會冷掉耶？」

吉魯顯然很想伸手，但看到坐在旁邊的法藍，就努力克制住了。他坐立難安地動著身體，簡直像是聽到聲音就會有反應的玩具。

「那麼，這是命令。快點趁熱、食物又好吃的時候開動吧。」

因為是命令，不得不服從，法藍非常不情願地拿起麵包。見狀，吉魯也開心地伸出了手。法藍用端正到在這一帶根本看不到的姿勢吃飯。而孤兒院出身的吉魯吃起飯來，也算相當斯文。反而是常常和哥哥們一邊吵架一邊吃飯的路茲，吃得非常狼吞虎嚥。這就是生活在任何事物都會平等分配、不與人相爭的環境下所造就出來的結果嗎？

「法藍和吉魯的吃相都好斯文喔。是有人教你們的嗎？」

「因為在青衣神官面前，言行舉止不夠體面的人不能離開孤兒院，所以年紀較大的人都會教我們怎麼吃飯和走路。」

「沒錯沒錯！我最怕的，就是離開孤兒院前的淨身了。現在還好，冬天根本會死人！」

「因為成為侍從以後，就可以使用熱水。」

有失體面的人就不能離開，這種環境也太殘忍了。但也因為這樣，吉魯的外表算是十分乾淨。我邊吃飯邊聽著孤兒院和侍從有什麼不同，發現法藍的眉毛微微抽動。雖然是主人剩下的飯菜，但已經吃習慣了貴族料理的法藍，似乎不是很滿意這裡的口味。他一邊吃著，一邊有些皺眉。

「法藍，和平常吃的食物差很多吧？」

我輕聲笑著，用指尖敲了敲自己的眉心這麼提醒他。法藍按著自己的眉頭，露出過意不去的笑容。

「是啊，確實相當不一樣……不過，我覺得熱熱的湯很好喝。」

貴族主人分送下來的食物雖然好吃，但因為都是剩菜剩飯，法藍是第一次吃到熱騰騰的食物。

「我只要能吃飽，才不管味道咧。現在因為青衣神官變少了，神的恩惠都已經少了很多，回到孤兒院來的灰衣神官居然還增加了。」

吉魯似乎也吃飽了，但比起同年的路茲，他的食量非常小。可能是因為平常進食量不多，胃並沒有被撐大。

「那要不要幫吉魯和法藍買晚飯，再替孤兒院買點東西回去呢？我因為要回家，你們就沒有晚餐了吧？」

「真的嗎?!好耶！祈禱獻予諸神！」

好久沒吃飽飯了！吉魯感激地大喊，忽然就站起來，在飯館裡頭擺出跑〇人的姿勢。原本因為吃飯和談生意而吵吵鬧鬧的店內瞬時安靜下來，所有人的目光都投往我們這裡。

「等、等一下！不要在這裡祈禱啦！」

路茲急忙把吉魯拉出飯館，我則為打擾了大家用餐向老闆表示歉意，並在結帳時多付了點錢，然後逃也似地衝到外頭。

「祈禱在神殿裡做就好了，在這裡沒有人會祈禱。知道了嗎？就像我們不知道神殿裡的常識一樣，吉魯和法藍也不知道外面的常識。」

我嘆著大氣提醒後，吉魯顯而易見地垮下肩膀。

「……唔，對不起。」

「以後小心一點就好了。」

「不是指剛才那件事啦！……我是指之前罵妳沒常識。」

原來是想起了在神殿裡發生過的事情。吉魯老實道歉後，路茲笑著拍拍他的肩膀。

「這點我們都一樣。所以只要覺得奇怪，一定要馬上告訴梅茵。例如今天的飯前禱告。我也會幫你小心注意，不讓你做出奇怪的事情。」

「吉魯，那邊有專門賣東西給旅客的露天攤販，我們去那裡買晚飯和東西吧。」

東門因為面向城外街道，往來旅人絡繹不絕，熱鬧非凡。但是，也因為有很多外地人，治安不太好。我們盡量待在靠近中央廣場的地帶，逛起露天攤販買東西。先買了幾個麵包薄片間夾了火腿和起司的三明治當作晚飯，用自己隨身的布包起來後，放進托特包裡。

「法藍，現在孤兒院裡有多少人？我該買什麼東西送大家比較好？」

「現在大約有八十到九十個人吧。因為從來不會收到甜食，像是方便切片，或像那樣一顆顆串起來的水果，應該會是不錯的選擇。」

我由法藍抱在手臂上，從高處環視露天攤販，找到了三間賣水果的攤販。接著一邊移動，一邊比較哪間店賣得比較便宜。

「啊，是神的恩惠。」

聽到吉魯的聲音，我和法藍一起回過頭。然後看見吉魯擅自拿起了攤販上堆成一座小山的水果，張口就吃起來。連和吉魯手牽著手，防止他擅自行動的路茲，都不敢置信地瞪大眼睛，全身僵直不動。

「吉、吉魯?!」

「喂，臭小子！居然敢不付錢，直接在別人攤子前面當小偷嗎?!」

攤販阿姨不由分說就敲了吉魯一拳。吉魯吃著形狀像是桃子、名稱叫做普那萊的水果，愣愣地看著我。我立刻讓法藍放我下來，掏錢付錢。

「阿姨，真是對不起。因為這個孩子從來沒有見過世面，甚至不知道錢的存在。我會幫他付錢，請不要叫士兵過來。」

「阿姨，對不起。我都已經看著他了，結果居然這樣……」

付完錢後，我和路茲齊聲道歉。阿姨傻眼地看著吉魯，聳了聳肩。

「真是的。我不知道他是哪戶人家的少爺，但在外面要小心一點。」

「真的很對不起。吉魯，你也快點道歉。」

「啊？啊，對、對不起。」

在我的催促下，吉魯仍然一臉茫然無措，動作僵硬地道歉。

「吉魯，普那萊好吃嗎？」
「嗯、嗯……」
看著吃到一半的普那萊，吉魯為難得目光左右飄動。「那顆我已經付錢了，所以你吃沒關係。」我說完，從托特包裡拿出兩條布，依著包袱巾綁作袋子的訣竅，將對角打結，做出了兩個布袋。
「阿姨，請在這兩個布袋裡各放五顆普那萊吧。」
「沒問題。」
為了表示歉意，我在阿姨的店裡買了要給孤兒院的水果，再回到中央廣場。行李就交給吉魯搬運，當作是處罰。現在兩手都拿著東西，應該不會再突然亂來了吧。
「下次給你薪水的時候，我會順便教你怎麼付錢，所以在那之前，不可以隨便亂碰店裡的東西喔。」
「……知道了。」
走在大道上朝著神殿向北前進，路茲抬頭看向由法藍抱在手臂上的我，問：
「梅茵，在回神殿之前，我可以先向老爺報告嗎？」
「嗯。我也想請班諾先生幫忙購買茶具和調理工具，所以先報告一下吧。」
想必是午休時間剛結束，路茲跑進店員們都正匆忙準備的商會。讓法藍放我下來，我再依著自己的速度慢慢走進商會。兩手都拿著行李的吉魯跟在我後頭。
「馬克先生，午安。」

「午安，梅茵。老爺正在等妳。」

向來到店門口迎接我的馬克打招呼，我便帶著兩人走向裡頭的辦公室。路茲正站在辦公桌前面，向班諾報告消息。一看見我，班諾就站起來大步欺近，倏地伸出手把我抱起來。

「梅茵，幹得好啊！如果是貴族大人實際用過的廚房，光參觀就能當作義大利餐廳的參考！」

班諾激動得大力摸我的頭，用力到我整個人都跟著左搖右晃。因為看過班諾在神殿的假象，法藍往後退了一步。我推開班諾的手，要班諾把我放下來，在平常那張桌旁坐下。

「聽說我可以帶廚師進院長室的廚房，那這樣一來，就可以馬上讓廚師開始練習吧？所以我才來找班諾先生商量。廚師練習試做的料理，就提供給我的侍從當作三餐，剩下的還可以分給孤兒院，不會浪費到食物。而且如果由我支付食材的費用，班諾先生也不用出錢，對班諾先生來說很划算吧？」

如果把食物分給孤兒院是青衣神官的義務，那我也必須盡量提供。而且一想到孤兒院裡都是像吉魯這樣營養不良的小孩，我自己也想為他們盡一份心力。不過，接連在木板上做著筆記的班諾考慮了一會兒後，慢慢搖頭。

「不對，慢著。食材費算是栽培廚師的費用，所以由我來付。要是全部都推給妳，萬一廚師以後被妳拐走，我也怨不得人。」

不愧是商人會有的想法，所以我只是聳聳肩。如果班諾願意支付食材費用，那還是交給他吧。因為梅茵工坊現在是開門歇業的狀態，沒有收入。

「那麼，廚房的設備和調理工具就由我出錢，練習用的食材費用就由班諾先生支付，這樣子可以嗎？」

「嗯，我希望就當作只是借用練習場地。好，那現在就去看看廚房吧。」

大概是迫切地想親眼看看烤爐，班諾馬上結束對話站起來。臉上的表情就和吉魯聽到可以外出時一樣，讓我很想要抱頭吶喊。

「班諾先生，我們還沒有打掃好廚房，所以不方便。」

「梅茵大人說得沒錯。現在都還沒有地方能好好泡杯茶，不能招待客人前來。」

法藍和吉魯對我的勸阻大力點頭。但是，因為可以當作義大利餐廳的參考樣本，不僅關係到現實利益，也基於好奇心和興趣，班諾根本對我們的反對充耳不聞。他在便服外披上適合前往神殿的外衣，咧嘴一笑。

「我不是客人，是商人。一個剛得到房間的青衣見習巫女向我下了訂單，要我幫忙添購房裡缺少的東西，所以房間還沒打掃好也是正常的。更何況在被妳胡亂動手改造之前，我想先看看房間原本的樣子。」

「意思是班諾先生願意幫忙打掃囉？」

「嗯啊？打掃這點小事當然沒問題。學徒最一開始的工作就是打掃店面。」

……不行了。看樣子不管我說什麼，都阻止不了班諾先生。

對於極想了解貴族社會的班諾來說，絕對不會放過這個大好機會吧。

「……法藍，死心吧。而且就算掃好了，我們也還沒有準備好茶具，乾脆就順水推舟，也讓班諾先生幫忙打掃吧。」

「梅茵大人?!」
我實在懶得去想要怎麼阻止班諾了。在這樣無謂爭執的時候，我寶貴的午後讀書時間正在一分一秒流逝。
「法藍，你可能沒有聽說過，但有句俗話是『事急無君子』。既然本人都說他想去了，也願意幫忙打掃，那就儘管使喚他吧。我想趁這段時間看書。」
我如此宣告後，法藍瞪大雙眼，然後忍笑地用手抵著嘴角。
「……恕我直言，但梅茵大人不能在沒有我的陪同下進入圖書室。看班諾大人這副模樣，即便回到神殿，您應該也無法看書。」
「不——！」
結果不管我說什麼都聽不進去的班諾，簡直算是綁架地一把將我抱起來，把我帶回了無法看書的神殿。
正如自己說的，班諾一到院長室就脫下外衣開始打掃。在班諾的帶頭下，所有人也開始動作。班諾和法藍負責高處以及需要力氣的工作，吉魯和路茲負責低處和瑣碎雜務。至於沒力氣也沒體力的我，被大家視為了累贅，只能坐在二樓的桌前，一邊為想看書而抽噎啜泣，一邊寫下訂單列出必需品，之後再由路茲送過來。

廚師的栽培

侍從們花了好幾天的時間，將今後要烹煮食物的廚房打掃得一塵不染。與之同時，調理工具和餐具也相繼送到了廚房，木柴和食材也逐一放進地下倉庫。最後就是透過班諾，讓廚師來到院長室的廚房工作。

從發現了廚房的那一天起，我開始在家裡做天然酵母。如果能有專業的廚師幫忙製作，我想吃到鬆鬆軟軟的麵包。請教過班諾後，我在玻璃加工店舖購買了附有蓋子的保存用玻璃瓶。這次我打算用當季的樂得樂沛製作天然酵母。

先把玻璃瓶煮沸消毒，再將清洗後切掉了蒂頭的樂得樂沛、水和砂糖放進去，然後蓋上蓋子。接著一天要搖動好幾次瓶子，偶爾打開蓋子接觸空氣，直到酵母液完成。等待大約五天的時間，使其完全發酵，最後再過濾掉樂得樂沛，酵母液就完成了。然後把全麥麵粉和水加進完成的酵母液裡，靜置後繼續餵養，製作麵種。

鬆鬆軟軟的麵包連在貴族宅邸也十分罕見。我雖然在公會長家吃過只由小麥做成的白麵包，但還是不具有我追求的鬆軟口感。如果能用天然酵母讓麵糰發酵，做出鬆鬆軟軟的麵包，就能成為強而有力的招牌商品。而且，如果天然酵母和麵種都是由我製作和管理，麵包這個部分就沒有人能夠馬上模仿，將能成為我們的優勢。

……不過，也不知道事情的發展是否會如我所願啦。

通知班諾我已經做好了麵種後，班諾馬上帶著廚師來到院長室。分別是一名看來約二十歲上下的年輕男子，和一名明顯應該是學徒的十來歲少女。等這兩個人大致上都學會了，會再雇用其他廚師進來。

「梅茵大人，這位是本店的廚師雨果，而這位是擔任雨果助手的學徒艾拉。雨果，你今後會在這裡學習怎麼製作貴族的料理，要好好學習。」

班諾向我介紹了廚師，雖然很想至少打聲招呼，但我只是沉默地點點頭，應答全都交由法藍負責。因為我是青衣巫女，必須表現得像個貴族。

「兩位是雨果和艾拉吧？那麼，我馬上帶兩位前往廚房。」

因為班諾要我向廚師下達指示時，也一定要經過法藍，所以我先把調理步驟寫在木板上，再由法藍唸出來。吉魯還不識字，只能交給法藍一個人和廚師溝通。

「首先，要請兩位學會如何做好衛生管理。調理工具和餐具一定要保持乾淨和清潔，廚房也要維持現在的狀態，打掃得一塵不染。在來這裡之前也一定要先洗淨身體，換上乾淨衣物，不可沒有沐浴和穿著不淨衣物就出入廚房。這樣有問題嗎？」

「沒、沒有！」

只要在這個階段就先灌輸衛生觀念，屆時到了義大利餐廳若再提出相同的要求，他們也很快就能接受吧。今後要開設的義大利餐廳，絕不會用硬邦邦的麵包代替盤子，也不會把不吃了的食物就丟在地板上讓小狗來吃。雖然這可以說是這個世界的文化，但我認為提供貴族料理的高級餐廳，並不需要這種文化。

其實我本來想先做法式清湯，但因為班諾說想吃做好的午餐，所以耗時的法式清湯就改到明天再做。也因為今天是第一次使用烤爐，所以我決定先試做披薩。正確地說，其實是我想吃。

「那麼，今天要做的菜色是披薩。請先為烤爐點火。」

在法藍的指示下，兩人先從地下倉庫搬來木柴，開始為烤爐點火。因為木柴式烤爐要花不少時間才能加熱，所以最一開始的工作就是點火。訣竅和為爐灶點火一樣，所以兩人很快就完成了。

「在觸摸食材之前，請先洗手。」

我和班諾就坐在傭人用的桌子旁，看著兩人開始製作披薩餅皮。我和法藍已經準備好了會用到的材料，事先擺在工作檯上，所以乍看下真像是料理節目。把我帶來的天然酵母、鹽巴、砂糖和微溫的水，依序倒進已經裝了麵粉的大碗裡，然後搓揉麵糰，使其發酵。雨果抬起頭來，輕呼一口氣。

「這個跟做麵包一樣，滿需要力氣的嘛。」

「當作是一樣的東西就可以了。仔細搓揉過後，就先擺在旁邊，使其發酵。這段時間要用普瑪製作醬汁，先切好要加進披薩和湯裡的蔬菜。」

把已經燙好去皮、外形就像黃色番茄的普瑪隨意切塊，用小火熬煮到沸騰。接著，是處理其他要當配料的蔬菜，切作小塊。

「雨果先生，那我負責藜葛吧。」

艾拉輕輕鬆鬆地操縱著我還拿不動的大菜刀，動作俐落地切碎味道像是蒜頭，但外形像白色櫻桃蘿蔔的藜蒿。雨果則是照著指示，一一把培根、像洋蔥的勒尼耶、像紅蘿蔔的毛蓮和菇類切碎。兩人切菜的速度快得讓人目不暇給，真不愧是專業廚師，我忍不住發出讚歎。

「班諾大人，這兩位廚師比我預想的還要優秀呢。」

我一開口說話，雨果和艾拉就全身一震，回過頭來。明明是在誇獎他們，氣氛卻凝結了。看見兩人僵硬的臉孔，我明白到是自己說錯話了。怎麼辦？我看向班諾。班諾擠出溫柔的笑容。

「您過獎了，梅茵大人。你們兩個，梅茵大人在誇獎你們喔。」

班諾出言解圍後，僵硬的氣氛慢慢解凍。雨果和艾拉都如釋重負地放鬆表情，說完「您過獎了」，又神色認真地開始切菜。

班諾輕輕瞪我，用手勢悄悄示意我「閉嘴」，我深深往下點頭。

……對不起。我也沒想到只是開口稱讚而已，他們會僵硬成那樣嘛。

切好蔬菜後，再讓雨果處理雞肉，往削成薄片的雞胸肉灑上酒和鹽巴。艾拉負責準備與肉搭配後會更添美味的香草。

「接下來要請兩位煮湯。」

我所寫的食譜，是把香腸切作薄片後，再熬煮出味道的鹽味蔬菜湯。我希望能讓廚師知道，只要費時熬煮，湯頭就會帶有蔬菜的鮮甜。

「湯請就這樣繼續煮吧，不要把燙了青菜的湯丟掉。」

「就這樣繼續煮嗎？」

聽了法藍的指示，兩名廚師滿臉狐疑。但也因為無法違逆貴族，兩個人都帶著困惑又感到不舒服的表情繼續做菜。就跟以前母親在旁邊看我煮湯時的表情一樣。

「艾拉，請撈掉湯上的浮沫。雨果，普瑪醬已經煮好了，請倒進藜葛和那邊的油裡，然後均勻攪拌。這樣子普瑪醬就完成了。啊，麵糰好像發酵得差不多了。」

雨果接連地執行法藍所下達的指示，把發酵後膨脹的披薩餅皮輕輕壓出氣體，再分作兩半，開始擀餅皮。

「擀成圓形的餅皮之後，就塗上做好的普瑪醬，再把這些配料放上去。」

照著法藍的吩咐，雨果塗上普瑪醬，再把培根、勒尼耶和菇類放上去。另一塊餅皮塗好了普瑪醬後，則放上雞胸肉、勒尼耶和香草。最後，兩塊餅皮再撒上大量的起司，然後放進烤爐。

我發現艾拉一直在偷偷觀察雨果的動作。一雙眼睛燃燒著想要學習更多的鬥志，就和聽著珂琳娜說明裁縫時的多莉，還有聽到新食譜時的尹勒絲一樣，讓我忍不住在心裡頭暗暗為艾拉加油。

本來要是還有時間，我還想做美乃滋，模仿馬鈴薯沙拉做出考夫薯沙拉，但因為兩名廚師都很緊張，在第一次進來的廚房、又要在貴族的注視下製作從未做過的料理，所以無法按照預定計畫進行也是無可厚非。我偷偷向法藍比出暗號，示意減少菜色的品項，法藍輕輕點頭。

「湯已經熬煮了一段時間，請試喝看看味道，調整湯的鹹度。」

聽到法藍這麼說，雨果舀了點湯倒進碟子裡，戰戰兢兢地喝了一口。但下一秒，他就瞪大了眼僵住不動。大概是先讓湯在舌頭上停留，細細品嘗味道，雨果過了幾秒後才把湯嚥下去。

「……這是什麼？」

雨果小聲地喃喃說，又舀了些湯試喝。接著又一次。照他以這種速度試喝，湯很可能馬上就沒了──我才這麼心想，艾拉就拍了下雨果的背。

「雨果先生，你喝太多了！鹹度怎麼樣呢？」

「嗯噢?!……啊，嗯。」

雨果來回看著碟子和湯鍋，再用力閉上眼睛。他應該是第一次喝到這樣的湯，所以要調整湯頭的鹹度，可能十分困難。

「加一點點就好，就一點點。」

雨果用緊張得發抖的指尖放了一小撮鹽進去，然後攪拌，再一次試喝。

「好。」

「也請讓我試喝看看。」

艾拉的神情就像等著飼料的小狗，拿著碟子央求試喝，我不由得摀著嘴角憋笑。這時候要是笑出來，氣氛一定又會變僵。

雨果往艾拉的碟子裡倒了點湯，她喝了一口後，小臉猛然發亮。

「嗚哇！這是什麼?!好好喝喔！這是蔬菜的味道吧？既鮮甜，湯裡面還有香腸的肉香……居然只加了一點點鹽就這麼好喝，我真是不敢相信！」

「艾拉，妳冷靜一點。」

艾拉激動得講話速度變快，向雨果訴說湯有多麼好喝。雨果按住她的肩膀，一瞬間往我這邊瞥來，想用視線提醒艾拉。但發現了前所未有的新滋味，處在亢奮狀態下的艾拉根本沒注意到。

「怎麼冷靜得下來嘛！這可是驚人的大發現！」

「拜託妳快點冷靜下來，現在是在貴族大人面前。」

「……啊……」

艾拉看向我，臉色刷地慘白。我明明什麼都沒說，氣氛又凍結了。雖然很想說「對自己的工作這麼有熱情很好啊，以後也要加油喔」，但貴族這種時候該怎麼做才正確呢？見法藍走過來，我悄聲說：「法藍，可以幫我跟他們說，『他們對工作這麼有熱情，我很佩服，以後會很期待他們製作的餐點』嗎？」

「遵命。梅茵大人、班諾大人，不久就能準備用餐了。還請兩位前往房間等候。」

法藍說完指向房門，站在門邊的吉魯立刻為我們開門。等於半強迫地被迫離場，我悵然若失地走下椅子，班諾伸出手來護送我。

要下達指示的法藍不能離開廚房，所以由吉魯跟著我回到房間。他關上廚房的門，跟在我身後。看見他只差沒說「我有在工作喔！」的得意表情，我差點要笑出來。

照著我的吩咐，房間桌上已經擺好了插有鮮花的花瓶、餐墊和餐具，還準備了潤喉用的果汁。這些都是我們在廚房參觀廚師烹飪的時候，吉魯一手準備好的。

「吉魯，謝謝你。」

吉魯嘿嘿笑著，當場立起單膝跪下。經過這幾天，這個希望我誇獎他的姿勢，已經變成了兩人心照不宣的默契。「做得很好，你很努力喔。」我摸了摸吉魯的頭後，他心滿意足地笑了。因為有神殿外的廚師要進來，所以吉魯昨天用絲髮精洗了頭髮，現在變得柔順又有光澤，觸感絕佳。

坐下後，喝了飲料，我大吐一口氣。因為身邊都是熟人，也都知道我的真面目，所以我不再掩飾地垮下肩膀，大發牢騷。

「當貴族小姐好累。我好想說話，好想一起做菜喔！」

「妳死心吧。對他們來說，這裡是貴族的廚房、要做貴族的料理，又是有貴族在的環境，所有一切都是學習與訓練。同樣地對妳來說，這也是訓練妳如何舉手投足都像個貴族的機會。妳這笨丫頭，別在神殿裡露出馬腳啦。」

「嗚嗚……我會努力。」

我慢慢地深呼吸，挺直腰桿。就在我重新提振精神，表現出貴族千金風範時，聽見了一樓廚房開門的聲音。應該是法藍端午餐上來了，吉魯立即站到角落。

「法藍，我想吃樂得樂沛當點心。」

這裡的砂糖是我從自己家裡帶來的，目前班諾還買不到。直到班諾有門路可以買到砂糖之前，暫時都不能做甜點了。幸好現在和冬天不一樣，這個時期的水果很好吃，所以還沒關係，但希望可以在餐廳開幕之前買到砂糖。

法藍將兩塊披薩和湯端上桌。烤好的披薩似乎有些烤得太焦，餅皮上到處都有黑色焦痕，翻騰的熱氣和燒烤後的起司香氣一同蔓延開來。培根還有些滋滋作響，雞肉表面泛著油光。兩塊披薩看起來都很美味。我陶醉地聞著起司烘烤過的香氣，身旁班諾的雙眼也閃爍著期待。

「感謝司掌浩浩青空的最高神祇與分掌瀚瀚大地的五柱大神，惠予萬千事物成為我們的食糧，在此為諸神的旨意獻上感謝與祈禱，必不浪費這些食物。」

我唸出這幾天背下來的飯前禱告，和班諾兩個人吃起剛出爐的午餐。至於其他人，必須以神的恩惠這種形式再分給他們。雖然我很想要一起吃，也覺得賜給他們食物這種行為讓人良心不安，但這是青衣巫女身分的象徵，所以也無可奈何。法藍在旁邊服侍我用餐，我喝了口湯。湯頭清淡爽口，鹽巴巧妙地融合了肉香與青菜的甘甜，和在家裡喝的湯感覺差不多。但我喜歡味道再鹹一點，這點就期待下一次吧。

「……湯真好喝。」

「蔬菜的味道很濃郁吧？尹勒絲也很感興趣唷。」

「哦？這就難得了。」

我拐著彎暗示班諾，這種湯連在貴族的料理裡也沒有出現過。他似乎也正確地接收到了我的暗示，直勾勾地望著湯。

「而這個是披薩，請當作是麵包的一種吧。」

我拿起切好的披薩，用叉子輕輕切斷融化後的黏稠起司，為班諾示範吃法。班諾也照著我的動作，咬了口培根披薩。

「還合班諾先生的口味嗎？」

「……完全超出我的想像，太驚人了。」

我請法藍各放一片到我的盤子裡，再各放兩片進班諾的盤子裡，然後仰頭看向法藍。

「法藍，賜給你們神的恩惠。還有，在吃點心前別讓人來打擾我們。」

「遵命。」

只要這麼吩咐，廚師和侍從也都能吃到熱騰騰的食物吧。法藍和吉魯拿著剩下的食物走到一樓，接著傳來關門的聲音。下一秒，就聽到艾拉興奮地大叫：「呀啊！」看來是馬上就開始了試吃會，開心的喧鬧聲隱約傳來。趁著他們專心享用食物的時候，最適合討論機密了。

「班諾先生，你覺得披薩和湯可以加進菜單裡嗎？」

我咀嚼著披薩問道，班諾也咬下披薩點頭。

「可以。雖然是第一次吃到這種口感，但真是好吃……披薩好像還比我在貴族餐會上吃過的麵包要柔軟。」

「是因為加了天然酵母喔。」

「那是什麼？」

「是絕不會被其他店家搶走的重要機密。就算知道怎麼做披薩的廚師被人挖走，這個秘密還是能讓我們占有優勢。」

義大利餐廳我也出了錢投資，所以當然希望可以賺錢。

「至於湯只是保留了蔬菜的鮮甜，所以如果想要模仿，任何人馬上都模仿得來。一旦有人開始模仿，我們就再準備各種口味的湯，用多樣化的選擇來迎戰。」

「哦……但就算要準備各種口味的湯，我們的廚師人手並不多，沒問題嗎？」

「只要配合季節推出套餐，就算廚師人數不多也不用擔心。」

我說完，班諾發出呻吟聲，搔了搔頭。

「……突然覺得我自己一個人這麼煩惱真是太蠢了。看來如果要解決堆積如山的問題，都丟給妳是最簡單的。」

「什麼意思？」

「不方便在這裡談，下次再來店裡吧。」

兩人都吃完午餐後，我搖響桌上準備的鈴鐺。於是法藍和吉魯端著點心走上來。他們收走用完餐的餐具，放下盛了水果的盤子。

「法藍，味道你還滿意嗎？」

在我們這群人當中，最了解貴族料理的人就是法藍。因為我只是請廚師做了自己想吃的食物，和真正的貴族料理並不一樣。

「……全都非常美味。雖然不是傳統的貴族料理，但對於喜愛新事物的貴族來說，肯定都會對這些食物產生興趣。」

「是嗎？吃習慣貴族料理的法藍都這麼說了，那一定錯不了。」

「廚師們也都吃得興致勃勃，還十分積極地打算再做一次，當作是複習。我想從明天開始，他們也會非常熱中地投入這份工作。」

所有事情都很順利呢——我感到十分開心，卻也強烈地覺得自己忘了什麼事情。

「梅茵大人，怎麼了嗎？」

「總覺得我好像忘了什麼事。法藍，你有沒有想到什麼事情？」

「您忘記的事情嗎？」

「對啊。我好像忘了什麼跟神殿有關的事情……」

班諾就在旁邊吃著水果，我和法藍一同陷入沉思。突然「磅！」的巨響，入口大門打開了。

「這一切全是妳害的！」

……啊，我想起來了。我忘記戴莉雅了。

戴莉雅的工作

「都是妳害的，我才會被趕出神殿長的房間！妳要怎麼補償我！」

戴莉雅大吼大叫，怒氣沖天地衝上二樓。不知道是從哪裡一路跑來，深紅色的頭髮變得亂七八糟，喘著大氣站到我面前。這陣子因為都忙著整頓廚房，有種好久沒有看到戴莉雅的錯覺。

「都是妳害的！擅自要了房間以後，居然什麼也沒有跟我說，神殿長才會說我辦事不力！討厭啦！」

能夠得到房間，單純是因為我想要有地方可以換衣服，而且是神官長賜給我的，不能說是我擅自要了房間。況且戴莉雅老是不知去向，根本不知道要怎麼聯絡上她，就算神殿長認為她辦事不力，也和我沒有關係。

「戴莉雅究竟希望我怎麼補償妳呢？」

「就是讓我住在這裡啊！我是侍從，這也是當然的吧？」

「妳以為自己是什麼身分！」

我在心裡低叫一聲，但還來不及阻止，班諾的拳頭就「咚！」地落了下去。戴莉雅一臉搞不清楚發生了什麼事的表情，按著腦袋瓜左右張望。

「戴莉雅，不能在客人面前表現出這種態度喔。挨打也怪不得人。」

「只、只是平民的妳有什麼資格說我啊?!」

「看來妳還搞不清楚狀況嘛?」

班諾眯著眼睛舉高拳頭,戴莉雅便「唔」地噤聲。吉魯大概也想起了之前曾被路茲揍過一頓,跟著嚇得彈起。

「梅茵,這裡不需要沒辦法完成妳交代工作的人。雇用這種沒有幹勁的傢伙只會浪費錢,叫她馬上走人吧。」

班諾悻悻然地說道,內容就和路茲對吉魯說過的話一樣,由此可以看出路茲受到班諾多大的影響。

「法藍,我不太了解戴莉雅的處境,但她被趕出房間,就代表神殿長不要她了嗎?」

我的問題似乎直搗核心,戴莉雅的雙眼盈滿淚水,隨時都要哭出來地瞪著我,用沙啞的聲音反駁:

「……還沒有不要我了呢。」

「雖然不能斷言,這樣就算是踢除了戴莉雅……」

「對吧?怎麼可能不要我這麼可愛的女孩子嘛?」

戴莉雅就像重獲光明,聽見法藍這麼說就小臉發亮。但是,法藍文風不動,繼續把現實攤在戴莉雅眼前。

「但是,戴莉雅絲毫不知道梅茵大人獲得了房間,又因為不知道房間在哪裡,無法前來服侍梅茵大人,也無法為神殿長帶回有用的消息,那麼她就算因此觸怒了神殿長,也是不足為奇。」

戴莉雅瞪大眼眸，像是不敢置信。但法藍完全不為所動，語氣平淡地繼續說明。法藍生性認真，對於戴莉雅不僅沒有盡到侍從的本分，還專找好歹算是主人的我的麻煩，似乎相當憤怒。完全不變的表情，更讓人感受到了他深沉的怒火。

「我聽說會指派戴莉雅服侍梅茵大人，就是因為神殿長認為，既然是同齡的少女，應該能和梅茵大人好好相處，藉此獲得許多情報。然而，戴莉雅卻如此露骨地表現出敵意，使得梅茵大人對她提防戒備，想必神殿長一定對她很失望吧。」

「怎、怎麼會……」

戴莉雅再也維持不了臉上的表情。如今被趕出了神殿長室，發覺越來越有可能被神殿長拋棄，戴莉雅眨眼間換上了討好法藍的笑臉。

「可是可是，我是這裡的侍從，而且見習巫女身邊，怎麼能夠沒有半個女侍從呢，對不對？」

為了保住自己接下來的容身之處，戴莉雅討好的目標不是身為主人的我，而是侍從中發言最有分量且已經成年的法藍，這麼做真的很聰明。平常很少顯露出情感的法藍，此刻卻明白地表現出嫌惡，瞪著戴莉雅揚起冷笑。

「梅茵大人因為並不住在神殿，幾乎不需要照顧她的生活起居。而這幾天就算沒有戴莉雅，也沒有發生任何問題，更是證明了這一點。況且如果真的需要有女侍從服侍，大可以從孤兒院裡頭挑選出新的侍從。」

我一直在想戴莉雅是神殿長派來的侍從，所以沒辦法把她趕走，但原來可以增加新的侍從。「這真是好主意。」我立刻向法藍表示贊同。戴莉雅咬住唇瓣，眼淚開始滴滴答答地掉下來。

「……你們要把我趕走嗎？」

看著戴莉雅太過晶瑩剔透的眼淚，我明白到了她一直以來，真的都只為了得到男性的寵愛而活。一發現情況對自己不利，就趕緊撒嬌，流幾滴眼淚。連仰望的角度都無懈可擊。雖然年紀還小，卻懂得如何讓身為女人的自己成為武器。而且她也很清楚自己有張可愛的臉蛋，這點真是太了不起了。麗乃那時候的我如果模仿她這麼做，搞不好會被人一腳踢開，嫌棄我「噁心」。

但坦白說，她先前一直那麼口無遮攔地貶低我，現在才又突然裝可憐，我只覺得頭痛又火大，但要把淚如雨下的小女孩趕出去，好像又太冷血了。

面對如此棘手的情況，現場籠罩著凝重的靜默。但是，也只維持了幾秒鐘而已。因為吉魯突然露出爽朗到不行的笑臉說：

「我們哪有把妳趕出去，從一開始就沒有把戴莉雅算進來啊。這妳不用擔心。」

戴莉雅所營造出來的、讓人不得不同情她的氣氛瞬間被一掃而空。

「什、什麼?!」

「在這裡，不工作的人就沒有房間，也不能吃飯。梅茵大人說過，不勞動者不得食！對吧，梅茵大人？」

我記下來了喔！吉魯得意洋洋地挺起胸膛。真不知道他到底有沒有先觀察過現場的氣氛，但是，吉魯幹得好啊！之後一定要好好誇獎他一番。

「沒體力到沒辦法工作的妳真沒資格說。」至於班諾的這句嘀咕就無視。

「吉魯因為很努力工作，才有了自己的房間，三餐也能填飽肚子呢。但如果連自己該做的工作都不做，我不會給妳任何東西。」

「我知道了，只要工作就好了吧？」

戴莉雅說完，以滑行般流暢的動作坐上班諾的大腿，一邊嫣然微笑，一邊身體還挨向班諾。我完全搞不清楚發生了什麼事，不斷眨著眼睛。這時班諾非常厭惡地僵著臉龐，揮了揮手。

「抱歉，我對妳這樣的小孩子沒興趣，下去吧。」

「看吧，都是因為這裡沒有灰衣巫女，才惹得客人不高興唷。」

戴莉雅跳下班諾的大腿，順便向我展露勝利的笑容。被迫看見成為神殿長侍從的灰衣巫女們都負責做哪些工作，我只覺得頭痛得要命。但班諾似乎也一樣，他按著太陽穴，毫不掩飾不快地瞪著戴莉雅。

「我並不需要捧花，別把我和來這裡賞花的貴族混為一談。」

「咦？這怎麼可能……」

想來戴莉雅至今負責的工作，都是服侍那些成了神殿長愛人的侍從，和為了日後成為下一任愛人，努力讓自己變美和提升教養吧。另外在神殿長有訪客的時候，還要露出甜美的笑容接待客人。

「如果要當我的侍從，這些事完全沒必要呢。」

「我也會打掃和洗衣服啊！我的工作也包括整理神殿長的衣服，所以當然也可以整理這個房間！」

戴莉雅一邊說，一邊用力抓住我的袖子。大概是終於意識到了自己至今做的事情在其他地方並不管用，內心的價值觀產生了動搖吧。戴莉雅不再帶著奉承的笑臉，也不再楚楚動人地假哭，只是不知所措地僵著臉，開始環顧四周。但是，在場沒有半個人願意向可愛的戴莉雅伸出援手。

現在戴莉雅被趕出了房間，想必是真的走投無路吧。不知道該如何是好的我，只好抬頭向法藍求助。法藍無奈地嘆氣。

「可以處罰戴莉雅待在反省室裡反省一晚，畢竟她對梅茵大人不敬仍是事實。」

「我會反省，以後也會好好工作。所以……不要趕我走，不要說妳不要我了。」

戴莉雅「嗚嗚～」地強忍著淚水，拚了命地向我懇求。懇切的話聲撞在胸口上，我不禁張大眼睛，看向四周，發現法藍和吉魯也都像是有人說不要他們了一樣，露出痛苦的表情。吉魯是三不五時就被關進反省室裡的問題兒童。法藍則是被迫離開神官長身邊時，還以為自己不被需要，感到傷心難過。他們多半都想起了這些往事吧。

「法藍，只要戴莉雅肯認真工作，我是沒什麼異議……」

「……那就遵照梅茵大人的指示。」

法藍有些放心地吐口氣後，板起臉孔對戴莉雅說：

「戴莉雅，妳如果想讓我們接受妳，必須先改正自己的遣詞用字。這裡不需要不把梅茵大人視為主人的侍從。」

「遵命。」

既然戴莉雅表示她會工作，就不用趕走哭哭啼啼的小女孩了。我鬆了一大口氣，問戴莉雅：

「戴莉雅，那妳能做哪些工作呢？」

「就是把這裡整頓成青衣巫女的房間。首先是這裡！」

戴莉雅手臂一伸，指向二樓我一直以為是儲藏室的那個房間。原來那裡不是儲藏室，而是浴室兼作廁所。因為沒有半點能聯想到的用品，所以我完全沒發現。

「明明都已經過了好幾天，這裡面居然連一樣東西都沒有準備，這是怎麼回事？姑且不說沐浴，那您是怎麼如廁的呢？」

「咦？因為東西都在一樓，我就在那裡借用，然後自己清理……」

「您說什麼?!討厭啦，我真是不敢相信！一樓那裡是侍從、而且是男士使用的地方吧！簡直是不知羞恥！」

……嗯，雖然遣詞用字有些改變，但態度好像沒什麼變，是我的錯覺嗎？

除了浴室和廁所該有的用品，戴莉雅再一一指出了房裡缺少哪些東西，像是梳妝臺和辦公桌。這幾天我用餐和寫東西都是在房內中央的圓桌上進行，但這似乎不是青衣巫女該有的舉動。雖然我說了自己並不會在這裡洗澡，戴莉雅卻反駁說也許會有需要的時候，還是要我先為自己在二樓做好準備。

「班諾先生，那就拜託你了。」

「包在我身上吧。想不到居然少了這麼多東西，確實是需要一個了解巫女生活的侍從。而且看她大發脾氣的樣子，梅茵應該也能表現得更像是貴族千金了吧。」

「唔唔……」

緊接著，戴莉雅開始為二樓的水缸汲水。因為若不先汲水到二樓，洗臉、洗手和如廁後的清理都會很不方便。還以為既然戴莉雅的目標是成為愛人，應該會是手無縛雞之力的小公主，想不到工作起來十分認真，也具備運水的力氣、體力和幹勁。

「討厭啦，居然連二樓也沒有準備好水！」

看到戴莉雅一邊工作，一邊近乎自言自語地不停抱怨，法藍也回到廚房，吉魯則開始打掃一樓。我伸手拿起一直放在桌上沒碰的水果，邊吃邊和班諾討論事情。

「對了，前幾天神官長要我訂做儀式用的青衣，但儀式用的青衣有什麼特別的嗎？」

「因為會離開神殿，出現在眾人面前，所以就像是正裝，要用以彰顯自己的身分地位，和平常穿的衣服完全不同。比如邊緣的刺繡和各自的家徽……」

班諾說到一半停下來，想到什麼地看著我。

「妳是什麼時候要出席儀式？貴族穿的儀式用青衣都不知道要縫製多久喔。」

班諾突然變回了平常的說話語氣，看得出他十分著急。在這個世界，沒辦法用縫紉機迅速地縫好衣服，所以需要不少時間吧。

「神官長說過，因為我還是見習巫女，需要出席的儀式不多，但我也不知道什麼時候、又會有怎樣的儀式。法藍應該知道吧？法……呼嗚?!」

正想開口呼叫法藍，班諾立刻摀住我的嘴巴，用眼神示意鈴鐺。對喔。叫人的時候，都要使用鈴鐺。我搖了搖鈴，法藍走上二樓。

「梅茵大人，有什麼吩咐嗎？」

「神官長要我訂做儀式用的青衣，但什麼時候會有儀式呢？法藍你知道嗎？」

「倘若到了秋天有騎士團提出請求，最近的儀式應該是在秋天。」
「秋天嗎？要從頭縫製一件衣服的話，時間非常緊迫……」
聽說貴族正裝的縫製，都是從用線開始挑選。看見班諾面露難色，法藍的視線投向置於牆邊的木箱。
「若要縫製儀式用的青衣，用班諾大人送給梅茵大人的布匹如何呢？品質不僅上等，只要再加以染色，就能夠直接使用。」
「對喔，這樣一來時間上就沒有問題。但梅茵沒有家徽，這點要怎麼辦？」
「工坊有沒有店徽呢？」
「我現在就來想！」
班諾為我量了尺寸後，開始和法藍討論儀式用青衣的款式，我則一個人嘿嘿傻笑，設計起自己工坊的店徽。我先用書、筆和墨水的圖案設計出了店徽，但法藍和班諾都認為太過單調，幫忙加了不少東西。最後加上了做紙用的樹木和髮飾的花朵，最終店徽的圖案變得繁雜又華麗。但法藍顯得心滿意足地說：「現在的圖案更有女性纖細柔美的感覺，我認為非常好。」於是就此拍板定案。
「梅茵大人，廚師說已經做好了我們的晚餐。」
「是嗎？那幫我仔細檢查他們有沒有收拾乾淨吧。」
聽了我的指示，法藍回到廚房進行檢查，並告知明天的預定菜色，再目送廚師離開。廚師們回去後，我也該回家了。
「今天我也該回去了。你們兩個都去換衣服吧。」

吉魯和法藍匆匆地回到各自的房間換衣服。近期內路茲會為了工作，和班諾一起前往其他城鎮，所以現在正在練習讓侍從們負責接送我。

我也得脫下青衣準備回家。正要解開腰帶，戴莉雅一臉兇神惡煞地立定站在我面前。

「梅茵大人，您在做什麼？」

「如妳所見，換衣服啊？」

啊，是不能自己一個人脫衣服吧？我這麼想著，輕輕地拿開腰帶上的雙手。舉高手臂說「那就麻煩妳了」，等著戴莉雅幫我，但她的柳眉卻往上倒豎。

「您在男士面前，這是在做什麼?!太不知檢點了！」

戴莉雅瞄了眼還坐在桌旁的班諾，怒聲喝斥。但我底下有穿衣服，也只是要脫下外面的青衣而已，沒想到戴莉雅會這麼生氣。我縮起脖子。

「對、對不起。可是，我只是要脫掉這件青衣……」

「只有在誘惑自己中意的男士時，才能自己脫衣服！居然在別人面前脫衣服，會讓自己身為女性的價值下降！討厭啦，連這種事也不知道，以後會很麻煩的！」

「哦、哦，這樣啊……」

怎麼辦？總覺得她生氣的標準好像跟平常人不太一樣。但是，看到戴莉雅是真的動怒，我也很難開口指正。

「班諾大人請去客廳等吧。雖然還小，但畢竟是女性要更衣。還請您迴避。」

「嗯，也是。」

班諾忍笑地摀著嘴角，走下樓梯。確認班諾已經走到一樓後，戴莉雅才解開我的腰帶，協助我脫下衣服。戴莉雅整理青衣的動作乾淨俐落，不愧曾照顧過灰衣巫女的生活起居，還幫我調整了有些歪掉的髮飾。

「梅茵大人準備好了。」

戴莉雅往一樓探頭說。但在往底下看的同時，整個人也定住了。

「你的衣服是怎麼回事……？」

「這是梅茵大人給的獎勵。」

光聽吉魯的聲音，就知道他驕傲得不得了。肯定正自豪地挺起胸膛吧。

「不公平！這樣一點也不平等！」

「這是工作的獎勵。不工作的傢伙才拿不到。」

「你又做過什麼工作了?!」

「我打掃了這裡。因為自己一個人很努力打掃，才得到了獎勵。嘿嘿，很棒吧？」

「我才沒有不甘心呢！」

一來一往了幾句後，戴莉雅帶著不甘又羨慕到不行的表情，雙眼含淚地撂下這句話後結束對話。接著兇巴巴地瞪著我，指向樓梯。

「大家都在下面等您，快點下去吧。」

「其實我也準備了戴莉雅的份喔……妳不要嗎？」

戴莉雅直盯著我，雙眼瞪大到眼珠子都快掉出來了。

「我從沒說過我不要吧。」

我從衣櫃裡拿出最後一個布包，遞給戴莉雅。戴莉雅先是縮回了想摸布包的手，瞄了我一眼。

「……真的可以給我嗎？」

「那妳以後會認真工作吧？」

「因為沒有了我，您根本什麼也不知道嘛。我也沒辦法啊！」

戴莉雅脹紅了臉，冷淡地別開視線，動作粗魯地抱起布包，衝進侍從的房間。

「喂～還沒好嗎？」

「戴莉雅在換衣服，再等她一下吧。」

我這麼回應等得心急的吉魯，注視戴莉雅的房間。但是，只是換件衣服，時間花得還真久。戴莉雅遲遲沒有出來。

「戴莉雅，還沒好嗎？」

我打開房門，只見戴莉雅換上了衣服，笑容滿面地不知在唱什麼歌，在原地轉圈圈。目光對上的瞬間，戴莉雅緊抓住裙子，全身不停發抖。她連耳朵都變得通紅，瞪著我大喊：

「討、討厭啦！不准擅自開門——！」

孤兒院的實情

戴莉雅開始盡到侍從的本分後，時間又過了幾天。除了規定為休息日、母親和多莉也都不用工作的土之日外，我每天都到神殿報到。因為透過班諾下訂的東西都送到了神殿，為了教導廚師製作新食譜，也要在木板寫下做法，另外我也想爭取到更多看書的時間。

經過這幾天，侍從們也在不知不覺間決定了自己負責的工作。像是浴室、廁所和洗滌貴重衣物等，這些日常起居的照料和二樓的清潔，就交給戴莉雅負責。最近戴莉雅好像也開始向法藍學習如何泡茶，所以現在也由她準備茶水。

吉魯主要負責打掃一樓和院長室外圍，還有監督廚師，現在也在向法藍學習遣詞用字和禮儀。我一提到路茲之前趁著冬天的時候學了文字和計算，吉魯便產生了對抗意識，主動表示：「那我也要學！」結果法藍說了，吉魯該先學會的其他事情還多得很。

順便說，包括檢查兩人的工作在內，除此之外的所有工作都由法藍一手包辦。上午法藍會和我一起去神官長室處理文件資料，把剩下的午餐送往孤兒院後，再向廚師說明下午要製作的菜色和確認材料，最後和我一起前往圖書室。不論是管理我的身體狀況、接到班諾來訪通知時的事前準備、教導兩名見習侍從，還是指導完全沒有貴族相關知識的我，這些事全都落在了法藍一個人身上。不光這樣，他還要負責唸食譜給廚師聽，甚至要清點食材和器具的數量，以防有人帶走。

我很擔心法藍會不會太過勞累，但問法藍：「工作量不會太多嗎？」他卻回答：「因為不會半夜突然接到傳喚，所以這樣還算輕鬆了。」法藍真是太優秀了。我對法藍的感謝、信賴度和薪水金額全部都往直線上升，對於指派法藍來支援我的神官長，更是感謝得五體投地。

其實今天本來是休息日，但我還是來到了神殿。因為要在二樓我以為是儲藏室的那間房間，裝設據說近來在貴族間非常流行的大理石浴缸，所以得過來付錢。

沐浴準備得先在廚房燒熱水，再把熱水搬到房間，感覺實在太辛苦了，而且我又會在家裡和多莉一起洗澡，所以並不覺得需要在房裡裝設浴缸。然而當我說：「用水盆就夠了吧？」戴莉雅卻大發雷霆，「討厭啦！您在說什麼啊?!就連神殿長侍從用的浴室都比這裡好上太多了！」

望著剛設置好的浴缸，戴莉雅顯然很想馬上泡泡看，於是我說：「妳想泡就泡吧。」結果她又生氣咆哮：「討厭啦！怎麼能把主人拋在一邊自己泡嘛！」她說為了青衣巫女可以使用水和木柴，但灰衣巫女只能用水。

「那妳能幫我準備嗎？」

因為得從廚房搬運熱水上來，準備起來會非常吃力。然而，平常總是氣呼呼的戴莉雅卻做得眉開眼笑，所以我也就算了，決定隨她高興。

戴莉雅先用絲髮精為我洗頭，幫我穿上衣服，擦拭頭髮，一臉沉醉地檢視我充滿光澤的髮絲後，才說：「那請讓我使用剩下的熱水吧。」興沖沖地開始沐浴。為了讓自己美麗動人，她一定下了很多苦心吧。

「梅茵大人，請您別太相信戴莉雅。她還是神殿長的人。」

法藍趁著戴莉雅洗澡時端來飲料，一臉不快地給予忠告。看到法藍那麼慎重的表情，我不禁輕聲笑了。

「我知道。因為戴莉雅很高興地跟我說，她和神殿長的侍從說到話了。」

果然不可能拋棄這麼可愛的我嘛──戴莉雅驕傲地挺著胸膛。但是，她並沒有回到神殿長那邊，反而都轉到了這邊生活。她說是為了要盡可能得到和我有關的消息，而且在這裡工作很輕鬆，待遇也很好。

據說神殿長室那裡有成年的兩名灰衣神官和三名灰衣巫女，而包括戴莉雅在內，共有三名見習侍從。換言之，只有三名見習侍從，卻要照顧包含神殿長在內的六個人。但如果待在這裡，需要照顧的對象基本上就只有我一個。又因為我不住在神殿，比起其他青衣神官，該打理的工作本身就不多。再加上法藍的身分雖然能夠使喚見習侍從，卻因為對戴莉雅心懷警戒，所以和神殿長那邊的灰衣神官比起來，極少指使她做事。也因此，尚未放棄愛人夢想的戴莉雅，才能夠盡情地努力讓自己變漂亮。她說過比起當侍從服侍別人，更想讓別人服侍自己。姑且不論她的目標，但本質上是很願意努力的人。

「不管戴莉雅還是不是神殿長的人，我只要她願意認真工作就好了。然後提供給她消息的時候再小心一點……不過，其實我不太清楚到底哪些事情不能告訴她。」

「梅茵大人，這樣一來就什麼消息都傳進對方耳裡了。」

法藍發出嘆息，提醒我少提到自己的家人和路茲。他說因為這是我最大的弱點。

戴莉雅洗完澡後，開始吃午餐。今天的午餐是鬆鬆軟軟的麵包捲、青菜、培根清湯和香草烤雞。由吉魯和戴莉雅輪流服侍我，不需服侍我的時候，就和我在同一個時間吃午餐。之所以沒有把法藍算進來，是因為吃完午餐後，他還要把神的恩惠送到孤兒院，下午又得陪我去圖書室。

「梅茵大人，那我送神的恩惠去孤兒院了。」

「嗯，麻煩你了。」

門外的推車上擺著還有餘溫的湯、剩下的麵包和香草烤雞。戴莉雅和吉魯的力氣都不夠大，沒辦法把沉甸甸的推車推到孤兒院，所以都成了法藍的工作。

「咦？法藍已經走了嗎？」

法藍走了以後，吉魯拿著裝了幾個麵包的籃子走出廚房。看到門外的推車不見了，他低頭看向自己手上的籃子。

「吉魯，怎麼了嗎？」

「因為戴莉雅說她『怎麼可能吃得了這麼多！』我還以為來得及才拿出來。雖然也想過可以留下來當晚餐，但廚師說下午還會烤其他麵包……」

「現在神的恩惠很少吧？不然你去送一趟吧？」

「好！」

吉魯「嘿嘿」笑著，重新抱好籃子。就算只是四個麵包捲，但多點食物，孤兒院的孩子們都會很開心吧。

「吉魯，我可以跟你一起去嗎？不知道孤兒院是什麼樣子，我還從來沒看過。」

雖說入口不一樣，但孤兒院這麼近，就算在附近看見小孩子也很正常，但我從來沒看過還待在孤兒院裡的孩子。如果是受洗完、像吉魯和戴莉雅這樣已經在做見習工作的見習生，倒是看過他們會打掃走廊和禮拜堂，也會在水井附近洗衣服，或去家畜小屋照料動物，但我從沒見過受洗前孤兒的蹤影。

「那我來帶路吧。我知道捷徑喔，往這邊走。」

吉魯像要告訴我什麼秘密，有些得意地這麼說，繞往大門的方向。對於沒有體力的我來說，有捷徑真是好消息。繞過建築物後，走下禮拜堂前方寬廣的大階梯，初夏的太陽光照得白色石階更是刺眼。我一直只在早晚的涼爽時分才出來外面，但中午時間走在屋外，就能感受到夏天的炎熱。

「孤兒院的三餐都是在女舍吃。因為受洗前的小孩子，和沒有成為侍從的灰衣巫女、見習巫女都住在女舍，男生則是受洗完後就會搬到男舍。為了要平等分配神的恩惠，與其讓女生帶著小孩子移動，讓分散在神殿各個地方工作的男生到女舍去會比較方便。」

我一邊聽著吉魯說明孤兒院的情況，一邊走下階梯往女舍移動，隨即在階梯旁邊看見了一道隱密的孤兒院後門。外側上了門閂，看起來不像是要抵禦外來的入侵者，更像是警戒著不讓裡面的人出來。

「幾乎所有人都不知道這裡有道門。因為從那邊看過來，就只像是牆壁的一部分，也從來沒有人來開過這扇門。」

「那吉魯怎麼知道？」

「因為在我小的時候，有一次曾有人在半夜打開過這扇門。有個人招了招手，一個灰衣巫女就往外衝出去。雖然門很快就關上，再也沒有打開過，但從那時候開始，我就很想到外面去，一直幻想以後會不會也有人來接我。」

吉魯懷念地瞇起眼睛，先把裝了麵包的籃子放在地上，打開門閂。鉸鏈大概是生鏽了，門怎麼樣也打不開。吉魯使出了全身所有的力氣，才把大門拉開。

下一秒，一種窒悶的熱氣伴隨著異臭迎面撲來，我忍不住摀住鼻子。發出「唔嗯」呻吟聲的吉魯也同樣捏著鼻子。連已經習慣了街上臭味的我，也難以忍受這股惡臭。

門打開後，就可以清楚看見屋內的光景。在沾滿了大小便、悶到發出了腐敗臭味的稻草上，躺著好幾個全身一絲不掛的年幼孩童，所有人的表情都了無生氣。房內似乎是密閉空間，明明現在正是初夏的晴朗午後，屋內卻很昏暗。

「……神的恩惠？」

大概是聞到了麵包的香氣，小孩子發出了沙啞的聲音，同時雙眼突然發亮，身上還沾著黑色的東西就開始爬過來。看見骨瘦如柴的幼童爬著逼近，讓我聯想到了只在照片和影片上看到過的非洲飢餓孩童，內心在感到同情之前，我先不寒而慄。難以言表的恐懼襲向全身，我當場動彈不得，牙關開始打顫。

「不、不要……」

呆若木雞的吉魯在聽到我的聲音後恍然回神，急忙把門關上，重新扣上門閂。門內傳來了想要出來的「咚咚」敲門聲，但聽得出幾乎沒有什麼力氣。根本不具有可以撞破門扉跑出來的力量。

擺脫了恐懼的安心感，與難以想像是孤兒院的光景又在腦海裡重現後所帶來的厭惡感互相交錯，讓我的腦筋變作一片空白，身體也癱軟地往下倒去。

張眼醒來，我已經在自己的房間了。我心想著「床好硬喔」，稍微伸出手摸索，發現自己正躺在院長室裡依然是木板狀態的床鋪上。所以沒有貴族那種塞滿了棉花的棉被，也沒有家裡那種塞滿了稻草的稻草被。稍微轉動脖子和視線後，看見吉魯抱著膝蓋坐在床邊的椅子上，整個人縮成小小一團。

「……吉魯？」

「妳醒了？……太好了。對不起，我……」

吉魯帶著快哭出來的表情低頭看我。但他話都還沒有說完，戴莉雅的聲音就從吉魯背後傳過來。

「笨蛋，你這個大笨蛋！居然帶梅茵大人去女舍，還偏偏是後門！」

「這不能怪我啊！我怎麼知道那裡變成了那副德行！」

聽到吉魯說「那副德行」，就讓我接連地回想起了在孤兒院裡看見的景象。封閉的房間、滿是大小便的稻草、瘦骨嶙峋且全身一絲不掛的飢餓孩童。怎麼看，那裡都不是撫養孩童長大的環境。通風良好的家畜小屋甚至還好上幾百倍。

回想起來的同時，我全身冒起雞皮疙瘩，一股酸意也從體內往上翻湧。我猛地坐起來，強忍著把那股酸意嚥回去。看到我突然坐起來、摀著嘴巴，法藍把手足無措的吉魯推開，來到我面前。

「梅茵大人，實在萬分抱歉。讓您看見了如此不得體的光景，由衷向您表示歉意。

還請您忘了吧。」

聽到法藍把孤兒院的慘狀形容為不得體的光景，又要我忘了，我總覺得哪裡不太對勁，看向吉魯。

「那裡就是孤兒院嗎？跟吉魯形容的差好多。」

「因為洗禮儀式結束後，我就搬到了男舍，所以關於現在的女舍，也只看過食堂……梅茵大人看到的房間，是還沒受洗的小孩子待的地方，但以前我還在的那時候並不是這樣。」

吉魯低下頭，有氣無力地喃喃說。戴莉雅輕瞪著他，哼了一聲。

「都是因為現在沒有了青衣神官，灰衣巫女也減少了啊。沒有人再去照顧那些小孩子，年紀還小的孩子們就一個個死掉了。我那時候因為只要能撐到洗禮儀式，就可以在一樓生活，所以一直忍耐到洗禮儀式……但這已經是一年前我知道的情況，現在應該更嚴重了吧。真不想去想像。」

戴莉雅垂下臉龐，微微發著抖。吉魯現在十歲，所以在他參加洗禮儀式的三年前，情況還算不錯，但戴莉雅剛滿八歲，在輪到她受洗的那一年，她說情況就已經相當糟糕。再往下追問後，戴莉雅才用沉重的語氣說，大約從一年半前開始，負責照顧年幼孩童的女性就一一離開，一天當中只會有人來送兩次飯菜，其餘時間都無人聞問。

「我在洗禮儀式那天才被帶出去，是灰衣巫女說我的樣子太髒、太不得體了，不能帶到青衣神官面前，就用痛死人的力道刷洗我全身。全身一洗乾淨，灰衣巫女就稱讚我很可愛，以後會變成美女，所以受洗完後，我馬上被帶去了神殿長那裡。和我一起被帶過去的孩子有三個人，雖然我當上了見習侍從，但其他孩子因為沒被選上，又回到了孤兒院。」

我終於明白了戴莉雅為什麼對可愛這麼執著，又這麼強烈地排斥孤兒院，內心不禁感到沉重。

「梅茵大人，拜託妳救救他們吧。」

「吉魯，別說了。梅茵大人，您不能和孤兒院扯上關係。」

法藍疾言厲色地駁回了吉魯的請求。其實我也光是回想起那幅畫面就想嘔吐，並不想主動扯上關係，卻沒想到孤兒院出身的法藍會自己這麼要求我。

「為什麼啊?!」

吉魯喊出了我的心聲，法藍斷然地說：

「因為太危險了。梅茵大人是那種一旦視為自己人，就會非常重視的人。就像她之前為了保護家人，不惜用魔力威懾神殿長一樣。萬一她與孤兒院密切往來，而把孤兒院裡的孩子都視為自己人，那麼為了保護孤兒們，梅茵大人有可能會與青衣神官形成對立。這種有可能讓梅茵大人無意識地釋放出魔力的情況，最好盡可能避免。」

聽到吉魯請求我救救孤兒們，法藍卻表示反對，我忍不住看向戴莉雅，想要聽聽她的意見。

「……如果您幫得了，那就幫吧。但是，我不想再和孤兒院扯上關係，也不想回想起來。我想忘了那些事。」

戴莉雅表情僵硬地說完，別過臉龐。眼見沒有半個同伴和自己一樣想要幫助孤兒們，吉魯受傷得臉龐扭曲。接著他用力咬牙，用無助的雙眼注視著我，立著單膝慢慢跪下，在胸前交叉手臂。

「梅茵大人，拜託妳了，請妳幫幫那些孩子。」

聽著吉魯發自內心的懇求，我緊抿雙唇。我內心也有如果幫得了，我也想幫的想法。如果有人能夠具體地說出希望我怎麼做，也在我能力範圍內的話，我當然樂意幫忙。但如果要我持續性地給予協助，或要我在沒有任何人的建言下自己幫忙，我也是束手無策。

麗乃那時候我頂多捐過錢，義工活動也只在學校的強制下參加過，更何況我原本就除了看書，對其他事物都不感興趣。而且成為了梅茵以後，我因為體弱多病，一直都是受人照顧與幫助的那一方。假使我的知識可以派上用場，我一定會提供建議，但實際上真正付出勞力的通常都是別人。我自己其實做不了什麼事。

「現在因為梅茵大人都會誇獎我，所以工作起來很開心，只要努力，薪水也會增加，這也讓我很高興。食物都很好吃、又能吃得很飽，還有自己的房間，可以舒舒服服地睡覺。可是，那些孩子卻……」

「吉魯，對不起。這件事幾乎沒有我可以幫上忙的地方。雖然我是青衣巫女，但並不是貴族，而且也不能忽視法藍說的可能性。」

吉魯一臉受傷地抬起頭來。我原本就只是為了看書，才以魔力和金錢作交換，談到了自己想要條件的平民。我不能在一無所知的情形下，輕易許下我會幫助孤兒的承諾，也無法負起責任長期照顧他們。

「但是，至少我會拜託神官長看看。像是如果還有多的灰衣神官，就請派人去照顧孤兒，或再多撥一點預算給孤兒院……我會拜託神官長，希望他能稍微改善孤兒院的情況。」

「梅茵大人，謝謝妳。」

神官長畢竟一肩扛起了神殿的所有實務工作，只要向他說明現況，請求協助，應該會想辦法增加預算，或是找人幫忙照顧年幼的孩子。找到了可以商量的對象後，我放心地吐一口氣，法藍卻垂下眼皮搖頭。

「梅茵大人，您沒有必要與孤兒院有瓜葛。」

「我只是拜託看看而已。那請法藍安排一下，讓我能和神官長談話吧。」

如果拜託了神官長還是不行，那我也無能為力。但如果神官長能夠給我建議，到時再執行他的建議就好了。起碼比起在不清不楚的情況下，一直煩惱自己能不能幫上什麼忙，結果應該會好得多。我再一次拜託了不甘不願的法藍，請他安排時間讓我與神官長面談。

神官長的主張與我的決心

第五鐘響的時候，得到了會面的許可，我便和法藍一同前往神官長室。大概是已經聽過了法藍的說明，神官長一看到我，就斬釘截鐵地說了：

「我不能受理妳的要求，況且也沒有理由改善。」

連一句話都還沒說就被拒絕，所以我完全不明白神官長在說什麼。更沒想過在明知道孤兒院慘狀的情況下，他竟然會說「沒有理由改善」。

「請問沒有理由改善是什麼意思呢？那些年幼的孩子都餓著肚子，隨時有可能喪命。那裡也根本不是養育孩子長大的環境……」

神官長真的知道孤兒院的實際情況嗎？我感到不安，想向神官長說明自己今天看見的景象。但是，神官長輕抬起手，打斷我的說明。

「姑且不論已在工作的灰衣神官、巫女和見習侍從，現在沒有多餘的錢分配給那些尚未受洗的孤兒。妳是在那樣的父母身邊長大成人，所以可能不知道，但神殿並不承認還未受洗前的孩子是一個人。直到受洗過後，才會視為一個人看待。」

從小孩子在受洗前不能工作、不能進入神殿這兩點來看，我知道有這樣的風俗民情。但是，就算不視為是一個人，那樣的環境還是很糟糕。

「……所以神官長的意思是，那些孩子死掉也沒關係嗎？」

「嗯，這也是神的一種指引吧。真要我直言的話，現在人數是越少越好。」

本來還希望神官長否定，他卻乾脆地一口承認。我還啞然失聲，神官長開始說明現在留在孤兒院裡的灰衣神官和巫女。

「以前青衣的人數是現在的兩倍不止，侍從和見習侍從的人數也單純地以兩倍來計算。假設一名青衣平均有五到六人的侍從，那當他們回到貴族社會時，妳知道有多少侍從會被留下來嗎？」

如果有十幾名青衣離開，就表示留在神殿裡的侍從，會一口氣增加六十到七十人。神殿一直是用青衣神官的捐款和生活費來養活侍從，那麼從經營角度來看，神殿就算破產了也很正常。

「後來雖然賣了約莫三十人的灰衣巫女和神官給貴族供作僕役，但灰衣神官的人數還是太多了。」

「難道不能讓那些多出來的神官去照顧小孩子嗎？」

「照顧之後，要是人數因此增加就麻煩了。妳以為神殿長是為了什麼才要處分掉灰衣巫女？妳好像沒有聽懂我在說什麼。」

現在是青衣神官和巫女最少的時期，但數年後應該會再慢慢增加，所以要是完全沒有多餘的灰衣巫女，可以想見到時會很頭痛。但是，現在已經連神的恩惠都十分缺乏，所以要避免人數繼續增加——神官長這麼說道。

「……能不能至少想辦法把房間打掃乾淨呢？房間那麼髒亂，很有可能使得傳染疾病到處蔓延。」

「嗯。因為不堪入目，不如抹除掉所有人嗎？雖然這個提議值得考慮，但傳出去恐怕有損神殿的聲譽。」

「不對！我不是這個意思……」

為什麼會得出這種結論?!我強壓下想這麼怒吼的衝動。我和神官長的立場，還有構成中心思考的常識完全不一樣。明明語言相通，卻無法理解彼此的想法。

「神官長，孤兒院到底是為了什麼而存在呢？不是為了要扶養那些失去了父母親的孩子嗎？」

「並不算是。孤兒院這個地方是藉由貴族的施捨，將無人照顧的孩童，教育成服侍貴族的侍從。」

我們對於孤兒院的認知差太多了。神官長甚至無法明白我同情孤兒、想幫助他們的這種心情。對於我沒能理解他的主張，神官長似乎也漸漸感到煩躁，輕嘆口氣。

「如果想為將死的孩子們盡份心力，那妳就去做吧。成為誰也不想接手的孤兒院長，妳能負起全責，掌管孤兒院嗎？」

出乎預料的問題讓我倒吸口氣。我雖然想幫助孤兒們，但並沒有負起責任掌管孤兒院、處理所有事情的覺悟。這麼可怕的事我做不到。

「……這我無法勝任。」

我緊握起拳頭，慢慢搖頭。神官長「嗯」地點了下頭後，直視著我又說：

「那麼，從以往青衣與灰衣的比例來看，孤兒院裡能靠神的恩惠獲得溫飽的人數大約是四十人。現在神殿的青衣當中，擁有最多錢能夠自由運用的人就是妳，但孤兒院裡的孩子遠超過四十個人，妳能夠準備他們所有人的食物嗎？」

「沒有辦法。剩下的錢都是工坊的資金，我已經沒有個人可以運用的錢了。」

光是院長室的裝修和付給侍從的薪水，其實我已經花掉太多錢了。靠著販售食譜得到的報酬，才勉強打平而已。而且義大利餐廳還沒有開始營業，接下來的我暫時都沒有收入。在現在這種狀態下，根本無法攬下照顧孤兒們的責任。

「既然負不了責任、出不了錢、什麼忙也幫不上，那就不要再過問。不要憑著那種不上不下的正義感多管閒事。別想這些無謂的事情，妳就乖乖看自己喜歡的書吧。」

神官長說得合情合理，我一句話也無法反駁。什麼也做不了的我，更是沒有權利抱怨。這世上有很多事情與其只做一半，不如什麼都不要做。

「……占用了神官長的時間，真是非常抱歉。」

我垂頭喪氣地走出神官長室。既然在拜託神官長後遭到拒絕，那麼我也愛莫能助，只能安分地做自己的事——我這樣說服自己，胃部卻仍像吞了鉛塊一樣沉重，胃液都在翻攪。

「梅茵大人，要不要繞去圖書室看看書？也許心情會好一點。」

法藍跪在我面前，察看我的臉色。和剛才不肯讓我面見神官長時不一樣，擔心的嗓音非常溫柔。

「……法藍，你早就知道結果會是這樣了吧？」

「因為以前我的工作，就是揣測神官長的心思，所以大概料到了結果會令梅茵大人失望。現在請您忘了孤兒院的事情吧。」

由法藍牽著我的手，我腳步非常遲緩地走向圖書室。看書的時候，我可以沉浸在書的世界裡，不去胡思亂想。

但是，一眨眼工夫第六鐘就響了，到了路茲來接我的時間。離開圖書室後，必須先回自己的房間換衣服。回院長室的半路上，無論如何都會從走廊看見孤兒院。瞬間，腦海裡又浮現出了那幕景象，我不禁感到想吐。

「唔嗯……」

一嘔吐，我就用手摀住嘴巴，拚了命地不要吐出來。法藍慌忙抱起我，拔腿疾奔，再為我遞來打掃用的桶子。我朝著桶子嘔吐，同時感到想哭。

那麼震撼的景象，怎麼可能忘得掉？如果可以一直看書，我也許就能不去思考。但在沒有看書的時候，我一定會不由自主回想起來。麗乃那時候，日本與非洲的距離非常遙遠，因為和自己的日常生活完全無關，才能只是捐個一、兩百圓，就繼續若無其事地過生活。也因為只在電視上看著那幅景象，才能一邊吃飯還一邊討論說「好可憐喔」，卻轉過頭就忘了。然而，現在自己的房間就和孤兒院連在一起，明知道牆壁另一頭的孤兒們都處在那樣的狀態下，怎麼可能若無其事地過日子？

「梅茵大人，結果怎麼樣？」

吉魯跑著迎上前來，天真無邪地問我結果。接近黑色的紫色大眼裡寫滿期待，我痛苦得垂下眼皮。

「吉魯，對不起。神官長拒絕了。」

「為、為什麼?!」

吉魯不敢置信，心慌意亂地看著我。不僅無法幫助處在那種狀態下的孤兒，也無法回應吉魯的期待，這些都讓我很難過，只能一味瞪著地板，繃緊全身等著吉魯接下來要說的話語。

「吉魯，適可而止。」

「討厭啦，你真是笨蛋耶。我早就說了期待也沒用吧。」

法藍和戴莉雅都開口制止了吉魯。吉魯雖然想說點什麼，但咬著嘴唇忍住，和我一樣低下頭去。戴莉雅開始幫我準備更衣，一副早就了然於心的表情聳聳肩。

「而且造成這種狀況的，就是說著『生過孩子的巫女不能工作、根本是廢物』，最先把她們處分掉的神殿長啊。神官長才幫不上忙呢。」

「戴莉雅。」

「真的嘛。明明肚子變大和剛生過孩子的巫女都是在那裡服侍，卻因為不想再增加更多人，最先被處分掉喔。結果又說什麼但客人來的時候，還是需要能捧花的灰衣巫女、肚子要是變大也得換新人進來，所以還是留下了一些灰衣巫女。」

戴莉雅說，現在留在孤兒院裡負責洗衣和打掃的灰衣巫女和見習巫女，全是年紀還很輕，外表也有些姿色的女孩。懷有身孕和生過孩子的巫女就遭到處分，不可愛的就賣給貴族當僕人，只留下充足的捧花候補。這就是為青衣神官留下有用之人的結果。

男性因為不會懷孕生子，可以長年工作，所以受過良好教育的灰衣神官做為貴族的侍從，至今都能賣出高價。但是，現在因為貴族本身的人數變少了，需求降低，找不到買家，所以如今剩的反而比巫女還多。

「這麼說來，孤兒院裡的孩子都是青衣神官的孩子囉？那不就擁有貴族的血統嗎？」

「……我想一半的人都是這樣吧。因為我也是。」

戴莉雅毫不避諱地直言。

「咦？那戴莉雅也有魔力嗎？」

「聽說魔力要是相差太多，是很難懷上孩子的。所以在這裡能有孩子的，都是青衣神官中魔力也非常低的人，而且我聽說一旦在神殿有了孩子，他們就不能回到貴族社會。」

而現在留在神殿裡的，全是魔力很低的青衣神官——如此利己主義的經營方式，讓我的頭和胃都好痛。

「決定神殿事情的人是神殿長，所以與其反抗神殿長，還是討神殿長歡心比較好喔。好了，男士都出去吧。我要幫梅茵大人換衣服了。」

戴莉雅揮了揮手，把法藍和吉魯趕出去，伸手拿起要換的衣服。

「討厭啦！梅茵大人也別露出那種像是自己快死了的表情，快點忘記不就好了嗎？反正您再怎麼煩惱，還是什麼忙也幫不了啊。」

戴莉雅說著，迅速幫我更衣。

其實並不是什麼忙也幫不了。只要拿出梅茵工坊的所有資金，應該就能有所改善。但是，一想到神殿長和神官長都不想要改善孤兒院的環境，資金用盡後又會回到現狀，再加上自己必須對孤兒院的所有生命負起責任，這些事都讓我感到害怕，才無法下定決心投入資金。

「路茲！路茲！」

一看到來大門接我的路茲，我就張手緊抱住他。回到了自己常識可以相通的世界後，大概是因此就放鬆下來，眼淚潰堤般地滾滾而出。路茲反射性地摸著我的頭，看向今天負責接送我的法藍。

「法藍，發生什麼事了？」

「邊走邊說明吧。」

法藍望了眼守衛，邁步開始移動。走在大家都匆忙返家的街道上，法藍說明了今天發生的事情。

「梅茵大人只是向神官長提出請求而已。雖然說了既然行不通，那也只能放棄，但梅茵大人似乎還是放不下。」

「……看到那麼多小孩子奄奄一息，一定很難過吧。可是，梅茵也幫不上忙吧？所以妳別在意，快點忘了吧。」

對於家境雖然貧窮，但生活過得相對安穩的我來說，那幕光景實在太過震撼，很難釋懷。

「我也希望可以忘掉啊。要是一直什麼都不知道就好了。可是，明知道和自己的房間只隔著一道牆，另外一邊是那樣的情況，怎麼可能忘得掉嘛。」

我抽抽噎噎地哭著說。路茲停下腳步，低頭往我看來。

「所以梅茵受不了孤兒院的慘狀吧？那妳希望有什麼改善？」

回想今日的光景，我思索著自己心目中孤兒院該有的模樣，說了：

「……我希望可以讓那些孩子都吃飽飯，順利長大。他們不應該睡在那種容易生病、又髒又臭而且沒鋪任何東西的稻草上，至少該睡在乾淨的被子上啊。」

「啊？一般只有有錢人才吃得飽飯吧？只要食物的量可以讓他們有力氣活動不就好了嗎？像我自己在家裡根本都吃不飽啊。」

聽完我的希望，路茲說「妳的要求太高了」。回想了自己在家裡的生活，我才驚覺自己一直是以神殿的貴族生活為中心，在思考要如何經營孤兒院。因為自己最近都能在神殿用美味的食物填飽肚子，家裡的經濟情況也有了餘裕，所以徹底忘了，但其實在平民區，能夠三餐都填飽肚子的孩子並不多。就連路茲，一直以來也都處在挨餓的狀態，現在和哥哥他們搶食物也還是都搶輸。

「對喔，不需要到吃飽的程度……」

「而且如果三餐都由梅茵提供，這也太奇怪了吧？應該要自己先出去採集才對吧。既然肚子會餓，自己也要想想辦法啊。」

因為神殿是特殊的場所，所以我在思考的時候，一直把自己的常識拋在了一邊，但如果把目標設定成提升到和平民孩子一樣的水準，金錢上的負擔就會一口氣減少很多。買不起的食材，自己去森林裡採集就好了。

「恕我直言，孤兒們不能離開神殿。」

法藍面帶難色地開口提醒。基本上孤兒們都被關在孤兒院裡頭。因為在洗禮儀式之前，不能讓貴族看見不得體的存在；而洗禮儀式之後，大概是為了不讓孤兒們接觸到無謂的知識與常識吧。聞言，我沉默下來。但和我不一樣，幾乎不了解神殿常識的路茲只是偏過頭。

「奇怪了，到底是誰規定孤兒不能出來外面的？既然被當成沒人要的孩子，就算讓他們去森林，也應該沒什麼問題才對啊。像法藍和吉魯都可以出來神殿外面。」

「法藍和吉魯是特例，因為他們是我的侍從。」

因為我是住在家裡前往神殿，接送才變成了他們的工作。就和灰衣神官會陪同青衣神官前往貴族區一樣，並不是可以自由離開神殿。

「那，讓剩下的所有人都當梅茵的侍從就好了啊！這樣一來，所有人都可以出來外面了吧？」

超乎想像的提議讓我眨了好幾下眼睛，仰頭看向路茲。

「請等一下！這個提議未免太魯莽了……要梅茵大人準備所有人的衣服、食物和住處，根本是不可能的事。」

「雖然要讓孤兒們出來，就得幫所有人買衣服，但如果只是要去森林，去我們平常去的舊衣舖買便宜的舊衣就可以了吧？」

我開始在腦海中計算，假如要幫所有人買便宜的二手衣，再買幾個人去森林時用的小刀和籃子，總共要多少錢。畢竟不可能把神殿的雜務都丟著，所有人同時去森林，所以只要分組輪流去，就不需要買太多工具。

「如果只是五、六十件便宜的舊衣，和幾個人去森林時用的小刀和籃子，那比買給法藍他們的那三件衣服還便宜呢。」

聽到我這麼說，法藍驚愕得瞪大眼，低頭看向自己身上的衣服。我買給侍從的衣服都是高級品，自己在家裡穿的便服根本不能相提並論。

「只要帶他們去森林，採集可以吃的東西，讓他們學會自食其力就好了。沒有錢的孤兒院，就表示大家都很窮吧。」

路茲講話真是直接，但也沒有錯。不該只是等著別人給予，要讓他們學會怎麼自力更生。

「而且我之前有好幾次都派吉魯或法藍去奇爾博塔商會，這也就是說，我可以指使侍從出去辦事囉？」

「……是的，梅茵大人。」

「既然這樣，那我也可以吩咐侍從去採集佛苓吧？」

我說完，路茲的雙眼晶燦發亮。

「梅茵工坊的孤兒院分店嗎？」

「沒錯。把孤兒院設成是梅茵工坊的分店，讓他們製作商品，就可以靠著自己賺的錢養活自己了。就算萬一有一天我不在了，也不會再有小孩子餓肚子。」

現在的優先事項，反而是要教大家怎麼去森林採集和調理食物。我和路茲開始討論起要怎麼做才會更有效率、又要從哪裡開始進行改革。法藍難以啟齒地插嘴說：

「梅茵大人，我認為兩位的想法很不錯……但是，這和神殿至今的做法完全不同。屆時神官長也會問您，是否真的能對這麼多人負起責任。這樣真的好嗎？」

我渾身的血液頓時都往下逆流。法藍說得沒錯。像我這樣的外人要是突然就無視神殿的常規，擅自對孤兒院採取行動，大概不會只帶來好的結果吧。不光神殿長和神官長，還會和其他青衣神官產生衝突，而且若要讓孤兒為工坊工作賺錢，想也知道不會人人平等。

「路茲，對不起。我好怕要負責任……」

「梅茵，那我問妳，跟什麼也不做，眼睜睜地看著孤兒們死去比起來，妳更害怕哪件事？」

兩件事我都害怕。要是對那些孤兒見死不救，我想這種胃部像吞了鉛塊的沉重感會一輩子跟著我吧。但是，要我對這麼多生命負起責任，我也實在做不到。我悄悄按著肚子，路茲輕輕聳肩。

「梅茵，妳別想得這麼複雜。要是試了之後發現不行，到時再收手就好了啊。」

「路茲，什麼到時再收手就好了……這關係到孤兒的性命耶?!」

我沒好氣地瞪著路茲。他簡直班諾附身似地哼一聲。

「本來工坊要是接不到工作，或是店家生意太差，最後都會倒閉吧。但現在對象是孤兒院，就算工坊倒了，員工也不會流落街頭吧？」

「……因為大家都住在孤兒院，最起碼還有神的恩惠。」

「那就算行不通，又不會有人因此流落街頭，梅茵到底該負什麼責任啊？而且梅茵工坊運作的時候，也都需要我在旁邊幫忙啊。」

我想應該會遇到不少需要負起責任的情況吧。從班諾的角度來看，關於工坊長的責任，也許還會有其他不同的意見。不過，為什麼呢？總覺得只要和路茲在一起，就一定沒問題。雖然只有自己一個人會很害怕，但如果有一直以來和我並肩作戰的路茲陪著我，我就莫名有信心地覺得可以做到。

「梅茵，我們一起試試看吧。妳想幫助他們吧？」

「嗯！」

我撲向路茲伸過來的手。法藍見了，露出無可奈何的笑容。

「梅茵大人，我也會協助您。」

與神官長的秘密會談

雖然決定了要幫助孩子們，但我回家後，什麼忙也幫不上。和路茲及法藍討論過後，決定今天暫時先以「珍重生命」為暗號，私下展開行動。

因為不知道孩子們對食物的消化程度如何，所以要先把麵包撕成小片，再泡進清湯裡做成麵包粥，然後由吉魯從後門送進去。法藍說他會從正門送神的恩惠過去，吉魯再悄悄從後門運送食物，這樣應該就能不被他人發現，讓孩子們吃到飯。

「吉魯是最擔心他們的人，應該會願意跳出來幫忙。」

「等等給吉魯一套我的衣服，告訴他可以在怕弄髒的時候穿。」

今天能做的事只有這樣，但一想到那些孩子們今晚就不會餓死，心情便輕鬆了一些。我總算放鬆了緊繃的臉龐，法藍卻板起臉孔，注視著我說：

「梅茵大人，對於您要幫助孤兒一事，神殿長很可能會不高興，所以請您千萬要小心戴莉雅。」

「……神官長就沒關係嗎？」

不只神殿長，我想神官長也會很不高興吧，法藍對此有什麼想法呢？我說完，法藍有些訝異地張大雙眼，語氣平靜地說了：

「神官長就由我向他稟報。因為現在神殿對孤兒院的處置，和對待灰衣神官及巫女的方式，神官長也一樣感到不平。」

「咦？但看起來一點也不像啊？」

我歪過頭說，法藍神色無奈地垂下目光。

「梅茵大人也聽見戴莉雅說的話了吧？在神殿，神殿長是權力最大的人。而神官長為了不被人抓住話柄，只能深深地藏起自己的真心話，所以雖然很難看出來，但神官長也對現在的神殿有所不滿。」

「……我真的完全看不出來。」

真不知道法藍究竟是站在怎樣的角度傾聽剛才的對話，才會察覺到神官長的內心有所不滿。還是說，法藍甚至可以聽到神官長的心聲？我一頭霧水地偏著腦袋瓜，路茲聳聳肩。

「看來你得向神官長報告一下，說梅茵根本沒聽懂。」

「確實如此，梅茵大人也該學習貴族特有的委婉說話方式了。」

兩人溫暖的眼神就像在看著不成材的孩子，真是太傷人了。

隨後幾天，我一邊讓吉魯暗地裡送去食物，一邊和法藍討論該怎麼向神官長報告，更容易說服他答應我們的請求。因為也聽了路茲的意見，又關係到梅茵工坊，所以我把一臉厭煩地說著「妳又惹麻煩了」的班諾也牽扯進來。雖然我恨不得馬上去找神官長，請他下達許可，開始對孤兒院進行改革，卻又被班諾臭罵一頓。

「妳的腦袋是裝飾品嗎？別老是訂了目標就一直線往前衝！面對貴族就是要繞遠

路，就算覺得麻煩，也一定要做好事前準備和交涉！有時候這個步驟甚至決定了一切。要是突然就跑上門，對方也不見得願意見妳！」

「班諾大人說得沒錯。梅茵大人總是一作出決定，馬上就要付諸行動，但原本若要討論重要的事情，都必須先在事前告知對方大致的內容與要求，再預約會面時間。若想與貴族討論要事，絕對不能操之過急。一般都該盡量爭取更多時間，在檯面下做好對自己有利的準備。」

之前因為看到孤兒們的模樣後太過震驚，馬上就找神官長商量，但也是因為我一直拜託法藍，他才去安排了時間。隨後法藍告誡我，這樣其實違反了禮節。神官長那邊會無法做好答覆的準備，消息的傳達也會不夠確實。

「這次是個好機會。梅茵大人，請您好好觀摩並學習要如何向貴族預約會面時間，又要做哪些事前準備，日後定能派上用場。」

多方面討論後的結果，首先決定由我就任為孤兒院的院長，再運用梅茵工坊的資金，以整頓工坊的名義進行改革。然後，幫尚未受洗的孩子們洗澡，再為孤兒院進行大掃除。接著把男舍底樓設成工坊，設置爐灶、添購工具，以後就能煮飯和做紙。最後把孤兒院的孩子們分作幾組，像是做紙兼森林採集組、孤兒院雜務組和神殿工作組。頭一個月讓大家輪流去每一組，體驗所有的工作。之後再依本人的希望，重新分組，讓大家可以自由選擇自己的職務。

列出需要的衣物和工具後，就請班諾幫忙採購。為了籌措資金，我請路茲和拉爾法做了木頭衣架。是著重於肩膀的弧度，有著我熟悉形狀的衣架。「比起在舊衣舖裡看到的十字衣架，這種衣架更能減少對衣服的傷害喔。」我這麼介紹後，班諾便雙眼發亮地上鉤了。

……真的是多謝惠顧。

「那麼，梅茵工坊孤兒院分店的最終目標是什麼？」

班諾看著我這麼問。這時候要是不說出回答，他又會罵我「做事不用大腦」了。我回答了自己想出的答案。

「就是保障孤兒院的生活費。光靠神的恩惠還不夠的部分，我希望能讓他們自己賺錢，購買自己需要的食材。」

「只要食材就好了嗎？」

「因為基本生活所需的東西，神殿都會提供，所以只要能賺到足夠採買食材的收入就好了。」

雖然路茲說沒有錢，那就自己去森林裡採集，但考慮到孤兒院的規模，總不能讓孩子們前往森林大量且長期地採集。既然往後打算成立工坊賺錢，那在上軌道之前，可以先用工坊的經費來支付伙食費。回答了班諾的問題後，路茲寫下紙的價錢和購買食材所需的金額，開始計算。

「……如果只要賺到伙食費，感覺很容易就能達成嘛。可是，如果要由梅茵出錢，那教他們學會採集還有什麼意義啊？」

「我只是想在做紙的時候，順便教他們學會怎麼在森林裡採集而已。一旦學會了，就可以在餓死之前，先去森林採集能吃的東西回來啊。要是什麼都不知道，就有可能會像我一樣採到毒香菇。」
「梅茵採到毒香菇的機率太高了嘛……」
討論出了大致的結論後，法藍先私底下悄悄向神官長稟報。雖說不是正式公開，但答應了我就任成為孤兒院的院長，並成立梅茵工坊的孤兒院分店。同時，也預約好了兩人正式面談的時間。聽說正式向貴族要求會面的時候，必須先在數天前就寫信提出請求。於是我學了樣式，寫下請求信。
……貴族有夠麻煩。
等收到了神官長邀請函的時候，聽說在吉魯的暗中活躍下，孩子們的身體狀況都獲得了改善。吉魯還告訴我，現在大家都有了食欲，除了湯以外，也吃得下一些固態食物，變得越來越活潑好動。以他們目前的健康狀態，看來能在清掃滿地都是大小便的房間時，順便幫他們徹底洗淨身體了。
神官長指定的第三鐘響了後，我和法藍一同前往神官長室。吉魯和路茲則待在我的房間待命，以便隨時都能出動。
「神官長，萬分感謝你撥冗接見。」
「梅茵，貴族的女性不會那樣說話。」
神官長開口糾正，說貴族的女性都是說「衷心感謝」。有段時期流行講話都要溫柔婉約，後來就固定了這樣的說法。神官長更因為我都是在大門和奇爾博塔商會學習敬語，懷疑我比起女性的用法，可能更常使用男性的說法。

「看來也需要有灰衣巫女教妳遣詞用字……但這件事之後再說。今天往這邊。」

大概是已經驅退了其他人，神官長的房裡只看到阿爾諾。我和往常一樣正想走向辦公桌，神官長卻往另外一邊的床鋪方向走。

「神官長?!」

阿爾諾吃驚大叫。法藍也瞪大了眼。我只是不明就裡地跟在神官長身後。神官長推開床鋪的布幔，向我招手。床鋪的更裡面？我歪過頭，納悶地走上前，在布幔後頭看見了一扇門。

「進這裡再和妳討論吧。」

彷彿在進行指紋認證，神官長朝著門扉舉起手後，一道泛著青白光芒的魔法陣就浮現在半空中，神官長中指戒指上的寶石發出紅光。紅光循著魔法陣繞了一圈後，隨即黯淡下來。

「這裡連侍從也進不來。梅茵，進來吧。」

神官長「喀嚓」一地打開門，不帶阿爾諾也不帶法藍，走進了房間。看著昏暗的房間，我瞬間不安地回頭看向法藍。法藍輕輕點頭鼓勵我。

「打、打擾了。」

我走進房內。門一關上，原本漆黑的房間就冒出了窗戶，絢爛的日光照射進來。就好像有人拉開了百葉窗，窗戶憑空出現。

「哇！」

我摀著眼睛，等著雙眼適應光亮，接著聽見神官長窸窸窣窣的動作聲。慢慢地睜開雙眼後，發現原先伸手不見五指的漆黑房間，變得就像是大學的研究室。

房內的桌面和架上都凌亂地擺著卷軸和羊皮紙，還堆著好幾本書。架上還擺有我從沒看過的、看起來像是理科實驗器具的東西。房間角落還有一張疑似休息用的長椅，但也雜亂地遍布著資料。和平常都由侍從整理得整整齊齊的房間不一樣，這裡是完全只屬於神官長一個人的私密空間。

「我已經設下了結界，沒有一定以上魔力的人進不來。現在神殿裡頭，大概只有妳一個人進得來吧，正好適合用來密談。」

「好棒的秘密房間喔，感覺好像是魔法的結晶……」

神官長一把推開堆積在長椅上的資料，看著我說：

「妳的房間也有吧？」

「是嗎？我還是第一次知道。」

我從來沒有推開過床鋪的布幔，床也只有床架，連條棉被也沒有。但考慮到之前曾經昏倒，看來還是先鋪床棉被比較好。

「但門都需要進行魔力登記，妳大概不能使用吧。」

「魔力登記？」

「這種事不重要，直接進入正題吧。坐吧。」

神官長中斷這個話題，指向剛才清出了空間的長椅，自己則搬來桌旁的椅子坐下。

神官長再次抬起頭來時，臉上不是和法藍一樣那種感覺不到情感波動的面無表情，反倒非常凝重，眉間還皺出了深溝。

……該不會接下來是要說教？

已經聽法藍訓話了好幾天的我，終於領悟到了今天要談什麼事情。難不成會進入這個房間，就是因為神官長要說教的內容不方便被侍從他們聽見嗎？就算我想向法藍求救，房裡也只有我們兩個人，沒有人能救我。

「神、神神、神官長，請問為什麼要在這裡談話呢？」

「因為法藍向我稟告過了，他說要求妳講話委婉又像個貴族是沒用的。」

神官長目光森冷地瞪著我。原本神官長就面無表情，五官給人的印象又有點冷漠，現在再不高興地皺起眉頭後，看起來加倍恐怖。和會怒聲咆哮的班諾不一樣，神官長生起氣來，全身就散發出了讓人一路從腳往上結凍的寒意。

「事實上妳前些天確實也是不假思索，就脫口說出了非常重要的訊息和危險發言。當時在場還有神殿長派來找我的侍從，妳都沒有發現嗎？」

「完全沒有。」

「居然在神殿長的侍從面前，說出那種像在指責神殿長行徑的話……看來妳也完全沒有意識到，當時的對話讓我的壽命縮短了好幾年吧？」

「……真、真的很對不起。」

那時候因為神官長完全不明白我的意思，我只是想要讓他了解，結果卻變相像在批評神殿長的做法。所以不管是神官長還是侍從，都讓在場的人嚇出了一身冷汗吧。

「妳至少該記住青衣神官的名字和長相，和他們身邊侍從的五官。面對自己必須提高警覺的對象，怎麼可以半個人都不認得？妳太粗心了。」

神官長無言以對的表情，就和班諾對我擺出的一模一樣。看來我不管到了哪裡，都是挨罵的那一個。

「……班諾先生也常說我做事都不用大腦。」

「這麼說來，他確實說過妳都沒有戒心、被騙了也學不乖。現在我完全同意班諾的看法。既然妳已經是青衣見習巫女，屬於貴族階級，就要學習並記住貴族的做法。」

神官長的勸告全是在擔心我的處境。真的就和法藍說的一樣，神官長只是把真心話藏得太隱密，才會看不出來，但一直在保護我遠離神殿長。

「看妳完全無意去解讀我隱藏的真正想法，所講的話又太過直接，絲毫不加掩飾，這在貴族社會只會害妳喪命。我再也不想那麼提心吊膽地談話了。既然不能肯定妳能否明白我的用意，又要和妳討論不想被人聽見的事情，所以我判斷最好的方法，就是進來這裡。」

「真的非常抱歉。」

原來是因為神官長如果不說真心話，我就聽不懂，才會進來這裡密談。

……雖然給神官長添了麻煩，但可以打開天窗說亮話，真是太好了。

「法藍向我稟報，說妳已經決定成為孤兒院的院長了。當時妳還說自己無法負起責任，現在真的可以勝任嗎？」

神官長直視著我的雙眼凜冽發光，像要看進我的內心深處。我不禁坐直身體。我已經下定決心要幫忙了。為了至少傳達出我的決心，我也筆直地回望神官長。

「坦白說，我還是很害怕要負責任。但是，因為我沒辦法坐視不管，所以還是希望

能盡量幫助他們。」

「嗯。既然妳已經做好覺悟，那就好。」

神官長爽快答應。我就像揮棒撲了空一樣地呆望著神官長。

「咦？真的可以嗎？」

「雖然不算正式，但我早已經透過法藍答應妳了吧？」

「法藍是這麼說過，但因為和上次面談的時候差太多，我嚇了一跳……」

「因為講話太過委婉妳就聽不懂，所以這也沒辦法。」

「啊嗚，對不起。」

不知第幾次地道歉後，神官長拿了幾張紙過來。目光迅速地掃過紙張後，神官長再看向我。

「雖然法藍大概向我說明過了，但我還是不明白。法藍似乎也沒有完全聽懂。因為你們討論的時候，都是使用商人特有的說法，也有不言自明的默契。所以，請妳說明就任成為孤兒院長後，究竟打算要做什麼吧。」

我開始說明和大家討論過的內容。

「我打算在孤兒院成立梅茵工坊。首先，因為孩子們將成為工坊的員工，我會改善他們營養不良的情況，再打掃將成為工坊的孤兒院，設置工作用具。之後預計教導孩子，讓他們可以自己煮飯。只要他們至少能自己煮湯，再加上神的恩惠，營養不良的狀況應該就能得到大幅改善。」

「我明白了。那麼，這項要把孤兒院的所有人都納為侍從是什麼意思？」

神官長用可怕的眼神瞪著我。

「……因為如果成為我的侍從，就可以派大家去神殿外面辦事。」

「如果只是基於這種理由，那就算了吧。其他青衣神官進來的時候，會沒有人才可以提拔為侍從，而且要是妳把所有人都占為己用，也會產生不必要的對立。妳只要以孤兒院長的身分，指示見習生離開神殿辦事就好了。」

「我明白了。」

只要能讓孩子們離開神殿，無須把所有人都納為侍從。我點頭表示理解。

「那麼，孩子們的營養狀況獲得改善之後呢？」

「我會讓他們製作植物紙。以前都只有我和路茲兩個人在做，所以只要教他們怎麼做，小孩子也做得出來。」

「植物紙嗎……」

神官長瞥向桌上的一疊紙。這麼說來，在班諾贈送的禮物中，神官長最高興收到的就是植物紙了。

「因為既不會有人拿出去偷賣，也已經簽訂了梅茵工坊做的東西，都由奇爾博塔商會販售的魔法契約，所以神殿也不能收走。」

「不愧是商人，判斷很準確。即便萬一被發現，神殿長也不能收走的話，那我沒有異議。賣了紙後，妳打算做什麼？」

神官長有些意興闌珊地瞇起眼睛，繼續發問。

「賣了商品之後，讓大家可以自己購買欠缺的食材。這樣一來，我就不用再替他們支付伙食費，大家也不會因為青衣神官的增減而餓肚子。」

「基本上對其他事物都漠不關心的妳，為什麼要做這些事？妳不會沒有任何好處，就攬下這種麻煩吧？」

這是最重要的問題——神官長目光鋒利地注視我。我也定定地回望神官長。

「當然是為了讓我可以沒有後顧之憂地看書啊。」

「妳說什麼？」

神官長瞪大眼，好像完全聽不懂我在說什麼。

「明知道在牆壁的另一邊，那些孩子就要餓死了，怎麼可能不在意呢。雖然沉浸在書裡世界的時候可以不去想，但一旦停止看書，腦海中就會浮現出那些畫面，罪惡感和不舒服的感覺讓我無法忍受。」

「所以，妳只是為了摒除會打擾妳看書的阻礙，才成為孤兒院的院長，還把孤兒院當作工坊經營嗎？」

「沒錯。」

我用力點頭，神官長按著太陽穴。

「妳還真是一個……超乎我想像的笨蛋。」

「常常有人這麼說。」

「……算了。那預估要多久時間？下達許可後，預計多久能夠步上軌道？」

「現在幾乎所有準備工作都完成了，而且在這個季節，只要有一個月的時間做紙並販售，應該就能自己購買不少食材。」

「哦？這次的事前準備倒是很充分嘛。」

神官長嘀咕道。因為班諾和法藍分別從商人和貴族的角度，檢查了好幾遍計畫有沒有漏洞，所以應該沒問題才對。印象最深刻的，是大家都挑明了說，最大的不安因素根本就是我。

「好，准了。」

「謝謝神官長。法藍之前就說了，如果是神官長，只要好好溝通就一定能明白。班諾先生也說過，神官長的眼神比起一般神官清澈，要找人商量就找神官長……為什麼神官長和其他神官不一樣呢？」

如果在外面問這個問題，一定會挨罵吧──我一邊心想一邊發問，果不其然神官長先嘆口氣說：「妳出去後絕不能這麼問我。」然後回答：

「我不打算詳細說明，但總之我也和妳一樣，並不是在神殿出生長大。我出生於貴族社會，基於一些理由才進入神殿。因此我雖然看不慣神殿長的做法，但現在反抗神殿長並不是明智之舉。妳也要小心別再觸怒神殿長了。」

「……那我經營孤兒院，不會觸怒神殿長嗎？」

讓孤兒們自己賺錢，等於是光明正大地牴觸神殿長至今的做法。我心驚膽戰地詢問後，神官長哼笑著說「現在才擔心也太晚了」。

「表面上，我會裝作是我把這個燙手山芋丟給妳，但妳也要盡可能保持低調。因為妳和我們的常識相差太多，我根本料想不到妳究竟會做出什麼事。所以不論要做什麼，都一定要向我報告，也要乖乖聽從法藍的教誨。明白了嗎？」

神官長一而再地叮嚀我要記得「報告、聯絡、商量」後，我才走出神官長的秘密房間，和法藍一起回到院長室。吉魯和路茲都用充滿期待的眼神出來迎接我。

「梅茵，結果怎麼樣？」

「被罵了好久。神官長要我認真學習怎麼當個貴族，還說我做事都不用大腦又粗心……」

「所以是不准妳成為孤兒院的院長嗎？」

路茲和吉魯不安地沉下臉來。我急忙搖頭。

「不是啦，我成為院長了喔！要成立梅茵工坊也沒問題。我只是覺得，我真的不管到哪裡都會挨罵呢……」

「嗯，誰教妳是梅茵嘛。」

路茲拍了拍我的頭，輕聲笑起來。

在對孤兒院進行改革之前，我還有一件事非做不可。那就是找戴莉雅商量。畢竟戴莉雅的工作，就是把情報提供給神殿長，所以我想請她保密。因為就算想瞞著她，其他侍從卻都在到處奔走，班諾和路茲也會進進出出，孤兒院若再傳出嘈雜人聲，戴莉雅不可能沒有發現。但是，直到工坊的工作步上軌道之前，我希望神殿長都別來妨礙我們。

戴莉雅自己也說過，我能幫就幫，所以對於幫助孤兒這件事本身，她應該是贊成的吧。現在也都已經做好了幫助孤兒的準備，總不可能才改口說希望他們都死了最好。於是我正面直視戴莉雅，決定誠實地拜託她。戴莉雅連見到了神殿長的侍從這種事都會向我報告，所以比起拐彎抹角，我認為開門見山地拜託她更有用。

「戴莉雅，我想幫助那些還沒有受洗的孩子。所以，我希望神殿長不要來妨礙我們，也希望戴莉雅暫時可以保持沉默。戴莉雅也覺得如果幫得了忙，想幫助那群孩子吧？我可以拜託妳這件事嗎？」

沉默了一會兒後，戴莉雅用力閉上雙眼，像要甩開湧上的回憶般搖頭。

「……我不想去孤兒院。因為我不想回想起來，也不想再跟那裡有關係。」

「嗯，我知道。戴莉雅只要留在這裡監督廚師他們就好了。我只是想請妳暫時都當作沒有看見，好嗎？」

因為需要有人負責管理食材和監督廚師，所以一定要有一名侍從留在院長室。只要把這份工作交給不想去孤兒院的戴莉雅，她自己就不需要過去。

「好吧，我會保持沉默。但是，我並不是為了梅茵大人，是為了那群孩子。別以為我因為這樣就變成妳的人了喔。」

戴莉雅把頭一撇，側對著我的臉上似乎有些鬆了口氣，勉強答應了我願意保持沉默。我如釋重負，也向戴莉雅保證。

「戴莉雅，謝謝妳。我一定會幫助他們的。」

「我、我又沒有拜託妳。不過，既然要做，我絕不允許妳失敗喔！」

……雖然態度很兇，但可以當作是戴莉雅也對我懷有期待吧？

孤兒院的大掃除

吃完午餐，馬上開始打掃孤兒院。但是，負責打掃的是孤兒院裡的人。現在因為灰衣神官供過於求，所以本來幾年前，孤兒院裡的孩子們都是上午一大早洗衣服，下午才掃地，如今卻變成了上午就能做完所有工作。既然如此，應該會有很多神官到了下午就沒有其他事務，所以才決定在下午進行大掃除。表面上進行大掃除的名義，是因為青衣見習巫女的我就任成為院長後，將要前往致詞，所以不能讓我看見不得體的環境。畢竟平常並不打掃孤兒院，又是一項浩大工程，有了名義後，孤兒院裡的人們比較不會感到排斥。

透過今天的大掃除，除了要將孤兒院打掃乾淨，我還想讓大家知道：「只要努力工作就會有收穫。」為此，我請廚師煮了湯，要用來慰勞認真打掃的人，而且最先跳出來幫忙打掃的前三十個人，還會送給他們奶油考夫薯當作禮物。

孤兒院的打掃工作，會分作好幾組分頭進行。像是趁著暖和時幫孩子們洗澡為一組，打掃受洗前孩子們所住的女舍底樓為一組，打掃女舍其他地方為一組，打掃男舍底樓並搬運工坊工具為一組，打掃男舍其他地方也是一組。

我和班諾這麼提議時，法藍和吉魯都大吃一驚。因為在神殿做的雜務，都只分為洗衣、掃地和祈禱，然後上午是所有人一起洗衣服、一起祈禱，都是所有人同時做同一種工作，從來不曾分組行動。但這次因為打掃的範圍太廣，再加上整頓工坊需要有力氣的人，所以我和班諾說服兩人，把工作分配給適合的人去做才能盡快完成，這次才分組進行打掃。

「可是分組之後，大家真的會照著我們的指示，乖乖打掃嗎？」

「放心吧。因為孤兒院裡的人都知道，法藍是神官長的侍從。」

看在孤兒院的灰衣神官和見習生們眼裡，深得神官長信賴的法藍擁有著崇高的地位。有法藍坐鎮指揮，孤兒們就算有些不滿，還是會乖乖照做吧。吉魯這麼說明。

「雖然只是少數，但也有孩子怎麼叫都叫不動喔。」

法藍說，瞄了眼吉魯。雖然吉魯現在做事非常認真，但聽說以前是個超級問題兒童，常常讓負責監督他的灰衣神官頭痛得不得了。吉魯聽了別開視線。兩人的互動讓我輕聲笑了出來。

吉魯和法藍負責巡視，察看大家有沒有認真打掃、有誰特別努力、又有誰偷跑沒來，再連同打掃的進度向我報告。路茲負責監督今後要成為梅茵工坊的男舍底樓進度，還要把梅茵工坊裡的工具搬過來。另外，還要在男舍底樓烤考夫薯。戴莉雅負責監督廚師，順便打掃院長室一樓。

「我也想去巡……」

「梅茵就留在這裡，我可不希望妳突然在某個地方昏倒。」

我話還沒有說完，路茲就制止了我。我「嗚唔」地語塞，吉魯一臉受不了地看著我說：

「梅茵大人，我們是為了要迎接成為孤兒院長的青衣見習巫女才進行大掃除耶。怎麼可以還沒掃完就讓妳進來啊。」

「說得也是呢……」

因為法藍不在，我也無法去圖書室，只能咳聲嘆氣。法藍掛上慈藹又和煦的笑容，在我面前輕輕放下一張紙。上頭寫滿了可以清楚看出法藍一絲不苟個性的字。

「今天梅茵大人該記的東西有很多。首先，因為傍晚要前往孤兒院發表就任致詞，要請您把這篇致詞稿全部背下來。尤其請您小心千萬別唸錯神的名字。」

雖然為了供我作弊，寫在了紙上，但基本上還是得自己背下來。看著洋洋灑灑的致詞稿，我輕嘆口氣。見狀，法藍依然面帶微笑，繼續拿出其他木板。

「此外如果還有時間，這些是神殿裡頭備有的茶葉，和牛奶的產地以及種類。這一項是梅茵大人喜歡的組合，這個是班諾大人，這個是路茲，這個則是神官長喜愛的組合。請您要記住經常來訪的客人的喜好。」

但神官長又不會來這裡——這句話我說不出口。因為我想既然是一起工作的上司，可能還是要記住他的喜好比較好。望著堆成小山的木板，路茲強忍著爆笑出聲的衝動，豎起大拇指。

「梅茵，太好啦！有這麼多東西可以看。」

「我喜歡看，但很不會背東西……」

真痛恨自己這顆就像在做糯米腸一樣的腦袋。除了特別感興趣的事情外，每當看了新的東西，之前看過的內容就會被我忘光光。我沮喪地垮下肩膀，拿起法藍為我整理好的資料。

第五鐘響後，法藍回來過一次，在木板寫下了許多名字。分別是率先跳出來努力工作的孩子，和消失得不見人影的孩子。

「關於梅茵大人最擔心的，也就是幫尚未受洗的孩子們洗澡這件事，已經用預先準備好的肥皂和毛巾，趁著暖和的時候為他們洗淨了身體。現在都穿上了便宜的舊衣，忙著往床單裡頭填塞新的乾草。」

因為是在便宜的舊衣舖購買，所以衣服全是補靪。而現在正用洗過的乾淨床單，和向農家買來的乾草製作自己的棉被。

「有沒有小孩子生病或身體虛弱呢？」

「沒有，這點您不必擔心。大概是因為這陣子吉魯都會送食物過去，所以孩子們都把吉魯視為救命恩人般仰慕。吉魯又說他都是聽從梅茵大人的命令，所以多半也非常仰慕梅茵大人吧。」

聽到法藍這麼說，感覺真不好意思。但那群孩子能夠稍微恢復健康，我真的打從心底覺得太好了。

「剛才幫孩子們洗澡的巫女和見習巫女，我只留下了幾個人幫忙做棉被，其他人就重新派去幫忙打掃。那麼，我繼續回去巡視了。」

「法藍，謝謝你。那就麻煩你了。」

法藍點點頭，又走回了孤兒院。不久後，換路茲回來了。

「梅茵，男舍的底樓掃完了，接下來要把梅茵工坊的工具搬過來。」

「知道了。路茲，拜託你了。」

「孤兒院的人太強了！他們都很習慣打掃，速度超快的！」

路茲興奮地報告完後，踩著輕盈的腳步離開。路茲一走，又換法藍回來，繼續往木板寫下吉魯告訴他的名字，旋即快步離去。

大家都忙得不可開交的時候，我則坐在前幾天才送到的辦公桌前，與法藍的字奮戰。眾神的名字好長，而且人數也太多了。真想向神官長提議，不如替這些神明取個親切的暱稱吧。

……比如別叫芙琉朵蕾妮，就叫芙琉或蕾妮？但大概馬上就被駁回吧。

在打掃一樓的戴莉雅為了看見廚房的情況，打開了廚房的門，所以為了獎勵認真打掃的人們所熬煮的湯，開始從廚房飄來誘人的香氣。我正思索著這些無意義的問題時，大掃除似乎也順利結束了。

「梅茵大人，男舍已經全部清掃完畢。」

「吉魯，你也辛苦了。那只剩下女舍了吧？」

「對啊。但女舍除了食堂以外，其他地方男生都不能進去。」

「那先去食堂進行準備，等一下就可以喝湯了。」

吉魯說著「我知道了」，興沖沖地走出去，接著換路茲走進來。

「梅茵，工坊已經設置好了，我也開始在蒸考夫薯，沒問題吧？」

「還問我有沒有問題……你都已經開始蒸了吧？剛才吉魯也去整理食堂了，應該可以剛好趕上呢。」

我呵呵笑著，路茲走上來壓低聲音說：

「但這裡的人居然連考夫薯也沒看過耶。說他們只看過煮好的食物。明明我只是把考夫薯排在一起蒸而已，他們就圍著我看得興致勃勃，害我超難做事的。」

「嗯，因為大家都只知道神的恩惠，也不會在孤兒院裡煮東西，難怪從來沒看過食材吧。」

這麼一說，記得麗乃那時候我也在某本雜誌上看過，聽說有很多孩子雖然看過超市裡販售的紅蘿蔔，但從沒看過長在田裡的，所以看到田裡的葉子也不知道那是紅蘿蔔。連在資訊發達的日本都這樣了，孤兒院的孩子們會完全不知道自己至今在生活中從未碰過的東西，也是無可厚非。

「那我教他們怎麼放奶油進去吧。」

路茲拿了奶油和小刀，笑著再度離開。緊接著，換法藍回來了。

「女舍正如原先的預想，受洗前孩子們所住的底樓打掃起來十分困難，所以已經動員所有打掃女舍的人前去清潔，應該不久就會掃完了。此外，因為女舍和男舍不同，現在人數不多，所以就讓受洗前的孩子們搬到樓上的小房間。現在正把塞了乾草的棉被和替換衣服搬上去。」

法藍的報告讓我鬆了口氣。現在也決定了孩子們睡覺的地方，真是太好了。

「梅茵大人，您已經背完致詞了嗎？」

「……差不多了。可是，我還是會擔心，可以帶著這張紙上臺嗎？」

「是。那麼等準備完成了，再來叫您。戴莉雅，幫梅茵大人作好準備吧。」

法藍離開後，戴莉雅走上來為我整理頭髮，讓我坐在梳妝臺前，抽起髮簪。她拿著梳子，用哀傷又難過的表情從鏡子裡注視我。

「……孩子們都得救了嗎？」

「是啊，聽說都恢復健康到可以自己塞乾草，做自己要蓋的棉被了。」

「這樣啊。」

明明是報告大家都得救了的好消息，戴莉雅卻沒有露出開心的表情。她就像吞了什麼苦藥，緊皺著眉，別開視線。

「……戴莉雅，妳的表情很陰沉呢。妳不高興嗎？」

「高興啊，但又好不甘心。為什麼……我那時候沒來救我呢？」

「但那時候我還不在這裡，這也太強人所難……」

「這我也知道啊！我當然知道……」

戴莉雅發出怒吼，像是明知道自己是在遷怒，但還是阻止不了自己。淡藍色的雙眼裡盈滿了快掉下來的淚水。可以感受到受洗前的戴莉雅有多麼痛苦地忍耐著，當初又多麼希望有人能來拯救她，我不禁難過起來。

「雖然那時候沒來得及救戴莉雅，但以後如果戴莉雅遇到困難，我會幫妳的。我一定會幫妳……所以妳別哭了。」

「我才沒哭！」

「對、對不……」

「不可以向侍從道歉！」

戴莉雅粗魯地揉著眼角否認。她的自尊心很高，所以不想被人戳破自己在哭吧。

……可是，我也覺得戴莉雅有些不講理呢。

因為是第一次做為孤兒院長致詞的正式場合，所以我決定要戴洗禮儀式時戴過的、造型像紫藤花的髮簪。儘管終歸還是平民，但看起來至少會像是富商的女兒吧。

「好少見的髮飾喔。」

「這是為了洗禮儀式做的髮簪喔。最近奇爾博塔商會也開始販售了。」

「……做的？自己做的嗎？」

「雖然我有請家人幫忙，但只要有材料，自己也能做喔。」

「材料……」

戴莉雅看著髮簪的眼神，就像是發現了獵物的肉食性動物。她幫我梳了頭髮後，我再自己插上髮簪。因為戴莉雅還不會用，所以只能我自己來。

「梅茵大人，一切已經準備就緒。」

剛煮好的湯分裝進了幾個鍋子裡，正放在推車上。幾名第一次見到的灰衣神官都跟在法藍身後。

「梅茵大人，這幾位是幫忙搬運和配湯的神官。」

「謝謝你們的幫忙。」

「我們才感謝梅茵大人的賞賜。近來神的恩惠不多，大家一定會很高興吧。」

「哎呀，這不是神的恩惠，是我給大家的獎勵喔。」

「咦？獎勵？」

神官不明所以地眨著眼睛，我只是微微一笑，結束對話。

我由法藍抱在手臂上，繞了一圈穿過走廊，來到孤兒院門前。因為這段繞行距離相當長，負責推推車的神官們又無法配合我的速度，才由法藍抱著我移動。

法藍在門前把我放下來，檢查頭髮和衣服有無不整，輕輕幫我撥正。確認一切都沒問題後，灰衣神官才打開門，用清亮的嗓音向屋內的人們宣告：

「受司掌浩浩青空的最高神祇與分掌瀚瀚大地的五柱大神之庇佑，上任為新孤兒院長的巫女駕到。」

門後就是孤兒院的食堂。一打開門，就能看見了好幾張並排的長桌，讓我有些驚訝。但畢竟每次都要搬運神的恩惠過來，男性又只能進入食堂，考慮到這兩點後，就覺得這樣子很合理。

身穿灰衣的人們一排排地坐在食堂裡，聽到通報，所有人都站起來轉向這邊。視線多得嚇人，再加上其中也有打量的眼神，讓我忍不住要低頭迴避目光，但就在下一秒——

「謹向諸神獻上祈禱，迎接院長的到來。祈禱獻予諸神！」

一大群人突然集體擺出跑○人的姿勢，我別說低頭了，忍不住就凝視這幅畫面。

「梅茵大人，這邊請。」

法藍牽著我的手，帶我走向鋪有地毯的講臺。在我容易看見的前方，年紀較大的神官們都筆挺地擺出了祈禱的姿勢，但後頭的小孩子們都還不太能保持平衡。和我是不相上下。

祈禱完後，所有人的目光都集中在我身上。法藍輕輕把我抱起來，讓我站在講臺上，並小聲說：「請表現得像位貴族。」如果要讓灰衣神官服從自己，這是最重要的第一步。連吉魯一開始就知道了，所以灰衣神官和巫女們自然也都知道以青衣見習巫女之姿進來的我，其實不過是個平民。倘若我在這時候表現得沒有自信，就會徹底遭到輕視，所以必須表現出貴族應有的威嚴。一定要抬頭挺胸，不能低頭。還要面帶笑容，表現得從容鎮定。注意事項就和班諾在陪我一起提交捐款時，對我說過的一樣。

法藍還笑容可掬地說：「要是真的覺得沒有辦法，也可以用魔力稍微威懾眾人。那麼再不願意，也會明白到身分的差距。」但我不想讓大家沒來由地就害怕我，也希望可以不動用到魔力就順利結束。

雖然大概背下了致詞稿，但這種在這麼多人面前發表演說的經驗，就只有發表畢業論文和麗乃就讀小學那時候，不得不在全校學生面前朗讀自己不知得了什麼獎的讀書心得而已，更別說那根本是丟臉的酷刑！在眾人的注視下，我緊張得瑟瑟發抖，慢慢地呼吸，摸向輕柔搖晃的髮飾。有了全家人一起做的髮簪，我就覺得勇敢多了。

「各位好，我是梅茵。在這火神萊登薛夫特威光輝耀的吉日，受神官長之命就任為院長。對於大家欣然接受我的請求，又如此盛大地歡迎我，我由衷感到高興。」

先對歡迎表達感謝，再流暢地唸出點綴了今後抱負的場面話，最後以對神的祈禱和感謝做為結尾。為了不唸錯神的名字，我先頓了一秒，輕吸口氣。

「那麼，為司掌浩浩青空的最高神祇和分掌瀚瀚大地的五柱大神，水之女神芙琉朵蕾妮、火神萊登薛夫特、風之女神舒翠莉婭、土之女神蓋朵莉希、生命之神埃維里貝，獻上祈禱與感謝吧。」

法藍幫我寫的致詞稿，在神殿裡頭似乎是固定的說詞。聽到我說的話，灰衣神官們都繃緊全身。

「祈禱獻予諸神！感謝獻予諸神！」

來到神殿以後，法藍和神官長都一定會要求我練習一次祈禱的姿勢，所以現在也有些習慣了。雖然還沒辦法擺得很正確，但已經不會再失去平衡跌倒。今天的祈禱姿勢，連我也覺得自己做得很不錯。

緊接著，對我來說最困難的致詞結束了以後，就是分配獎勵。

「今天大家為了我，把孤兒院打掃得非常乾淨呢。所以我帶來了獎勵。法藍，把獎勵分給努力工作的人吧。」

「遵命，梅茵大人。」

法藍拿出木板，唸出沒有幫忙打掃的人的名字。幫忙配湯的灰衣神官們一邊為大家盛湯，一邊避開那些被叫到名字的人。好像供餐在分配伙食喔——我邊看邊這樣心想著，發現有個沒有分到湯、看來和吉魯同年的少年非常生氣，脹紅了臉瞪著我。

「不公平！神的恩惠都是平等的！平民連這種事情都……」

「沒錯，神的恩惠是平等的。」

少年說的話就和吉魯一開始對我說的話一樣，我對他微微一笑。

「但是，這並不是神的恩惠。我說過了吧，這些湯是要獎勵那些努力工作的孩子，你沒有聽見嗎？獎勵並不是平等的。很遺憾，不工作的人就得不到獎勵。這就叫做『不勞動者不得食』，請大家都要牢記在心。」

大概沒想到我會反駁吧。少年甚至忘了要生氣，目瞪口呆地看著我。

「……獎、獎勵？」

「沒錯，這是獎勵。下次要好好努力工作喔。此外，特別努力的人我還另外準備了禮物。被叫到名字的人，拿著盤子到前面來吧。」

灰衣神官打開路茲放了奶油考夫薯的蒸籠蓋子，奶油的香氣立即往外彌漫。

法藍唸出名字後，神官和巫女就拿著盤子，一邊環顧四周，一邊神色緊張地走出來。一名灰衣神官往他們的盤子裡各放了一顆奶油考夫薯。

「聽說妳最先跑向孩子們，幫他們洗淨了身體吧。謝謝妳。」

「聽說你打掃的速度非常快，路茲特別稱讚你了喔。」

「聽說你最先跳出來幫忙搬運重物吧？辛苦你了。」

因為法藍和吉魯都告訴了我他們挑選的基準，我只是唸出標註在上頭的內容，大家全都感動得不能自已地看著我。甚至有些孩子的表情，就和吉魯第一次聽到誇獎時的表情一樣。

同時，我也深刻地感受到了自己擁有一群很棒的家人。腦中不禁浮現出了家人的身影。只是可以做到一點小事而已，他們就會大力稱讚我。和家人對我做的一樣，今後換我做為院長，也要找出大家的優點，再好好表揚他們。

「以後也請大家努力工作。好了，開動吧。」

隔天下午，開始教導大家怎麼做菜。然後分成洗菜組、切菜組和為鍋子倒水點火組，讓大家分工合作煮湯。這天教大家怎麼做菜的老師是多莉與艾拉，只好請雨果自己一個人努力煮晚餐了。

艾拉和多莉教大家怎麼切青菜。有力氣的成年人就拿菜刀，還拿不動的見習生就用小刀。因為做好的湯是獎勵，也會直接變成晚餐，所以大家都很認真。對於第一次看到原本樣貌的蔬菜和肉類也都興味盎然，動作不是很熟練地洗菜、切菜。

我待在梅茵工坊裡頭，視察初次自己動手做飯的眾人。法藍還提醒我，身為青衣巫女，只是參觀還無妨，但絕對不能動手幫忙。忽然間我感受到一股視線，回過頭，發現昨天因為偷懶沒吃到飯的那名少年正頻頻偷瞄我，一馬當先地幫忙做事。那副強烈想表現自己的模樣令人莞爾，所以我後來多裝了點獎勵的水果給他。

構思新商品

孤兒院順利地上了軌道。教導大家怎麼做菜，煮過好幾次湯後，大家也在習慣後都縮短了花費時間，切好的菜也不再明顯大小不一。偶爾還會有孩子想把奇怪的食材放進去，其他孩子就會跳出來阻止他，這幅畫面也很有趣。大概是因為現在都算填得飽肚子了，大家的表情好像也變得平和許多。

漸漸地上午在神殿工作，下午打掃孤兒院和煮湯就變成了例行公事。過不久，恰巧有一天父親與多莉都不用工作。我於是馬上跑去找這陣子都去了外地、才剛回到城裡的班諾央求，請他在那一天把路茲借給我。

「班諾先生！就這一天，請把路茲借給我一整天！」

「好啊，但那天的隔天，妳要把一整天的時間都給我。」

「……班諾先生的眼神怎麼好像很危險？」

「妳的錯覺吧？」

……絕對不是我的錯覺。

看到班諾的雙眼都發直了，我有些提高警覺。但他已經答應了我可以借走路茲，接下來就是拜託多莉和父親。

「爸爸、多莉，拜託你們！請你們帶孤兒院的孩子去森林！有爸爸陪著，就算士兵從沒在城裡看過他們，也不會叫住盤問，可以通過大門吧？」

「……可以是可以，但我們可以帶孤兒到城外去嗎？」

「神官長已經同意了，所以沒問題的。」

父親一臉無法理解怎麼會同意這種事，但也表示既然得到了許可，願意帶孤兒們去森林。多莉也本來就預計要去森林，所以欣然答應。

「帶他們去森林是沒問題，但妳要讓那群孩子做什麼呢？」

「我已經拜託了路茲教他們做紙，但趁著做紙的空檔，我想請你們教他們怎麼在森林裡採集。因為他們從來沒去過森林。」

多莉來教過他們煮湯，所以知道孤兒院的孩子們生活在常識截然不同的世界裡。連怎麼拿小刀和菜刀都得從頭教，所以多莉的表情顯得有些為難。

「如果所有人都是第一次去森林，是不是該找多一點人來帶領他們呢？」

「話是沒錯，但這樣子做紙的方式就會被人看光光，所以我想只拜託熟悉的人就好。」

「知道了。我就幫梅茵這個忙吧。」

「萬歲——！多莉，謝謝妳！」

就這樣，三人將帶著年紀主要落在受洗前到見習生間的孤兒們前往森林。已經成年的神官僅有幾人。雖然很多神官都想跟著一起去，但這次只能請他們留下來，負責神殿的工作。因為如果不在上午就前往森林，會沒有多少時間能做紙。

除了籃子、小刀和砍木頭用的劈刀，還會帶鍋子和蒸籠去。路茲和受洗前我們在森林裡做的一樣，由他教孤兒們怎麼做紙：先在森林裡採集佛苓，蒸好後剝下樹皮。蒸樹皮的時候，多莉和父親再教孩子們怎麼採集。只不過，為了防止孤兒們洩漏資訊，所以雖然會告訴他們所用木頭的特徵，但不會告訴他們名字，關於灰與黏著劑，暫時也要先保密。這是為了預防在賣紙的過程中，有人觸動了契約魔法。

「梅茵大人，我今天會好好學習！」

「嗯，吉魯，要好好學習怎麼做紙和在森林裡採集喔。」

吉魯雙眼閃閃發亮地往森林出發，我則留在神殿，和法藍一起前往神官長室，努力處理文書工作。神官長還教了我祈禱文，連腳要怎麼擺、指尖要怎麼動，都一一挑剔糾正。

乍看起來生活過得和平又安穩，但其實我的腦海中正颳著暴風雨。不對，說是有火車在急速狂奔比較貼切。為了院長室和廚房，後來又為了整頓孤兒院，我花了非常多錢。錢以非常快的速度在眨眼間流失。也不知道今後會冒出多少我根本不曉得的貴族義務和名義，也不知道會需要多少錢，真想增加點收入。

「前陣子才賣了衣架的權利，料理方面的食譜則最好先等一下，至少要等到餐廳開始營運……那還有沒有其他東西呢？要把之前和路茲討論過的東西，想辦法變成商品嗎？嗯……」

「梅茵大人，您從剛才開始就在思考什麼事情呢？」

「在想要怎麼賺錢……」

算算時間，初次前往森林的大家也該回來了。我前去迎接他們，聽見大門外傳來了熱鬧的歡笑聲。孩子們都笑得非常開心，爭先恐後地跑進來。

「梅茵大人！我們回來了！」

「你們回來啦。有沒有採到很多東西呢？」

「我們帶回來了很多黑色樹皮！」

「我採到了最多！」

「是嘛，好厲害呢。那把黑色樹皮拿去晾在工坊裡吧。路茲，麻煩你了。」

路茲在梅茵工坊裡晾起黑色樹皮，父親也向大家說明要怎麼保養小刀和一些注意事項，多莉則教大家怎麼使用和食用採集回來的東西。

「那麼，向教了大家這麼多事情的老師們表達感謝吧。」

其實我只是想讓大家說句「謝謝」，讓這件事圓滿落幕，卻忘了這裡是神殿。所有人都大喊著：「謝謝諸位老師！」同時整齊劃一地跪下伏拜。父親和多莉都嚇了一跳，往後倒退。

「……呃，這是神殿裡頭表達感謝的方式，呃，因為是當作神一樣地感謝……」

「嗯，我知道。雖然知道……但還是嚇了一跳。」

我小聲向父親和多莉說明後，催促表達完了謝意的孩子們回到孤兒院。

「留在神殿的神官們已經煮好了湯，要把手洗乾淨才能吃飯喔。還有，今天一定要洗淨身體才能上床睡覺。天氣很熱，大家都流了很多汗吧？」

眼見孩子們都回到了孤兒院，我才用力吐氣。

「大家，對不起，先在這裡等我一下。我也去換身衣服。」

和法藍一起回到院長室，讓戴莉雅協助我更衣。如果有預計要順路前往班諾的商會、穿著學徒制服來神殿時，都只要脫下青衣就能回家。但是，今天我和去森林的多莉他們一樣穿著便服過來，所以必須脫下有著飄逸袖子的襯衫，全部換掉。

「梅茵大人，請您再訂做幾件平常穿的青衣吧。現在因為會去底樓，衣服都沾滿了灰塵。我想要清洗青衣，請您至少準備一套替換用的吧。」

戴莉雅這麼向我抱怨。青衣所用的布非常高級，摸起來很像絲綢。如果要再訂做，得花上一大筆錢吧。真的該認真思考要怎麼賺錢了。

「讓你們久等了！」

換好衣服回到工坊，關好門窗鎖上門，把鑰匙交給法藍保管後，今天要和大家一起回家。

「路茲，向你報告梅茵大人今天的行動。」

法藍捧著木板，向路茲報告我今天的行動和身體狀況。雖然每次都要報告，但因為在外面不能打開墨水、拿出筆來寫字，所以就算發生了什麼事也無法記下來。看到法藍這樣，我靈機一動。

……啊，搞不好把那樣東西做出來會很方便？

現在紙張還非常昂貴，筆記本又不普及，應該多少會有需求吧。說不定早就已經很普遍了，但還是很適合送給法藍和路茲當禮物。在我思考著製作方法和需要哪些材料時，父親似乎把我抱到了手臂上，當我回過神，已經移動到了中央廣場附近。

「路茲、路茲！」

被父親抱在手臂上的我，呼喚和多莉一起走在底下的路茲。

「班諾先生會不會也認識金屬加工工坊的工匠呢？」

「應該會吧……妳想到了什麼嗎？」

「嗯！但我想先拜託拉爾法或奇庫做片木板。」

路茲的雙手雖然靈活，但在木頭加工上，還是遠遠比不上正磨練著技藝要成為專業木匠的拉爾法和奇庫。上次拜託他們兄弟幫我做衣架的時候，我清楚體認到了這一點。況且這次是想送給路茲當作禮物，所以別拜託本人，還是拜託拉爾法或奇庫做木板吧。

「怎麼，妳不拜託爸爸嗎？」

「因為爸爸今天已經幫忙很多了嘛，所以沒關係。」

「我還可以再幫點忙喔！」

「真的嗎？不會喝了酒就睡著嗎？」

我嘟起嘴唇，仔細觀察父親的臉色。今天帶了一群全是初學者的孩子去森林，回到家後，父親應該會喝完酒就倒頭呼呼大睡。

「……不會。」

「爸爸的『不會』太不可靠了。一定會喝了酒就睡著。」

多莉的反駁和我的心聲同時重疊。被多莉這麼一說，父親用力皺起鼻子，表情也垮了下來。

「可是，要是爸爸願意在喝酒前就先幫我做好，而且現在再去路茲家也會不好意思，那我今天可以請爸爸幫忙喔？」

「先幫妳做好就好了吧？真是的，我這兩個女兒都越來越像伊娃了。」

「……昆特叔叔就是覺得這點非常可愛吧？都聽你講過好幾遍了。」

路茲聳肩說完，現場爆出大笑聲。我請父親量了路茲手的大小，然後回家。

「那麼，妳想做什麼？」

回到家後，父親一邊按捺著喝酒的渴望，一邊吃完了晚餐。我走進儲藏室，窸窣地翻找適合的木板和工具。

「爸爸，一種是在厚厚的木板上鑿出四方形的凹槽，再把蠟倒進去；一種是在薄薄的木板四周釘上木板加高，再把蠟倒進去，哪一種比較簡單？」

「當然是釘上木板比較簡單啊。」

「可是，蠟不會流出來嗎？」

「要看怎麼做，但這點妳就放心吧。」

因為父親自己攬下了這份任務，所以我探頭翻找著裝滿了零碎木板的籃子，找到了大小適中的木板。

「爸爸，那請你用這樣厚度的木板，分別依照我手的大小、路茲手的大小，還有爸爸自己手的大小，各做兩塊板子吧。」

「高度呢？」

「要跟我的手指差不多粗，然後沿著四周釘一圈木板，讓蠟不會流出來……啊，但這一邊要鑽洞穿繩子或扣扣環，所以先幫我把洞穿好吧。我想要這樣的板子。」

我在石板上畫圖說明，父親摩挲著下巴點點頭，開始製作。

父親製作板子時，我和多莉去洗澡。因為夏天的腳步正式來臨了，就算只是處理文書工作也會汗流浹背。多莉也因為去了森林，全身都是泥沙。

「梅茵，爸爸在做的那個東西會變成什麼啊？」

多莉先讓我泡進水桶，用手工自製絲髮精為我洗頭。頭皮被人按摩的感覺太舒服，我陶醉地回答：

「會變成筆記本喔。」

「筆記本不是梅茵用失敗紙張做成的那疊東西嗎？」

「其實我是想用做成功的紙張製作啦……」

我輕笑著，擦乾頭髮和身體。擦完後，和多莉交換位置，換我為多莉洗頭。

「正確名稱應該叫做『寫字板』、『手寫板』或『雙聯板』，總之和石板不一樣，妳就想成是字不容易被磨掉的筆記本吧。」

「那妳為什麼還說，要班諾先生帶妳去金屬加工工坊呢？」

「因為我想做鐵筆。」

隔天，我把父親加工做好的板子放進托特包裡，請路茲幫忙拿著，再和往常一樣，與路茲一同前往奇爾博塔商會。因為說好了借用路茲後，一整天的時間也要給班諾，所以真是剛好。

「班諾先生，請告訴我哪間店有賣蠟，又有哪間工坊專門做金屬加工！」

「妳又在打什麼鬼主意了？」

「什麼鬼主意，太過分了……是因為我有東西想送給路茲和法藍，但我自己做不出來，才想請班諾先生幫忙介紹。」

我說完，路茲低頭看向我的托特包。看到裡面塞滿了板子，他滿臉納悶。

「要送我和法藍……那吉魯不用嗎？」

「因為他還不會寫字，吉魯和戴莉雅送石板比較好。」

路茲只是「哦……」地應聲，嘴角卻開心地往上揚。對照之下，班諾撇下了嘴角。

「喂，梅茵，妳就沒有要送我任何東西嗎？」

「……等班諾先生看過成品，覺得有需要，我再向木工工坊下訂單比較好喔。因為外行人自製的手工寫字板，不適合班諾先生。」

班諾是大店的老闆，又生活在四周都是高級用品的環境下，要是突然拿著手工的寫字板，鐵定會很突兀。雖然可以送給班諾當禮物，但我希望班諾用的是工匠製作的精美寫字板。

「所以要去蠟店和鍛造工坊嗎？那走吧。」

班諾帶著我前往製作和販售蠟燭的店家，委託店家把蠟倒進板子的凹槽裡。櫃檯後方就是工坊內部，可以看見父親幫我做的六塊板子擺在桌上，工匠正把融化後的蠟倒進板子裡。這項工作才花不到一分鐘，反倒是等蠟凝固的時間比較久。

「這項工作對我們來說是很簡單，但還真奇妙。這要做什麼用的？」

「呃，這是『寫字板』。」

等待期間，我們和櫃檯的大叔聊天，但他聽完說明，似乎還是無法理解。其實這也難怪，因為在外不寫字的人完全不需要這項東西。這樣想來，也許寫字板無法成為商品。

……看來要再想想其他商品才行。

等到蠟凝固到一定程度，接著前往鍛造工坊。看到現在這麼輕易就能獲得自己想要的東西，讓我體認到財力與人脈真的非常重要。和我剛成為梅茵、在家裡不斷挑戰失敗的那時候比起來，簡直是天壤之別。

「我是奇爾博塔商會的班諾，師傅在嗎？」

前往工匠大道上的鍛造工坊，班諾一開門就朝店內大喊。比起屋外盛夏炎熱的日頭，更加火熱的熱氣從門內迎面撲上來。因為是金屬加工工坊，工作時當然都會用火，但這股熱氣還是讓我嚇一跳。

不知道現在究竟在做什麼東西？我心跳加快地往店裡面看，但最強烈散發出熱氣的工坊似乎是在緊掩著的一扇門後面。負責顧店的學徒跑進裡頭後，店內只剩下和客人討論訂單用的櫃檯兼桌子，還有簡單的圓椅。

環顧沒有半樣商品的店內時，一名身材壯碩、上手臂比我的腰圍還粗，鬍子濃密但頭髮稀疏的大叔踱著大步從後頭走出來。炯炯的大眼睛有點恐怖。

「哦，班諾，怎麼了嗎？又要訂做貴族大人的鈕扣嗎？」

「今天來不是為了鈕扣，是這傢伙要下訂單。」

「這位小姑娘嗎？說吧，妳要訂什麼。」

「那、那個！首先我想訂做可以把兩片板子扣起來的圓環，就像這樣。」
我在石板畫下像筆記本那樣，用圓環將兩片板子連起來的圖畫，師傅點點頭。
「然後，我還想訂做『鐵筆』。」
「『鐵筆』？」
擦掉寫字板的圖畫，我接著畫起自己想要的鐵筆。為了可以在蠟上寫字，一邊的形狀要像自動鉛筆那樣削尖，另一邊要像鏟子一樣平坦，才可以把字刮掉。另外要是做得出來，我還想加上筆夾，就能把筆勾在板子間的圓環上。
「這樣的鐵筆我想訂做三支。」
「這是什麼？細節還真不少……喂，約翰！你來試試看！」
師傅看著石板歪過頭，接著朝緊掩的門後頭扯開嗓門大喊。不久一名大約十來歲的少年走出來，明亮的橘色捲髮在腦後綁成一束。
「這小子叫做約翰，是我們店裡的學徒。雖然還是學徒，但做工很細，手藝已經可以獨當一面了。」
「三位好，我是約翰。請問要訂做什麼東西？」
我遞出石板，重複一次剛才對師傅說過的說明。約翰拿出木板，畫下像是設計圖的草稿。比我畫得還漂亮。不愧是專家。
「要削尖的前端，是指要削到多尖？」
「請先磨到和裁縫針一樣細，然後再削尖。不過，因為那樣子會不好拿筆，所以握的地方要和筆一樣粗……」

「這樣子不夠精確。」

約翰輕嘆口氣，放下筆後，回到後頭拿了好幾根圓鐵棒回來。他把圓棒擺在桌上，要我每支都拿拿看。

「哪一支妳握起來最剛好？」

「呃……我應該是這一支。路茲呢？」

「如果要當筆來拿的話，我是這一支最順手。」

我和路茲手的大小不一樣，所以握筆時偏好的直徑大小和重量也不同。我仰頭看向班諾，拜託他：

「班諾先生，我還想幫法藍買一支筆，請幫我挑選吧。」

「……這一支吧。這個尺寸要做兩支，順便也做我的份。」

「咦？可是如果只做『鐵筆』，沒有寫字板也用不到喔？」

「之後再訂做就好了。金屬加工比較耗時，最好先下訂單。」

我聽了點點頭，對約翰說：「那麻煩總共做四支鐵筆。」約翰點頭後，開始接二連三地向我發問。

「妳說的鑲子要什麼形狀？用途是什麼？大約要多寬？這部分的角度呢？這個筆夾是什麼？要勾在圓環上？那鐵環的粗細也得配合『鐵筆』才行嘛。長度呢？」

雖然問的問題詳細到讓人吃驚，但如此注重細節，一定可以做出令人滿意的成品吧。我十分高興，一一回答了約翰的問題。

師傅和班諾則在旁邊聊起約翰。師傅說，約翰是個對細節非常講究的學徒，有著手

工藝人特有的神經質，雖然工作可以做得很完美，但速度極慢。也常常因為對客人提出太多問題，讓客人感到不耐。我倒是很高興約翰這麼鉅細靡遺地問清楚我的需求，但社會上這樣的人似乎不多。

「約翰要是可以懂得妥協一點，也會比較容易生存吧。但是，就是不妥協才能做出好東西。真希望有資助者可以讓他發揮自己的才能。班諾，你有沒有想到什麼人？」

班諾猶豫片刻後，往我瞥了一眼。

「小姑娘這樣的年紀未免太小了。至少也該找個成年人，手頭又有可以自己運用的錢，否則當不了資助者吧。」

「也是。」

班諾讓話題就此打住，所以我也不吭一聲。

……好歹我也是個工坊長，多少也有一些可以自己運用的錢呢。我很欣賞約翰做事這麼細心，所以要是成品讓我滿意，需要金屬加工的時候，我會再來捧場的。嗯。

「喂，梅茵，不要發呆。既然東西訂好了，接下來去木工工坊吧。」

班諾一把將我抱起來，快步走出鍛造工坊。看來是已經打定主意，要訂做一份自己要用的寫字板了。

寫字板與歌牌

離開鍛造工坊，前往木工工坊。兩者都在工匠大道上，所以很近。行經三間工坊後，便看見一扇門上刻著以大樹為背景，鑿刀與鋸子互相交錯的圖案。班諾打開那扇門，直接抱著我走進工坊。

「我是奇爾博塔商會的班諾，師傅在嗎？」

「抱歉，師傅現在不……啊，梅茵?!」

「啊，原來這裡是奇庫哥哥所屬的工坊嗎？」

我在工坊裡看見了一張熟面孔。路茲的二哥奇庫正好和被班諾抱在手臂上的我視線等高，怔怔地張著嘴巴。

「是妳認識的人嗎？」

「他是路茲的二哥。」

班諾把我放下來後，奇庫才總算注意到了路茲，只聽見他小聲喃喃說：「你是……路茲吧？」路茲現在都是到了向奇爾博塔商會租借的房間才換衣服，所以奇庫肯定是頭一次看到路茲穿上學徒制服、頭髮還梳得整整齊齊的模樣吧。工作時的路茲，和穿著便服、揹著籃子要去森林時的路茲，看起來根本不像同一個人。

「哦，是路茲的哥哥嗎……我們想訂做東西，可以嗎？」

「可、可以稍候一下嗎？我去叫代理師傅過來。」

奇庫神色慌張地跑進後頭，不久一名體格結實的男性走出來。

「哦，班諾先生。歡迎。今天要訂做什麼嗎？」

班諾喊了聲「路茲」，路茲馬上拿出我為法藍做的寫字板，放在桌上。班諾指著寫字板下訂單。

「我要訂做這東西的木板部分，大小就和這個一樣。表面要刻上商會的店徽，背面要刻上我的名字。」

代理師傅拿出捲尺測量寫字板，在木板寫下尺寸。接著開始向班諾確認起要用哪種木頭、店徽、名字的拼法和字體等細節。我就在旁邊看著。然後大概是十分在意路茲，奇庫從後頭走出來。

「奇庫哥哥，我也可以下訂單嗎？」

「梅茵嗎？……是可以啊。」

「我想要又薄又堅硬的小木板。大小必須一致，然後要這麼大……」

我用手比出大小，奇庫連忙拿來捲尺。量好了長寬後，也決定了厚度。

「這樣的木板請做七十片。」

「七十片?!妳要這麼多木板做什麼？」

「唔呵呵～我要用三十五個字母做『歌牌』。」

吉魯和戴莉雅是我的見習侍從，現在都還不識字。看法藍的樣子，幫忙處理文書資料和代替主人寫信也是侍從的工作，所以必須要會讀書寫字吧。倘若只送禮物給法藍，可以想見吉魯一定會鬧彆扭。我在思索要送什麼禮物給吉魯的時候，就想到要是有東西可以讓吉魯開心地學習寫字就好了。只要用木板做成歌牌，孤兒院的孩子們也可以一起玩耍。反正孤兒們長大後也必須學會寫字，所以從小時候就開始邊玩邊學是最好的。

「歌牌？妳又要做什麼奇怪的東西了嗎？」

「嗯，對啊。大概要幾天才能做好呢？」

「如果只要切成一樣的大小……」

「不能只是切好而已喔，還要把表面和邊角磨到非常平滑。」

「像木簪一樣嗎？」

我用力點頭，奇庫便抓了抓頭。如果要一一打磨，想必會非常耗時，但歌牌並不急著要。

「我們其他訂做的東西大概會在十天後做好，所以在那之前完成就好了。」

「那時間很充裕嘛。」

「費用算上次做木簪的兩倍如何呢？」

「這要問代理師傅啦。我又不清楚費用該怎麼算。」

奇庫說完，代理師傅似乎已經和班諾討論完了，在旁邊聽了好一會兒，立刻把臉龐湊過來。

「上次做木簪的兩倍是什麼意思？」

「之前冬天手工活的時候，我用一枚中銅幣的價格，請奇庫幫忙做了木簪。」

「所以這次是兩枚中銅幣嗎……如果是私下向他委託，這費用是沒問題，但要委託給工坊製作就不太夠了喔。」

代理師傅嘿嘿笑著這麼說，但我認為自己的報價十分合理。之前做紙時，我知道了木材行販售木頭的價格，也知道工坊一般都是付給工匠多少報酬。路茲大概也和我有一樣的想法。他站在我旁邊，眼神變得銳利，注視代理師傅。

「假設工坊的佣金和我們商會一樣都是抽三成，再扣掉木頭的成本和支付給工匠的報酬，梅茵的報價十分合理，甚至還能讓你們多賺一點錢。更別說她又不是只訂一片，而是訂了七十片。」

因為梅茵的外表看來像是還沒受洗的小孩子，你完全小看她了吧？——路茲露出了酷似馬克的笑容，代理師傅的表情就僵住了。

「路茲！你在幹嘛啊?!」

「我在工作。」

奇庫用他在家裡對路茲怒吼時的語氣喝斥，但路茲繼續望著代理師傅，冷靜回答。想必是受過了班諾和馬克嚴格的訓練，路茲挺起胸膛，和代理師傅互相對峙。去年的這時候，路茲還只看得懂市場標價牌上的數字，還很開心終於會寫自己的名字了，這一年來的成長真是顯著。

「奇庫哥哥，路茲正在和代理師傅談生意，所以不能打斷他喔。而且，是奇庫哥哥自己說你不清楚費用要怎麼算的吧？」

我開口勸阻，奇庫一臉為難地來回看著我和路茲。

「梅茵……可是，路茲他那麼……」

「路茲成為商人學徒以後，非常努力喔。就像奇庫哥哥為了成為工匠，努力學習技術一樣，路茲也在努力學習商人該有的知識和技術。」

在這個資訊僅能口耳相傳的世界，很少有人能夠從事父母所做工作以外的職業，並且獲得成功。所以在家裡，家人大概只會一味否定商人這個職業，今天還是頭一次親眼看見路茲工作時的樣子吧。奇庫做出了雖然想說些什麼，卻又說不出話來的複雜表情看著路茲。

「奇庫哥哥，就算只有一點也好，請你認同路茲的努力吧？」

「……」

路茲與代理師傅交涉過後，費用就決定為我一開始的報價。班諾很滿意地在一旁注視著路茲的成長，單手抱起我後，另一隻手摸了摸路茲的腦袋，走出木工工坊。越過班諾的肩頭，我看見奇庫一臉凝重。

十天後，鐵筆和要用來做歌牌的木板完成了。當然，班諾下訂的寫字板也做好了。抱著精美的寫字板，班諾一派春風得意地前往蠟鋪，倒了蠟後完成寫字板。

「梅茵，那這個要怎麼使用？」

回到奇爾博塔商會，班諾興沖沖地拿出寫字板。路茲也抱著自己的寫字板，好奇地探頭觀看。

「這是出門時用來做筆記的東西。利用這支勾在鐵環上的鐵筆，在倒了蠟的這面上寫字。因為單面是一隻手就能拿著的大小，比起紙張，在堅硬的板子上會比較好寫字吧？

就算身邊沒有人幫忙拿著墨水壺也能寫字，是寫字板的魅力。」

班諾馬上用手拿著寫字板，在板面上寫字。就像在用鐵筆雕刻，留下了白色的字跡。

「……原來如此，字跡會留在蠟上面。」

「是的。而且闔起來後，也和石板不一樣，裡面的文字不會消失。不過，因為只是用來做筆記，所以回到家後，還是要重新抄寫在紙張和木板等可以保存的東西上。抄寫完後，只要用平坦的這一邊把蠟抹平，就可以再次使用了……應該吧。」

我並沒有實際用過，只是在書本上看過而已。據說從前的徵稅人都是跨坐在馬上，用寫字板做筆記。

「要是裡面的蠟變得太過凹凸不平，只要把蠟刮掉、換上新的，就可以繼續使用……這個寫字板能夠成為商品嗎？」

「這個只有識字的商人和貴族才用得到。考慮到客群，最好要找到懂得雕刻木頭的工坊，為木框加上裝飾。但是，不需要墨水馬上就能寫字，確實十分方便。」

班諾摸著自己的名字和店徽，下了這樣的評語。

「那能夠成為商品嗎？」

「賣給商人應該沒問題，但貴族就難說了。因為他們有侍從，平常都會讓侍從帶著筆和墨水……從這方面來看，說不定是侍從更加需要。」

「其實我也是看到法藍，才有了這個靈感。如果要賣給侍從，就不需要太過華麗的裝飾，價格也能壓低吧。」

「好，那我先買下權利吧。」

我很快地把寫字板的權利賣給班諾。既然需要製作鐵筆，現在的梅茵工坊自然沒有技術能夠製作寫字板，而且我現階段非常需要錢。

「對了，梅茵，那邊的木板又是做什麼用的？」

班諾指著凌亂地放在袋子裡的木板問。這裡沒有會幫商品裝袋的服務，所以都要自己帶著籃子去買東西。等歌牌做好，最好也請父親做個盒子，比較方便收納。

「這些是『歌牌』，現在還沒做好喔。接下來才要開始寫字畫圖。其中一半要做成奪取牌，寫上字母，再畫上以這個字母為首的東西的圖案。舉例來說……」

我打開寫字板，把其中一面當作是奪取牌，另一面當作是詠唱牌。接著畫下鐵筆的圖和鐵筆的第一個字母。另一邊是詠唱牌，寫下「鐵筆，在寫字板上寫字時用的東西」。

「怎麼樣？」我拿給班諾看，他露出了非常困惑的表情看著我。

「該不會……全部都要妳自己寫吧？」

「對啊，怎麼了嗎？」

怎麼可能委託給不知道歌牌是什麼的人呢。要送給吉魯的禮物，我打算自己完成。我挺胸說完後，路茲扶著腦袋說：

「梅茵，交給其他人吧。尤其是畫。我根本看不懂妳在畫什麼，吉魯收到禮物也會很困擾的。」

「妳的字很漂亮，但圖畫得還真爛。」

聽了兩人毫不留情的評語，我不禁倒吸口氣。我畫圖的水準應該不糟。至少在麗乃那時候，從來沒有人說過我圖畫得很爛。

「……我、我的圖畫得才不爛！我只是稍微畫得比較可愛一點，看起來才覺得畫不好，但這就叫做前衛！不久後世人就會追上我的腳步，所以沒問題的！」

「完全不知道妳在說什麼，但就承認事實吧。圖就交給其他人畫。明白了嗎？」

……我圖畫得才不爛！

因為不知道班諾與路茲的意見是否正確，所以隔天我在神殿的院長室裡，向侍從們徵詢意見。

「雖然班諾大人說我畫得不好……」

我一邊說明，一邊讓大家看我畫在寫字板上的圖。戴莉雅瞪大眼睛。

「班諾大人說得沒錯呀。梅茵大人都沒看過圖畫嗎？」

「去神官長室的一路上有那麼多畫，怎麼可能沒看過。梅茵大人只是沒有畫畫的天分啦。」

戴莉雅和吉魯的評語狠狠地貫穿了我的胸口。我看向法藍，他痛苦地皺著眉，微微別開目光。

「……是啊。梅茵大人的畫很有自己的風格。」

在神殿長大的侍從們的評語真是太殘忍了。畢竟他們從小到大，都看著禮拜堂、大門和走廊上與宗教有關的雕像及繪畫，也會看到青衣神官裝飾在房裡的美術品。看樣子必須畫得寫實又細膩，才會得到認同。

「梅茵大人，把圖交給葳瑪繪製如何呢？記得以前待過神殿的一位青衣巫女指導過她畫圖。」

「咦？畫圖嗎？侍從也可以學畫圖？」

「……依據主人的要求，侍從該具備的能力也是形形色色。」

孤兒們受洗完後，會成為負責洗衣和打掃禮拜堂及走廊的灰衣見習生。根據這時期的工作態度有多麼認真和機靈，侍從再決定是否要收為見習侍從，做為自己的後繼者。一旦成為見習侍從，就會從孤兒院搬到貴族區域居住。一邊在貴族區域做著與打雜無異的工作，一邊向前輩學習侍從該具備的能力。

「因此，只有接待客人的禮節，是成為侍從後一定要學的，但依據服侍的神官和巫女，工作內容也會完全不一樣。」

「有的見習巫女會學習怎麼捧花，也聽說有的見習神官都專門學習計算。」

我「哦哦」地聽著說明，接著轉頭問吉魯。畢竟吉魯是我送禮物的對象，他的意見才是最重要的。

「吉魯，那你覺得呢？要請葳瑪畫畫嗎？」

「咦？我嗎？為什麼？」

吉魯一臉納悶，我便說明為什麼要送他獎勵。

「之前吉魯每天都會偷偷送飯去給孤兒院的孩子們吧？吉魯是最努力在為那群孩子做事的人，所以這是要送給吉魯的獎勵。」

「這是獎勵啊？嗯……」

說完，吉魯陷入苦惱。一會兒過後，他的臉龐沒來由地越來越紅，還抱住腦袋，嘟嘟囔囔地說：「不要，太丟臉了，我說不出口。」接著開始在原地轉圈踱步，一邊「嗚～」、「啊～」地發出呻吟。

難不成吉魯對葳瑪有什麼可以看好戲的情感嗎？還是覺得要去拜託她很難為情？我溫柔地注視著吉魯的奇怪舉動，最後他像是下了什麼重大決心，抬起頭來。

「不管由誰來畫圖我都可以。如果梅茵大人沒有時間，也可以拜託葳瑪……但我希望字由梅茵大人來寫。因為、梅茵大人的字很漂亮、唔……呃，啊啊啊啊！」

大概是再也忍受不了難為情的感覺，吉魯一個箭步衝下樓。接著「磅！」一聲，傳來了粗魯關上房門的巨響。看來是躲進了自己的房間裡，害羞得直發抖吧。

「……梅茵大人，您認為呢？」

「看到不習慣稱讚別人的吉魯雖然害羞，但還是努力地想要稱讚別人，那副樣子實在太可愛了，讓我想要全力以赴製作詠唱牌呢。」

「那麼，奪取牌就拜託葳瑪了。」

法藍忍笑著說，奪取牌就此決定交給葳瑪繪製。對話告一段落後，法藍忙著要開始工作，我趕緊叫住他。

「法藍，等一下。這個給你。」

「……給我嗎？」

我拿出法藍專用的寫字板。因為配合了手的大小，做成容易拿著的尺寸，所以雖然大小不同，但和我的一樣。

「法藍的工作量是最多的吧？明明成年的侍從只有一個人，我還接下了孤兒院長的工作，你每天為了調整行程，一定很辛苦吧？我真的很感謝你這麼努力工作。所以，這是獎勵。」

我向法藍說明怎麼使用寫字板，又告訴法藍是在大門看到他困擾的樣子，才想到了這樣東西。於是法藍瞇起褐色眼眸，開心地笑道：

「居然一有靈感，就立刻做出了商品……為了回報梅茵大人，我也會努力讓自己能夠完美地管理您的身體狀況。」

法藍輕輕地接過寫字板，只見戴莉雅一臉羨慕地直望著他。戴莉雅還是一樣這麼好懂。

「戴莉雅，這是給妳的獎勵喔。雖然妳沒有去孤兒院，但吉魯不在的時候，都很努力幫忙打掃二樓，也會在法藍不在的時候幫忙接待客人吧。」

「這個是什麼？」

「是石板和石筆喔。用這些練習寫字吧。侍從也要能夠代替主人寫信吧？」

我在石板寫下戴莉雅的名字後交給她，她入迷地緊盯著那幾個字。我還以為戴莉雅和吉魯不同，應該看得懂幾個字，但也許在神殿長那裡，完全沒有人教她識字。

「這是戴莉雅的名字。首先要學會寫自己的名字才行，對吧？」

過了一段時間後，終於冷靜下來的吉魯才走出房間，我便把石板和石筆送給他。戴莉雅和吉魯立即爭先恐後地開始練習寫字。為了可以當作吉魯他們的範本，我細心又謹慎地為歌牌寫字。詠唱牌的內容都與聖典及諸神有關，好讓在神殿出生長大的葳瑪方便作畫。

於是歌牌就由我寫字，由葳瑪畫圖。看到了成品，班諾立刻想要購買歌牌的權利，但為了孩子們，我也想在梅茵工坊製作歌牌。所以，基本上由班諾獨占，但梅茵工坊也會協助製作，然後抽取三成的獲利做為資訊提供費，依此簽訂契約。這樣一來，每次賣出歌牌，就會有一筆收入進入我的口袋。

荷包從乾癟癟變成稍微有點重量的狀態後，我終於放下心中的大石頭，也開始思考接下來要做什麼商品。感覺智育玩具和娛樂用品，都可以有不錯的成績呢。

星祭的準備

今天要拜訪珂琳娜家，正式為平常穿的和儀式用的青衣下訂單。因為儀式用的青衣很花時間，雖然之前已經先透過班諾下訂，但還是有很多細節要討論並決定，比如刺繡的花紋、腰帶的織法和費用等等。

關於今天的同行者，珂琳娜希望由我家中的女性陪同。現在因為珂琳娜懷孕了，需要有人幫忙量尺寸。雖然上次班諾隔著衣服為我量了尺寸，但聽說珂琳娜認為今後可能會有長久的合作，所以還是想先量好正確的尺寸。為此，今天路茲就休息一天，由多莉和我一起行動。母親的身體好像不太舒服，雖然很想來，但被父親制止了。

「儀式用的衣服是用了上好的布料吧？我第一次看到這麼柔軟又有光澤的布，好漂亮喔。」

多莉讓我只穿著貼身衣物，量好了尺寸後，雙眼發光地摸著布料。在多莉工作的工坊，似乎不會接到這種要使用高級布料的委託。要用來縫製儀式用服裝的，是班諾先前送的布料。原本是白色的，但已經送去母親工作的染色工坊染成了藍色，現在又送了回來。顏色是青金岩般的深藍色，和我的髮色也很相似。

「梅茵，妳可以穿上衣服了唷。多莉，謝謝妳來幫忙。儀式用的青衣要用裝飾性的字體，在邊緣繡上聖典的祈禱文。照到光以後，就會反射出金色和銀色的光芒，非常漂亮喔。」

另外還要在領口刺繡的正中央，繡上徽章的圖案。貴族會各自繡上自己的家徽，但我因為沒有家徽，所以是用工坊的店徽。

「這個就是梅茵的店徽嗎？」

「對。這個是書，這是墨水、這是筆，外面再加上了做紙原料的樹木和髮飾的花。我先想了原型以後，班諾先生又加上了這些圖案。」

「反正一定是梅茵又畫了奇奇怪怪的圖案，才會被改掉吧？」

「……班諾先生只說我畫得太簡單了而已！」

珂琳娜聽了我們的對話，一邊咯咯笑著，一邊在大型作業用的桌上攤開青衣。有著亮豔光澤的藍色布料像拍打著波浪的海面般，占滿了整張桌子。

「原本儀式用的服裝，都要先選好線，再指定織法，讓布料本身浮現出圖案。但這次因為沒有時間，要使用現成的布料，所以我打算用相同顏色的線為整件青衣加上刺繡，照到光以後，圖案就會顯現出來。梅茵，妳覺得什麼圖案比較好呢？」

聽到會用織法為布料織出紋路，我腦海中最先想到的就是和服布料上原有的花紋。所以是打算像綸子和緞子[1]那樣，為青衣加上刺繡嗎？雖然我個子不高，要加上刺繡的布料面積比起大人小得多，但青衣非常寬鬆，袖子還長得像和服的振袖一樣，布料面積還是不容小覷。儘管比起從頭織布，時間已經縮短了很多，但要為整件衣服都加上刺繡仍是浩大的工程。

「那個，珂琳娜夫人，因為我也沒有仔細看過儀式用的衣服，所以不知道要用什麼圖案比較好。但如果要整件衣服都加上刺繡，那花紋最好簡單一點……」

雖然在參加洗禮儀式時應該有看過，但我的記憶早已經被跑○人姿勢和圖書室占滿了。神殿長拿在手上的聖典我還記得，但對於看起來很豪華的服裝，卻是一點印象也沒有。

「這是貴族大人在儀式上穿的衣服，怎麼可以簡單一點！就是因為這樣，人家才會瞧不起妳是平民啊！」

「可是，要繡滿整件衣服太辛苦了，妳不覺得簡單一點比較好嗎？」

我努力好聲安撫氣呼呼的多莉，珂琳娜托著臉頰附和說「是呀」。

「像之前你們只是簡單地修改了多莉的正裝，就變得那麼華麗，要是也能用些簡單的刺繡呈現出華麗感就好了。梅茵，妳有沒有想到什麼好主意呢？」

珂琳娜問完，我「嗯……」地搜索起記憶。比起為整件青衣繡上各種小小的花紋，若把圖案放大，應該可以少點刺繡的面積吧。

「……要不要先試著繡上『流水紋』，然後再加上花朵呢？呃，就是在這種像水在流動的紋路上，到處加上小花。只要拉開水紋間的距離、到處點綴花瓣，就算刺繡的面積不多，看起來也會很華麗……我是這麼覺得啦。」

我在石板畫下具有弧度的曲線，有些地方畫粗一點，有些地方畫細一點，畫出流水

1. 綸子與緞子在日本是指以反織法織出紋路的光滑柔軟絲織品，皆屬於緞紋織法。而綸子是花紋的光澤感較強烈，緞子則是背景的光澤感更強烈。

的圖案，然後隨便畫下五個細長的愛心拼湊成櫻花，再四處點綴花瓣般的小愛心。

「花的圖案可能要再想想，但妳說的流水紋路真不錯呢。因為梅茵是班諾哥哥的水之女神嘛。」

珂琳娜笑得非常開心，但從她嘴裡說出的這句話卻讓我嘴角抽搐。儘管班諾和我都極力否認，但要是連身為妹妹的珂琳娜都這麼說，旁人的誤會更不可能解開了。

「呃……珂琳娜夫人，請問這個傳聞到底流傳得有多廣呢？」

「因為歐托覺得很有趣，逢人就說，所以我也不清楚呢。」

……歐托先生這個大笨蛋！最好被班諾先生罵到臭頭吧！

吃著珂琳娜準備的午餐時，珂琳娜和多莉兩個人熱烈地討論起了要在流水紋上點綴哪一種花。因為我知道的花名不多，所以儘管是當事人，卻被晾在一邊。

「珂琳娜夫人，班諾老爺想進來拜訪……」

「珂琳娜，不好意思打擾妳們用餐了。我有東西要給梅茵，方便嗎？」

「嗯，沒關係。梅茵已經吃完了飯，現在好像也閒得發慌呢。」

看到班諾向我招手，我跳下椅子，走向班諾。

「妳要確認四下都沒有人的時候，再自己一個人看。之後的事情就交給妳，如果有想到什麼解決辦法，再來告訴我吧。」

班諾只是遞給我一張紙，說完後就輕輕揮手，回到了一樓的商會。真是莫名其妙。我察看四周，確實旁邊都沒有人以後，當場打開摺成四摺的紙張。紙上的內容，是班諾想要解決的問題一覽表。

「等、等一下，上次的紙條是寫滿了罵人的話和注意事項，這次是出給我一堆作業嗎？真不想收到這種紙條……」

上頭從珂琳娜懷孕後、歐托就心浮氣躁到根本做不了事這種無聊的問題開始，到義大利餐廳的內部裝潢、菜單、服務規定和顧客的平均消費金額等等，問題林林總總五花八門。我一邊思考著要怎麼回答班諾，一邊研究每個問題。然後，看向最後的那個問題。下一秒，全身的血液彷彿都結凍了。

「梅茵，怎麼了嗎？上面寫了什麼？」

不知道多莉站在我旁邊多久了，她擔心地垮著臉，低頭看向我手上的信。我慌忙摺起信紙，但馬上想到在不識字的多莉眼裡，這些字就等同是一連串圖案的排列，才暗暗鬆一口氣。

「跟工作有關，所以是秘密。」

我這麼回答，敷衍十分好奇的多莉，迅速地把寫了問題一覽表的紙張塞進托特包裡。關於最後一個問題，我試著思考了解決方案，但一時間根本想不出來。

因為班諾說過，等到確定了工坊的地點，就會帶著路茲前往其他城鎮，我也一直深信不疑。但是，想不到若沒有路茲父親的許可，就不能帶路茲離開城市。路茲和我一樣，都非常相信班諾說的話。看到班諾從其他城市回來，雙眼還閃著期待的光芒說過：「真希望工坊的地點可以快點決定好。」面對這樣的路茲，實在說不出口「只要你爸爸答應，明天就能出發喔」。這一定會為路茲家帶來無法修復的裂痕。

……我怎麼知道有什麼方法可以說服路茲的父親呢。

多莉和珂琳娜興奮地討論著想依照春夏秋冬繡上花朵的圖案，但在考慮要由上往下，還是由左往右。然而，一旁的我卻是抱頭苦思。

「星祭就快到了呢。」

「咦哇?!什、什麼？」

在前往神殿的半路上，路茲突然這麼對我說，我嚇得左右張望。路茲微瞇起眼，緊盯著我瞧。要對負責管理我身體狀況的路茲隱瞞事情，實在是很困難。

「梅茵，妳怎麼了啊？發呆的情況比平常還嚴重耶？」

「沒有、沒有！你剛才在說什麼？」

大概早就看穿我是在裝傻，路茲嘆口氣後，回到原來的話題。

「就是星祭啊，妳覺得今年能一起參加嗎？」

「星祭？……啊，就是那個夏天的祭典嗎？會玩水對吧？」

「不是玩水，是互相丟塔烏果實。」

塔烏果實就是春天看過的紅色小果實。聽說到了夏天會吸收很多水分，膨脹到拳頭那麼大。我在心裡想像成了是自然形成的水球，但還沒有親眼看見過。

「那如果不是要玩水，星祭是什麼祭典？」

因為我從來沒有參加過，所以完全不知道星祭是什麼節日，路茲就為我說明。星祭並不是玩水的祭典，而是舉行結婚儀式的日子。原來星祭是一年一度在平民區舉辦的聯合結婚儀式，互丟塔烏果實則是和結婚儀式有關的活動。

「和結婚儀式沒關係的人會在第二鐘開門時，就去森林裡撿塔烏果實。等第三鐘一響，結婚儀式開始了以後，新郎新娘會在第四鐘儀式結束的時候走出神殿。在那之前大家會以中央廣場為中心，躲在各條小巷子裡，拿著塔烏果實等待。」

我先想像了洗禮儀式上，人潮都湧到大道上的光景，再想像了大家手上都拿著水球的光景。太不現實了。簡直莫名其妙。但是，很多與婚喪喜慶有關的活動看在外地人眼裡，本來就都很難理解。像我以前也在書上看過各種奇奇怪怪的習俗，像是賓客要在結婚典禮上互毆、受邀的客人要一起闖洞房，甚至領主還擁有初夜權。聽的時候，想成是這裡的文化就好了。

「然後等所有新郎新娘都走到中央廣場，鈴聲一響就開始戰鬥，朝新郎新娘丟塔烏果實。」

「咦?!是丟新郎新娘嗎?!」

「對啊。新郎要一邊保護新娘，一邊跑回新家。目的就是要測試這個男人可不可靠。但通常丟新郎新娘的時候，都會不小心丟到其他人，對方就會反丟回來，我們再丟回去，搞到最後大家都到處亂跑，全身也變成了落湯雞。」

星祭比我想像的還要驚人。日本訂婚的時候，也都要交換許多令人匪夷所思的東西，但雖然牽強，都有意義存在。如果丟新郎新娘的塔烏果實，是一種可以取出很多種子的果實，可能就有希望兩人多子多孫、早生貴子的涵義在吧。

「不過，最卯起來蒐集和丟塔烏果實的人，其實都是今年沒能結婚的成年人啦。每年他們瞄準新郎新娘的眼神都超級恐怖，但也很好玩喔。」

啊，我懂。我在心裡頭嘀咕。包括麗乃那時候在內，我和戀愛以及結婚全然無緣。所以非常可以明白那些結不了婚的成年人們，在看到新郎新娘都帶著幸福洋溢的笑臉走出神殿時，那種想用塔烏果實狠狠砸向他們的心情。

「……我知道星祭是什麼樣的祭典了。路茲，好期待喔！」

「哦，梅茵，妳突然很有興趣嘛。然後，用塔烏果實趕跑了新郎新娘以後，各個廣場就會擺出慶祝用的食物。大家都吃飽喝足了的時候，太陽也下山了，孩子們就必須回家。回家後，就絕對不能外出。之後外面會再擺上酒席，變成只有大人能夠參加的祭典。」

沒有違反星祭這個名稱，最重要的活動果然是在晚上，排除了孩子們以後，新郎和新娘再度登場，開始盛大地慶祝，未婚的成年人們也會藉機尋找伴侶。路茲說這種時候最不甘心的，就是那些夏天出生、成年禮在夏天尾聲才舉辦的人。

「對了，孤兒院裡的孩子們會參加星祭嗎？」

「不知道。這麼說來，以前也從來沒看到過……梅茵，妳那天在神殿有工作嗎？記得妳說過秋天之前都沒有儀式，那星祭能一起參加嗎？」

路茲一臉不安地問，但我無法馬上回答。既然要在神殿舉辦結婚儀式，那應該會有什麼工作要做吧。

「……我也不知道，再問問看神官長吧。」

走到神殿後，路茲再返回商會。目送路茲離開後，我在院長室換好衣服，馬上開始寫信要求面見神官長，順便問法藍星祭的事情。

「法藍，你參加過星祭嗎？」

「那並不是星祭，而是星結儀式。星結是祝賀婚姻的儀式吧？」

法藍說明了，在神殿並不叫做星祭，而是一種稱作星結的儀式。源自於最高神祇黑暗之神，在生命之神和土之女神結為連理時為其獻上祝福的神話。原先這項儀式是在容易獲得黑暗之神庇佑的夜晚舉行，聽說現在在貴族區，也確實是在晚間才舉行。但因為城裡的人數增加太多，貴族與平民的儀式分開舉辦後，平民的儀式才都改在上午進行。

「既然要接受黑暗之神的祝福，冬天夜晚的時間更長，不是比較好嗎……」

「梅茵大人，黑暗之神是在夏天答應兩位神祇成親，冬天又有奉獻儀式，到時恐怕沒有神官能夠賜予祝福。」

我對法藍的反駁點頭表示同意，同時在腦海裡想像了隆冬時節的結婚儀式，就輕輕搖頭。雖然是自己的提議，但要在大雪籠罩的隆冬舉行結婚儀式，確實是不可能。

「仔細想想，在暴風雪中根本走不到神殿，新婚家庭如果要準備過冬，還是在秋天之前結婚比較合理呢。而且如果大家的結婚紀念日都在同一天，就不會有丈夫搞錯日子，惹得妻子不高興了。」

我說著，寫好了信。

「法藍，麻煩你把這封信交給神官長吧。我想問神官長星結的時候，孤兒院和我有沒有什麼工作要做。」

雖然上午在整理文書資料時都會和神官長見到面，但就算只是要商量一點小事，也必須要求會面，要寫信預約時間。如今我也開始慢慢習慣了這些麻煩的手續。如果只是瑣碎的問題，很多時候也只會在信上寫下回覆就結案。總而言之，法藍和神官長都對我耳提面命的事情，就是要我別在他人也在場的時候亂說話。

本已經料想會面的日期會訂在數天後，卻沒想到神官長一看完法藍遞去的信，就扶著頭朝我招手，要我進入秘密房間。我乖乖地跟在神官長後頭，但想不通神官長為什麼看了會面的要求信後要抱頭。

「都沒有先約好會面的時間，這樣子好嗎？」

一走進秘密房間，我就提出疑惑，神官長的眼神馬上變得冷冽。平常神官長都會一本正經地對我訓話，但進了這個房間以後，說教時全身就會散發出冰一樣的怒氣，所以如果他要生氣，比起這裡，真希望能在平常的房間。

「妳這笨蛋，星結儀式是在後天。等我回覆邀請函給妳，儀式都結束了。」

「因為大家都說星結就快到了，所以我以為還有一點時間……」

「因為累積至今的資料整理得太過順利，我才暫時往後拖延，但看來還是要先好好教育妳。」

神官長總算明確地意識到，我根本還搞不清楚神殿裡頭有哪些儀式。這下死定了，是危險的徵兆。孤兒院的灰衣神官們都在說，要是當上了神官長的侍從，再不願意也會成為非常優秀的灰衣神官。有種傳說中的熱血教育即將輪到我頭上的預感，我默默別開目光。眼角餘光中，看見了神官長無言以對的表情。

「妳真是……關於剛才的問題，星結儀式是成人的儀式。妳還是見習巫女，所以不能夠參加。身為孤兒院長，妳必須監督孤兒，別讓他們離開孤兒院。因為星結儀式的時候，很多城裡的居民會出入神殿。而且為了得到布施，青衣神官們都會傾盡全力準備儀式，所以儀式期間，不能讓半個人離開孤兒院。」

星祭那天要待在孤兒院──聽到神官長這麼說，我急了起來。我想參加星祭，丟塔烏果實，不想被關在孤兒院裡。

「神官長，但我想參加平民區的星祭，不行嗎？」

「平民區的祭典是什麼？」

神官長微微挑眉。

「上午城裡的孩子都會去森林撿塔烏果實，下午是互相丟塔烏果實的祭典。」

「……那是什麼？和星結有什麼關聯？」

「我也不知道。去年因為身蝕的熱意，更之前也因為身體狀況都不好，所以我從來沒有參加過。今年因為是第一次參加，我還非常期待……」

神官長用力皺起了眉。看他的表情，顯然是想說「不行」，但又想到我是第一次可以參加，心生憐憫，所以正在拒絕與同情間搖擺不定。

「不行……嗎？我覺得如果讓孤兒院的孩子們都出去，神殿也會比較安靜啊。」

「上午是無妨，但下午呢？你們會互相丟果實吧？要是孤兒們到了城裡，引發無謂的糾紛怎麼辦？下午青衣神官們都要趕往貴族區，會無人能夠負起責任。」

上午的儀式一結束，青衣神官和侍從們就要為了貴族區的星結儀式，全體離開神殿。我不由得拍了下手。

……既然會生氣的人都不在，那在神殿裡頭玩耍不就好了嗎？

「神官長，那如果是上午去森林撿果實，下午為了避免在外發生糾紛，只在孤兒院裡頭互丟塔烏果實的話，這樣子是否可以答應呢？我也想讓孩子們體驗看看祭典。因為我也是第一次，所以非常期待……」

神官長輕垂下目光，思忖了一會兒後，緩緩抬頭。

「那麼，事後一定要確實收拾乾淨。只要別大吵大鬧到會引來市民的懷疑，那就沒有問題。」

「謝謝神官長！」

下午，我馬上前往孤兒院和大家討論。因為只要別被青衣神官發現就好，所以等一大早打掃完禮拜堂，就換上去森林的衣服，再等著我和路茲抵達神殿。之後再悄悄溜出神殿，去森林裡撿塔烏果實。

儀式當天，一向被關在孤兒院裡頭的孤兒們全都歡天喜地，但必須參加儀式、要為前往貴族區的青衣神官們準備馬車，和必須擔任守衛的灰衣神官們，就無法去森林撿塔烏果實。他們一臉羨慕地看著吵吵鬧鬧的孩子們。

「所有工作都只到儀式結束為止吧？等青衣神官和他們的侍從前往貴族區，大家的工作也都做完了，我們再開始互丟塔烏果實吧。大家一起玩會更開心嘛。大家都可以忍耐，直到神官們的工作做完吧？」

我問孩子們，他們都大力點頭。

「嗯，當然可以！」

「我也會幫有工作、不能來的人撿一堆果實！」

對於有工作在身的灰衣神官，我以孩子們會等到他們工作做完，並且由我們準備晚飯，來讓他們心理達到平衡。而且想不到因為青衣神官都不在神殿，所以每年的星結儀式當天，都沒有晚餐可以吃。

「我會拜託我的廚師，請他們多做一點飯。」

回到院長室後，我透過法藍拜託雨果和艾拉。雖然星結當天是工作到第四鐘，但相對地希望可以把晚飯也先做好。雨果似乎正是沒能結婚的成年人之一，所以對於參加祭典有著強烈的渴望。法藍說雨果表現出了熊熊的幹勁，說他會盡早完成工作。

……雖然現在沒辦法對新郎新娘丟塔烏果實了，但希望孤兒院的孩子們也能玩得很開心。

星祭

到了星祭當天。雖然太陽已經探出了頭，但早晨還感覺不到夏天的暑氣。整個城市已經籠罩在了祭典時特有的喧囂，和人群流動所帶來的熱氣裡。儘管是都還沒有開門的一大清早，卻已經出現了往南門和東門移動的人潮。

「媽媽，我出門了！」

「要小心別太興奮喔。路茲，不好意思每次都麻煩你，那梅茵就拜託你了。」

我和來接我的路茲一起走出家門。雖然多莉和我們同時出門，但她要和自己的朋友們享受祭典，所以今天分開行動。只見她和拉爾法、弗伊，一起跑向大門。

「梅茵，那今天要玩得開心一點喔！」

「多莉也是！」

向多莉和拉爾法揮手道別後，我和路茲逆著人群，往神殿的方向前進。今天為了可以玩水，我穿上了便服。成群結隊的人們不斷從四面八方的巷子裡走出來，雙眼都閃耀著期待的光輝，朝著南門邁步移動。大家似乎都已經預想到會淋得一身溼，所以雖然是祭典，卻沒有半個人身穿正裝。

逆著人潮走過中央廣場，繼續往北前進。到了這裡，路上行人就少了很多。看來在開門的同時往森林前進的人們，都已經走到大門那裡了。

「梅茵，妳就留在孤兒院吧。」

「咦？為什麼?!」

我都想好要和大家一起去森林撿塔烏果實了，聽了瞪大眼睛，抬頭看向路茲。路茲難以啟齒地垮著臉，開口說了：

「原本如果只是要帶妳去參加祭典，我是打算去森林裡撿兩、三顆塔烏就回來。可是，現在不是要丟新郎新娘，而是回到孤兒院後，大家再一起丟吧？那就需要很多塔烏才行。有梅茵在，根本來不及在第四鐘響前趕回神殿啊。」

本來還當作是遠足，想和大家一起去森林的我，聽了路茲無比中肯的意見後，只能垂下腦袋瓜。依然只會成為絆腳石的自己真是可恨。路茲安慰地拍了拍我的頭，又稍微壓低音量說：

「而且搞不好會有人來察看孤兒院的情況，身為院長的梅茵留下來比較好吧？」

「嗚……的確。」

神官長或神殿長的侍從確實有可能過來察看情況，或提醒我什麼事情。要是被神殿長發現孤兒院成了一座空城，不光是我，下達許可的神官長可能也會遭殃。

「而且也有人因為工作要留下來吧？我會和大家一起撿塔烏果實回來，所以梅茵要留下來。如果妳做不到，我就不幫忙。」

「……知道了。我留在神殿。」

就在我們抵達神殿的幾乎同一時間，第二鐘響遍城市。開門的時間到了。

我和法藍一起看著大家在路茲的帶領下，全都摀著嘴巴不敢說話，偷偷摸摸地從孤兒院的後門溜出去。看到守衛在努力憋笑，我也跟著差點笑出來。一走出神殿，大家就大聲嚷嚷著跑向大門。看見這一幕，我懷抱著羨慕的心情回到院長室，換上青衣以便前往孤兒院。

「戴莉雅，妳不想去森林嗎？」

「為了成為愛人，又沒有必要去森林。我比較想快點學會寫字。」

吉魯和戴莉雅拿著我送的石板，像在互相較量地練習寫字，但現在是吉魯的學習速度比較快一點。我想是因為吉魯會帶著歌牌去孤兒院，和大家一起玩耍的關係。

「目前戴莉雅還輸給了吉魯吧？」

「討厭啦！才輸一點點而已！我馬上就會贏過他！」

我讓自願留下來的戴莉雅負責監督廚師們，自己和法藍前往孤兒院。走到一樓時，隔著敞開的門扉，隱約瞥見了雨果和艾拉為了能在丟塔烏果實的第四鐘前完成料理，正以殺氣騰騰的氣勢在烹煮食物。

「神官長已經吩咐過我，本日上午要向梅茵大人說明神殿裡頭的儀式。神官長還說了，在梅茵大人全部背下來之前，禁止您丟塔烏果實。」

「嗚哇……」

在教育方面絕不容許一絲妥協的神官長，好像已經火速為我擬好了教學進度表。今天之內要背下來的東西還真不少。看著木板上的內容，我不禁灰心喪志。法藍說：「神官長是根據梅茵大人的計算能力和識字能力，判斷這樣的數量您應該能夠消化。」但是，神官長誤會了。我的計算能力是前世的恩賜，識字能力則是看書必備的能力，所以才會那麼用功學習。要是把這些拿來當作是記憶神殿儀式的基準，我可就頭大了。我的腦袋並沒有那麼優秀。

繞過走廊，走向孤兒院時，大概是正要去準備儀式，正巧遇見了一名初次見面的青衣神官。

「哎呀，這不是無恥地披上了青衣的平民嗎？本日的儀式不需要小孩子出場喔。」

「神官長已經吩咐過了，今天我的職責不是參加儀式，而是待在孤兒院，不讓孩子們打擾到儀式的進行。」

「哦，原來如此。讓平民去照顧孤兒還真是剛好，那妳加油吧。」

「衷心感謝您的鞭策。」

青衣神官自討沒趣似地哼了聲，邁步離開。我也朝著孤兒院繼續移動。法藍無法釋懷地蹙眉，擔憂地叫住我：

「梅茵大人，剛才的……」

「法藍，你不用放在心上。如果只是嘴上對我說些惡毒的話，我並不在意。反正又沒有實質的傷害。」

走進孤兒院，發現有幾名灰衣巫女都留了下來。因為留在神殿裡的灰衣巫女全是捧花候補，所以雖然風情各有不同，但都是有著精緻五官的美麗少女。

「哎呀，梅茵大人，您怎麼來了？」

巫女們轉過頭來，微側著臉龐。動作之優雅，看起來比我還像是千金大小姐。

「因為擔心有人過來察看情況，所以我會待在這裡。妳們都有工作在身嗎？」

「不是的，只是去森林對我們來說沒有什麼吸引力，所以才留下來，正在討論要不要煮湯呢。」

在這群灰衣巫女中，我發現了一張熟悉的臉孔。是一名十來歲的少女，近似亮橘色的金色頭髮嚴謹地盤起來。其實綰起了頭髮，就代表她已經成年，說是少女好像不太恰當。但是，稚氣未脫的五官十分適合用少女來形容。

「葳瑪，前陣子謝謝妳幫忙畫歌牌的圖。每張圖都畫得很棒呢。」

葳瑪開心地瞇起總是盈滿笑意的亮褐色眼眸，溫柔的氣質變得更是明顯。

「我才要謝謝梅茵大人，願意請我畫圖。好久沒握畫筆了，我真的很高興。這裡的孩子們也都非常好奇地看著我畫畫，但那些不是要給孤兒院的吧？」

「上次那些是送給我侍從的獎勵。如果葳瑪願意再畫一次，我可以為孤兒院的孩子們訂購木板喔？」

如果只是準備木板和寫字，這我可以幫忙，但我畫的圖似乎不符合這裡的圖畫文化，身邊的人都很一致地勸我不要自己畫。所以若要做歌牌，就需要葳瑪的協助。

「哇啊，請一定要讓我幫忙！」

葳瑪的小臉燦爛發光。感覺得出她對畫畫的熱情，和對孩子們的喜愛。記得孤兒院大掃除的時候，最先跑向孩子們，為他們洗淨身體的人也是葳瑪。我答應近期內會準備給孤兒院孩子們的歌牌後，在葳瑪身邊的一名少女難過地垂下目光。

「要是我也像葳瑪一樣會畫畫，就可以幫上忙了……」

「哎呀，羅吉娜不是擅長彈奏樂器嗎？」

遺憾地嘆氣的羅吉娜有著成熟的漂亮五官，專長看來是樂器。哇噢，太優雅了。真想聽聽看羅吉娜演奏樂器，但聽說樂器是前任主人所有，所以她現在是沒有特長的狀態。雖然有能力的話很想買給她，但基本上樂器連在日本都很昂貴。好樂器的價格，更會無止盡地往上飆高。

「法藍，樂器很貴嗎？」

「這個問題最好問班諾大人，但青衣巫女都必須備有音樂這項愛好。」

「梅茵大人如果想提升教養，我們應該可以幫上忙。倘若您不嫌棄，還請您提拔我們為侍從吧。」

羅吉娜和葳瑪以前服侍同一位青衣見習巫女。聽說是位對藝術充滿熱情的見習巫女，把自己的侍從明確地劃分成了專門處理雜務的灰衣神官，和與自己一起欣賞藝術的灰衣巫女及灰衣見習巫女。聽說那段時間，羅吉娜她們每天都很努力在學習唱歌、跳舞、彈奏樂器、寫詩和畫畫。

……唔唔，雖然我被迫學了三年的鋼琴，但除了學校上課外，完全沒接觸過其他樂器。這裡又不可能有口風琴和直笛，也總不能說我擅長的樂器是響板吧。

居然不只要整理文書資料、學習神殿相關的事情，還要提升教養。雖然事到如今為時已晚，但我不禁覺得，我真的太急著成為青衣見習巫女了。

「梅茵大人，那我們去煮湯了。」

葳瑪她們去煮湯後，孤兒院的食堂裡只剩下我和法藍兩個人。

「法藍，如果我說我想把葳瑪納為侍從，你覺得呢？神官長會答應嗎？」

「能請您說明理由嗎？」

「葳瑪不是很擅長畫圖嗎？不只歌牌，今後我想做的東西也都需要有人幫忙畫圖，所以我才想在被其他青衣神官帶走之前，先把她招攬過來。而且，我也需要有已經成年、又有教養的灰衣巫女來服侍我吧？」

「我想神官長應該會答應吧。但是，在孤兒院裡，最用心照顧年幼孩子們的人就是葳瑪。如果帶走葳瑪，不知道會對孤兒們造成什麼影響……」

「這樣啊。那下次也問問葳瑪的意見，再作決定吧。」

接著法藍開始為我講解神殿有哪些儀式，不久第三鐘也響了。隨後，外面變得非常熱鬧嘈雜。想必是為了參加星結儀式，新郎新娘來到了神殿。雖然很想出去參觀，但當然是不可能。

就在我心神不寧地做著自己功課的時候，第四鐘響了。星結儀式多半結束了，吵鬧的聲浪一點一點地慢慢遠離。神殿再度恢復寂靜，又過了一會兒後，孩子們悄悄地從後門回來了。只見他們都摀著嘴巴，小心不發出腳步聲地走上樓梯。

「你們回來啦。有沒有撿到很多塔烏果實呢？」

「梅茵大人，噓——！」

大家都制止我說話，我急忙閉上嘴巴。等到底樓傳來關上後門的聲響，路茲走進來、抬起手後，大家才七嘴八舌地討論起來。

「我們撿了很多回來喔！」

「籃子都放在底樓了。應該要先吃午飯吧？」
「那大家去把手洗乾淨，等著神的恩惠送來吧。我也先回院長室了。」
因為有路茲在，所以我沒有走走廊，直接從底樓回到院長室。下樓來到底樓，就看見籃子裡頭堆滿了大家撿回來的塔烏果實。
「路茲，我可以拿走四顆果實嗎？因為雨果廚師和艾拉沒辦法去森林，所以我想送給他們。」
「哦，好啊。」
請法藍拿著塔烏果實，從後門回到院長室時，午餐已經準備完畢。雨果邊在意著外頭的情況邊等著我們回來。我請法藍分別給兩人兩顆塔烏果實。
「今天明明是祭典，衷心感謝兩位還特地前來。雖然數量不多，但請拿去吧。」
「咦？哇?!謝謝！」
我一轉身背對廚房，就感覺到了雨果拔腿往外飛奔。真不知道雨果到底有多麼期待星祭，又打算向誰丟那兩顆塔烏果實？大概是擔心我的反應，只聽見艾拉制止地大喊道：
「雨果先生，等一下啦！」所以我很識時務地沒有回頭，直接走上二樓。
上了二樓，在戴莉雅的服侍下和路茲一起吃午餐。今天的午餐參考了義大利天使髮麵。我請雨果他們揉製了生義大利麵，再盡可能把麵條切細，然後準備兩種口味的天使髮麵。一種是參考番茄加莫札瑞拉起司，加了普瑪醬和比較沒有強烈氣味的起司，最後再加上香草；另一種是參考青醬，用植物油、鹽、香草和像是大蒜的藜葛做成醬汁。另外還有在當季蔬菜上加了清蒸雞肉的沙拉。其實我更想吃冷素麵，但目前依然找不到可以用來煮出日本菜的食材，所以只能將就一下了。

「路茲幫忙做了很多事，你多吃一點吧。多虧了路茲，大家都撿果實撿得很開心。謝謝你。」

「大家都找得超級認真喔。有些孩子還跑到很裡面，我本來還擔心會不會沒辦法在規定時間前趕回來。」

「好好喔……我也好想參觀祭典。上午我一直跟著法藍在學習。」

聽到孤兒們都說在森林裡看見其他人很開心地在撿塔烏果實，又在回神殿的半路上看到人們都拿著果實在做準備，我羨慕得不得了。

「啊，梅茵，那要不要現在去看一下祭典？反正現在新郎新娘都不在了，我們也不是要去丟果實，只是要去看看街上變成了什麼樣子。如果要先等我們吃完，才輪到他們吃午飯，那應該還有一點時間吧？」

等到青衣神官吃完午餐，侍從也吃完飯，才會分配神的恩惠。而且灰衣神官中還有人要負責準備馬車，所以還要一段時間才會全員到齊，到時才丟果實。

「要！我想去！」

脫下青衣巫女服換上便服，我和路茲一起衝出神殿大門。在夏天的太陽光下，被水潑溼的街道閃耀發光。神殿附近幾乎沒有什麼水漬，但隨著離神殿越來越遠，腳底下都是水窪。居然連在夏天太陽的照射下也沒有馬上蒸發，大家到底丟了多少塔烏果實啊？我正這麼心想時，就看見一群全身溼透、頭髮還滴著水珠的孩子們大笑著跑過去。從孩子們跑去的方向，傳來了鬧烘烘的吆喝聲。

「路茲，走吧！」

「只能在遠處參觀喔。」

我依著路茲的忠告，躲在建築物後面偷偷觀看，只見在不算寬敞的巷子裡頭，正上演著混亂的大戰。大家都不分敵我，大聲叫喊著沒有意義的字句，互相丟著塔烏果實。發出的吶喊聲更在建築物之間形成回音，所以現場的音量簡直震耳欲聾。所有人全都溼成了落湯雞，連大姊姊身上的夏季薄衣都黏在了身體上，使得曲線一覽無遺，更有人慘到衣服都變成透明的了。不少男性大概是受不了黏在身上的衣服，都赤裸著上半身跑來跑去。

……嗚哇，熱鬧得好像是足球和棒球賽上，自己支持的隊伍得了冠軍一樣喔。

「哇?!」

路茲突然大叫一聲，頭髮還滴下了水珠。幾滴冰冷的水珠也濺到了我身上，我嚇得回過頭，發現好幾個孩子都拿著塔烏果實，出現在路茲背後。

「這裡有衣服還是全乾的人！」

孩子們一放聲大喊，瞬間那群吵鬧玩水的人們就不約而同回過頭來。當所有人都像發現了獵物的獵人般，露出閃著精光的眼神看著自己，真的有種讓人背脊發寒的魄力。我不禁小聲尖叫，全身縮成一團。

「梅茵，快逃！盡可能閃開攻擊！」

「不可能啦！」

對我提出這種要求根本沒用。我能做的只是舉起手臂，不讓果實直接打中臉部。路茲拉著我的手狂奔，抬手拍掉飛過來的塔烏果實。於是塔烏果實就像真的水球一樣，撞在石板路上「啪」地破掉。避免了被果實直接打中的我雖然鬆了口氣，但路茲出手防禦後，似乎更加激起了那些人的鬥志。

「居然揮掉了！太囂張啦！」

「大家快上！」

塔烏果實接二連三地飛過來，「啪！」、「啪！」地打在自己身上。觸感就像是被軟軟的東西打中，所以並不怎麼痛，但當水滴沿著頭皮流下背部，打中背部的果實也流出水來，都讓我起了雞皮疙瘩。

「呀啊——！好冷！好冷喔！」

「梅茵，總之快跑啊！」

路茲只有第一顆果實成功拍開。因為攻擊的人當中也夾雜著成年人，根本逃不了。眨眼間我們就被一群人團團圍住，寡不敵眾。路茲和我躲不了也逃不了，只能任由在祭典的氣氛帶動下情緒非常亢奮的人們對我們集中攻擊，三兩下就全身溼透。

「啊哈哈！這小鬼年紀還小，但很努力在保護女生嘛！」

「將來有前途！」

那些人哈哈大笑，稱讚了直到最後都努力保護我的路茲，然後就像颱風過境般光速離開，去尋找下一個獵物。

「……路茲，這一定會感冒吧？」

我捏起不斷滴水的裙子，搖搖頭甩掉水珠，路茲也點頭同意說「一定會」。

「搞不好伊娃阿姨還會把妳臭罵一頓，再也不准妳參加祭典了。」

「……我已經明白星祭是什麼樣子了。非常切身地體驗到了。要是結束後肯定會發燒，那這種祭典不適合我呢。」

我擰乾頭髮，滴滴答答地擠出了大量水分。我和路茲一邊擰乾身上的衣服，一邊走回神殿。城市北邊比起互丟塔烏果實，重點似乎更放在接下來的宴席上，各處水井所在的廣場已經開始做起準備。人們在木箱間擺上木板，臨時搭建成桌子，不知從哪兒紛紛端出食物。

「要是我肚子還餓，就會繞過去吃了。」

「但現在應該還不餓吧？」

食物開始端上桌後，那些拿著塔烏果實玩瘋了的人們，肯定也會想起來自己的肚子有多麼餓吧。

「討厭啦！您這副模樣是怎麼回事?!請不要弄髒房間，在我沐浴準備做好之前，都先不要進來！」

在被母親臭罵之前，先面臨了戴莉雅的滔天怒火。聽到路茲小聲咕噥說：「她比伊娃阿姨還恐怖。」我也輕輕點頭同意。我待在戴莉雅不會生氣的地方，等著她做好沐浴準備。這時法藍換上了去森林時的舊衣走出來，才不怕等一下淋溼。看見全身溼答答的我和路茲，法藍傷腦筋地按著太陽穴。

「梅茵大人，孤兒們都已經準備好了，不如直接前往孤兒院吧。戴莉雅，那就麻煩妳做好準備，讓梅茵大人一回來就能夠沐浴。」

因為戴莉雅說互丟塔烏果實這麼不美麗的事情，她才做不來，所以就留在院長室。吉魯似乎老早就衝去了孤兒院。

「為前往貴族區的青衣神官們準備馬車的灰衣神官已經前來通報。說是青衣神官和其侍從已經全員都前往貴族區，現在也關上了大門。」

我們從後門移動到孤兒院，只見所有人都從神官服換成了平民舊衣，把放在底樓裡的塔烏果實搬到了屋外。大家在路茲的指示下分成兩組，法藍再考慮年紀和男女的人數，適當地平均分配。指定了可以奔跑的範圍後，要大家保證絕對不會跑出範圍外的地方。

「大家玩完以後一定要收拾乾淨，也要小心別太過大吵大鬧，惹得城裡的人們起疑。最後，不要受傷也不要吵架，玩得開心一點。知道了嗎？」

「是！」

「那來分配塔烏果實吧。」

路茲看向複數的籃子。這種時候地位最高的我，必須最先採取行動。春天在森林裡看過的塔烏果實還只有大拇指第一指關節的大小，現在籃子裡的果實，卻變得比我的拳頭還要大。裡頭似乎都是水分，果實顯得相當有彈性。因為剛才塔烏果實不斷往自己丟來的時候，我幾乎都閉著眼睛，現在還是第一次仔細觀察。

「哇，真的變大了耶。」

我拿起籃子上的一顆果實。突然之間，居然和奉獻時一樣，有種魔力正被吸走的感覺。同時塔烏的果實內部開始冒出氣泡，改變形狀。

「哇哇?!」

「梅茵，怎麼回事?!」

「它在吸收魔力！」

原本如水球般呈半透明的紅色塔烏果實內部，這時卻開始接連冒出石榴般的堅硬種子，而且還不停增加。

「好噁心！這是什麼?!」

「我怎麼知道！」

我拿著果實手忙腳亂時，原先淺紅色的果實顏色變得越來越深，果實內部也變成了種子比水分還多。軟而有彈性的表皮變得堅硬，漸漸地看不見裡頭的模樣。到了這個地步，我總算明白了。紅色果實一定就是以前看過的陀龍布種子！

「路茲，這是陀龍布！快點準備小刀！」

我握著塔烏果實大喊，一直盯著果實在不斷改變形體的路茲，也立即衝進當作儲藏室使用的底樓，搬出放有小刀和劈刀的籃子，向孤兒們下達指示。

「習慣採集的人快點拿好小刀！接下來會冒出可以做高級紙張的材料，要一株不剩地砍下來！」

「是！」孤兒們撲向小刀的時候，塔烏果實已經越來越硬，漸漸地開始帶有熱意。記得以前在這種狀態下丟出去後，陀龍布就會快速地生長出來。

「梅茵大人，我準備好了！」

吉魯儼然像個戰隊英雄，拿好了劈刀站在我旁邊。路茲單手拿著小刀，指向沒有鋪著石板、雜草茂盛的地面。

「梅茵，丟到有土的地方去！」

聽著吉魯和路茲的大喊，我朝向有土壤的地面，卯足全力丟出塔烏果實。

「去吧，快速生長樹！」

祭典過後

「笨蛋！妳根本沒丟出去！」

路茲瞪大了眼睛，而我丟出去的塔烏果實也確實沒有丟到土壤上，勉強掉在了石板路邊緣，接著是「啪！」、「啪啪啪！」的爆炸聲。

紅色果實裂開後，細小的種子就飛散掉落在四周，好幾株嫩芽瞬間冒出了頭。飛到土壤上的種子雖然發了芽，但掉落在石板路上的種子卻是急速枯萎，而開始發芽的陀龍布在轉眼間就長到了腳踝的高度。

「嗚哇！這是什麼?!」

「這東西長得很快！等它們長到了膝蓋的高度，全部都要砍下來！」

孤兒們嚇得往後退縮，路茲繼續向他們下達指示，目光銳利地緊盯著快速成長的陀龍布。

「法藍，快點把梅茵帶到後面待命！」

法藍照著路茲的指示將我抱起來，脫離戰線。手上沒有半把小刀的我，也只能夠幫大家加油。

「上吧！」

路茲拿著形狀像劈刀的小刀，衝到最裡面的地方去砍伐飛散在四周的陀龍布。緊追在路茲身後，最先衝上前去砍陀龍布的人則是吉魯。「嘿！」他揮臂用力一砍，「噗嘰」一聲，被砍斷的小樹枝就掉落在地。看到吉魯這麼隨便揮刀也能砍下樹枝，而且樹枝被砍下後就沒有再繼續生長，孤兒院的孩子們才一窩蜂地往前衝。

「梅茵大人，這是怎麼回事呢？」

不知道法藍會向神官長報告到什麼程度？這該不會又是說教的大危機？有沒有辦法能把這種情況說得不像是一場混亂，而是神殿外常有的事情，藉此蒙混過關呢？我全速地運作腦袋。

「這是高級紙張的材料喔。這下子就可以做出比平常紙張更高級的紙了。」

我可沒說謊。但是，這想必不是法藍想聽的答案。法藍有話想說地張開嘴巴時，正巧傳來了吉魯的大喊。

「這麼大沒辦法用小刀砍下來！妳後退！我來！」

我馬上回過頭，看見吉魯讓一名拿著小刀的女孩子往後退，用刀子大力地砍下已經長到他們大腿高度的樹枝。一直以來都開開心心地前往森林的吉魯，成長真是顯著。

「好耶！萬歲！」

吉魯擺出勝利姿勢，轉向我這邊，咧嘴露出得意的笑容。這是在暗示我之後要好好誇獎他吧。如此理解後，我向吉魯輕輕點頭。

「……都砍掉了吧？」

路茲問，孩子們環顧四周，一邊蒐集砍下來的樹枝一邊用力點頭。

「路茲，怎麼辦？要不要先留幾顆果實，再讓它們長大？」

難得可以在安全的情況下砍伐到高級材料，放過這個機會太可惜了。我如此提議後，路茲卻搖搖頭。

「只要再砍一、兩顆果實，剩下的就按照預定計畫拿來互丟吧。因為塔烏果實一離開土壤，很快就會乾掉枯萎，而且再去森林裡找就有了，之後再去撿吧。」

「大家，不好意思，但可以請你們再幫忙砍一些樹枝嗎？用這種植物可以做出非常高級的紙張，孤兒院可以運用的資金也會增加喔。」

「梅茵大人，資金增加會怎麼樣嗎？」

孩子們對於金錢可說是半點概念也沒有，所以都露出了不解的表情。對他們來說，生活所需的東西全是神的恩惠。雖然已經向他們說明過了，在這世上不管做什麼都要花錢，而在孤兒院裡煮湯所用的花費，其實也還不是他們自己賺來的，但大概都還無法理解吧。

「資金增加的話，你們自己做的飯菜量就能增加喔。還有，冬天也可以為孤兒院購買木柴。」

「好耶，那我們幫忙！」

神殿分配給孤兒院的木柴並不多，女舍只有食堂，而男舍只有一間大通鋪有暖爐。而且聽說木柴一旦燒完了，石造建築物的氣溫就會急遽降低，就算是大白天，也會冷得讓人全身縮成一團。在這種必須東撙西節的經濟情況下，冬天的食材和暖氣是非常迫切的課題。

看孩子們都湧起了幹勁，後來又砍伐了三顆果實的陀龍布。因為必須盡快加工成黑色樹皮，所以等籃子都裝滿了陀龍布，砍伐也劃上句點。

「好了，那我們現在來丟剩下的塔烏果實吧。」

路茲提議，但起勁地砍伐著陀龍布的孩子們都眨眨眼，歪過腦袋瓜。

「咦咦？剩下的不全部都做成紙嗎？」

「反正等丟完了，再去撿就好了。就像今天這樣。」

聽到路茲這麼說，孩子們爆發出歡呼聲。看來今天去撿塔烏果實真的很開心。

「欸，這一帶的雜草全都枯萎了耶，但好像也救不回來了。」

因為讓陀龍布發芽了好幾次，雜草都枯萎了，地表也翻開來，變得凹凸不平。我大略地把地面弄平，並踩在有些浮起的石板上，把它們往下壓回去。

「妳別太擔心，反正這個季節，雜草很快就長出來了。」

「……往好處想，這下子也省去了除草的工夫呢。」

畢竟星結儀式才剛結束，也不會有青衣神官特地跑來巡視孤兒院後面，所以應該沒問題吧──三個人得出了這樣的結論。

「梅茵，等他們丟完塔烏，我會在旁邊幫忙喊停，所以妳去換衣服吧。妳臉色很糟，又要發燒了喔。」

「嗯，身體好像也開始倦怠無力了。我覺得好冷喔。」

「戴莉雅應該已經做好了沐浴準備，快點回去暖和身子吧。」

法藍說完把我抱起來，快步前進。隔著他的肩膀，我看見孩子們正式開始了互丟塔烏果實。他們分成兩隊，一邊發出興奮的尖叫聲，一邊互相丟著塔烏果實，那副模樣就和平民區的孩子們沒有什麼分別。我頓時想為孤兒院再多帶來一點娛樂。

「討厭啦！您到底在做什麼?!居然和孤兒們玩到病倒，根本不是青衣巫女該有的行為！」

我無力地靠在法藍身上，回到院長室後，橫眉豎目的戴莉雅便上來迎接我。請法藍把我抱到浴室後，戴莉雅就趕走法藍，脫下我身上半乾的衣服，讓我泡進已經做好了準備的浴缸裡。水的溫度微溫，我請戴莉雅再加了熱水，調整到我認為剛好的溫度。「您偏好的溫度相當高呢。」戴莉雅小聲嘟囔後，兇巴巴地瞪著我。

「就是因為身體都凍僵了，您才會想泡這麼熱的水！既然身體這麼虛弱，就不應該去玩水呀。您自己明明也知道！」

「……戴莉雅，妳安靜一點。難得我正這麼舒服地泡湯。」

全身都能泡在溫暖的熱水裡，我輕吁口氣。

「這是我準備的，那當然啊。」

「嗯，就像戴莉雅說的，多虧了戴莉雅，我泡得很舒服喔。謝謝妳。」

我現在還沒辦法從水井汲水，所以無法一個人做好洗澡準備。

「我只是照著吩咐做事而已。我又不是吉魯，就算因為工作而感謝我……」

戴莉雅咕咕噥噥地碎碎唸，但我知道她只是在害羞。小聲輕笑後，我讓肩膀都浸在熱水裡，開始思考陀龍布的事情。

上一次不知道是不是因為就快發芽了，還是因為我還沒有半點魔力和身蝕的相關知識、所以才沒有意識到，總之那時候，我完全沒有感覺到魔力的流動。但是這一次，我卻明顯感受到了魔力從身上流向塔烏果實。如果要讓水球狀態的塔烏果實發芽，我想大概需要奉獻時兩到三顆小魔石的魔力量。

雖然每個身蝕擁有的魔力量都不相同，但只要能夠利用塔烏果實，因為身蝕而死的孩子應該就能減少。首先，最重要的是要讓大家知道有身蝕這項疾病，然後觸摸果實時，一定會長出陀龍布，所以需要在四周安排足以砍伐陀龍布的人手。最後砍下的樹枝要是能順便賣給梅茵工坊，那就皆大歡喜了呢——我打起如意算盤。

但是，如果路茲說的是真的，那塔烏果實就無法保存。聽說果實一離開土壤，春天的話大約半天就會流失掉水分，變得乾皺巴巴；即便夏季期間果實充滿了水分，過了一、兩天後也會乾燥枯萎。好比落在石板路上的種子沒有發芽，而是急速枯萎那樣。如果當作讓陀龍布自行長大，先把果實放在土壤上，應該就不會馬上枯萎，但我也害怕要是颳風下雨把果實吹跑，入秋後城裡突然長出陀龍布，那就慘了。

「……總之先向班諾先生報告吧。」

要告訴班諾現在從春天到初秋，我們都可以盡情地採集陀龍布，然後再拜託他幫忙蒐集和陀龍布有關的資料，並把身蝕可以怎麼使用塔烏果實的方法流傳出去。

思考告一段落後，我起身走出浴缸。瞬間，兩眼直冒金星。不知道是開始發燒了，還是泡澡泡太久了。我按著腦袋當場癱坐下來，戴莉雅摀住險些要尖叫出聲的嘴巴，迅速為我擦乾全身。雖然很多地方都沒擦乾，但戴莉雅急忙為我穿上襯衫和裙子後，十萬火急地跑出去叫法藍。

「梅茵大人！」

「啊……看來還是要鋪床棉被呢。在木板上也沒關係，先讓我躺下來吧。」

法藍抱著我，不知道該不該讓我躺在沒有任何棉被的木床上，整個人不知所措。我對他這麼說後，法藍才小心翼翼地讓我躺在床上。

「戴莉雅，去幫我叫路茲過來吧。法藍，你能換上外出的衣服嗎？看來還是早點回家比較好……」

「遵命。」

和孩子們一起互丟塔烏果實的路茲當然是全身溼透，所以一路上由法藍抱著我回家。因為在祭典上遭到集中攻擊，就先在神殿換了衣服——聽了路茲的說明，母親便嘆氣說：「我就知道。」神色凝重的法藍還向母親道歉，認為是他沒有盡到侍從的本分。母親輕聲安撫道：「我早就猜到如果讓梅茵去參加星祭，一定會是這樣的結果了。她應該會昏睡上好幾天，再幫我向神官長說一聲吧。」然後讓我躺上床。

「雖然全身都被潑溼還發燒，但祭典好玩嗎？」

「有好多事情都讓我大吃一驚，但孤兒院的孩子們都笑得很開心，很好玩喔。」

路茲與家人的判斷十分正確，結果我發燒昏睡了三天。路茲來探望我時，我拜託他向班諾報告塔烏果實和陀龍布的事情，然後傳來了這樣的回覆：「老爺說想和妳討論詳細情況，退燒後在去神殿前，先來一趟店裡。」

「班諾先生，早安。」

「妳又惹麻煩了。」

顯然心情欠佳的赤褐色雙眼倏地往我瞪過來，我「嗚」地畏縮。

「哪、哪有，現在不用再等陀龍布不知道什麼時候、又會從哪裡冒出來，隨時都可以採集了耶。只要先安排好人手，就能輕易地砍到陀龍布的樹枝，這樣子不僅安全，也是值得稱讚的事情吧？」

「這點確實值得稱讚。如今知道了塔烏果實就是陀龍布的種子，又能穩定地獲得陀龍布，確實也值得高興。但是，伴隨而來的麻煩應該更多吧？」

「是嗎？」

我完全沒想過會有什麼伴隨而來的麻煩，班諾就嘀咕說「妳這傢伙果然又不用大腦了」，接著看向站在我旁邊的路茲。

「路茲，你去通報神殿一聲，說梅茵今天會晚到。之後直到我叫你之前，都先跟在馬克身邊吧。因為說教要花不少時間。」

「是，老爺。」

路茲露出苦笑，留下根本構不成安慰的鼓勵說：「梅茵，加油啊。」就走出了辦公室。在沒有了任何同伴的房內，班諾用指尖輕敲桌面。

「路茲向我報告過了。聽說塔烏果實在吸收了魔力後，一下子就長成了陀龍布。這是真的嗎？」

「是真的。」

「妳認為這可以代替魔導具嗎？」

雖然冬季期間會找不到塔烏果實，這點令人不安，但以我來說，我想只要有二十顆塔烏果實，應該就能撐到明年春天，不會被魔力吞噬而死。但聽說隨著身體成長，魔力量也會增加，所以不知道到了成年的時候，究竟會需要多少顆果實。

「我認為可以。所以……」

「這件事妳絕不能洩漏出去。」

班諾的表情非常嚴厲。為了拯救身蝕，我才拜託班諾把可以使用塔烏果實的消息傳播出去，所以聽到他這麼說，不敢置信地瞪大眼睛。

「魔力的管理是貴族的管轄範圍。萬一讓世人知道在森林裡就能撿到的果實可以代替昂貴的魔導具，恐怕會使得貴族社會陷入混亂，神殿的地位也會岌岌可危。要是隨便流傳出去，恐怕還會有人要了妳的命。」

「……可是，要是保持沉默，有身蝕的平民就永遠也無法得救了吧？」

好不容易發現了不用花錢就能得救的方法，如果不能讓大家知道，就救不了原本可以得救的人了。

「嗯，是啊。但是，妳要怎麼辨別有身蝕的孩子？我可是完全看不出來。同樣是身蝕的妳，從外表就看得出來嗎？」

我無力地搖頭。我見過的身蝕就只有芙麗妲，但光看外表，根本不知道芙麗妲是身蝕，也不知道她擁有魔力。若無法分辨出誰是身蝕，自然也救不了他。

「如果是讓剛出生的孩子們都觸摸果實，以此來辨別他們有沒有魔力，這個做法也許行得通。但是，在查明孩子具有魔力的時候，就會被貴族帶走吧。明知道在辨別結果出來的同時，孩子就會被帶走，誰還會帶著孩子來做測試？至少妳的家人就不會讓妳參加。」

我不禁語塞。不想和家人分開的我，一直想要找到不依靠魔導具，就能夠延長壽命的方法。這麼做就是為了避開貴族。但要是大規模地進行測試，這項消息就會傳進貴族的耳中吧。如此一來就沒有意義。而且，倘若不大規模地宣傳，就無法告訴大家有關身蝕的資訊，和塔烏果實其實可以救身蝕一命。

「那如果不想大動作地集結剛出生的孩子，難道要平民家裡有孩子發燒的話，就帶孩子過來檢查嗎？如果是身蝕，就能用塔烏的果實治好，但如果是其他疾病，難道要把對方趕回去說，『不好意思，我們無能為力』嗎？要是用這種方法進行測試，反而有可能害自己感染到其他疾病，也會無謂招來那些父母的怨恨。」

為什麼那孩子的病一下子就治好了，我家的孩子卻——完全可以預見到有父母會這麼說。對於班諾所提出的、我自己卻完全沒想過的可能情況，我不由得握拳。

「如果那些身蝕不依靠貴族，自己長大成人，真的不會為身邊的人帶來任何困擾嗎？明明擁有強大的魔力，卻在沒有知識的情況下長大，他們能夠正確地操控自己的魔力嗎？而負責收留買不起魔導具的貴族小孩、藉此蒐集魔力來驅動神具的神殿，地位又會有什麼改變？一直以來都獨占著魔力的貴族社會不會天翻地覆嗎？」

「……我不知道。」

聽著班諾接連拋來的疑問，我都沒辦法給予明確的回答。我根本不了解這裡的社會情勢、政治構造，甚至在這世界都是怎麼處置魔力。

「只為了幫助不知道到底有多少人的身蝕，後續所帶來的影響實在太大了。總之，妳現在先當作是自己得到了可以偷偷活下去的辦法，以後就不怕被趕出神殿，或是他們拿魔導具來威脅妳。所以，什麼都不要說。這件事的影響規模太大了，至少已經超出了我的能力範圍。」

既已超出了班諾的能力範圍，那我更是應付不了。如今中央好不容易結束了肅清，貴族之間也不再大規模地調動，雖然貴族數量不多，但情勢已經漸漸穩定下來。如果問我想在這種時候又製造混亂嗎？答案當然是不。我不想惹禍上身。

「如果只是在森林裡採集陀龍布，這就和以前沒有兩樣，所以可以搪塞過關，但關於如何辨別身蝕和幫他們延長壽命這兩件事，我認為最好保持沉默。」

雖然明白，但明明救得了的生命卻不能去救，還是讓我感到不滿。大概是表現在臉上的不滿太明顯，班諾無奈地聳聳肩。

「用不著露出那種表情……如果有身蝕就出現在妳眼前，妳想偷偷幫助他的話，那就幫吧。我只是在提醒妳，千萬別被貴族發現。妳敢向貴族社會宣戰嗎？以後做書，顧客基本上都是貴族喔？」

班諾說的最後一句話，讓我微微笑了出來。笑了後，心情也變得輕鬆一些。如果為身蝕而痛苦的人就出現在自己眼前，那我會幫助他。但看不見的對象，我就無能為力了。就照著自己一貫的原則去做就好了。

「至少要先等識字率提升到一般市民都可以輕鬆地看完一本書，才能夠向貴族社會宣戰呢。雖然這麼麻煩的事情，我也不打算做啦。」

我跟著班諾一起耍嘴皮子，班諾的表情也放鬆下來。

「是啊，要讓一般市民能夠看書，確實是很麻煩。」

「我指的才不是這個，是指向貴族社會宣戰。既然我想讓書普及，當然也訂好了提升識字率的計畫啊。」

難得剛好身在神殿，我已經打定主意，日後要利用孤兒院開辦異世界版的私塾，也就是神殿教室。首先要在教導孤兒們的過程中，把灰衣神官們培育成老師。然後在我具備的知識範圍內，開發印刷技術，參考聖典製作教科書。只要印了聖典來向大家傳教，神官長也不會有意見吧。

「怎麼樣，很完美吧？」

我「唔呵呵」地挺起胸膛，班諾卻是抱住腦袋。

「反正妳訂的計畫一定是漏洞百出，但是就算了……可是，梅茵，妳的大腦就不能運用在書以外的地方上嗎？」

「嗯，大概不行吧。」

但其實應該說是沒運用在書以外的地方過，所以不知道派不派得上用場啦——又補上這一句後，班諾就說「真是太遺憾了」，深深地、深深地嘆了口氣。

「太失禮了！」我板起小臉生氣，但班諾只是笑道：「這是事實。」接著突然變了表情。每當班諾表情認真，又稍微壓低音量，就表示他要討論嚴肅的事情。

「為了盡可能獨占陀龍布，塔烏果實這件事絕對要保密，明白了嗎？」

「是。」

「那麼，關於我前陣子交給妳的問題中最後那個問題，我想聽聽妳的意見。」

……啊，是為了這件事，才派路茲出去跑腿嗎？

終於明白了班諾表面上說是為了說教，而把路茲支開的真正意圖，我吞了吞口水，注視班諾。

路茲前進的道路

「因為路茲還未成年，如果要帶他前往其他城鎮過夜工作，就必須要先經過父母的同意。倘若未經許可就帶路茲出城，會被視為綁架。」

班諾緩緩吐氣，開始說明原委。因為寫在問題一覽表上的，就只有「如何說服路茲的父母，得到出城許可」這句話，所以我很感激班諾多做說明。

「我已經讓馬克去徵求過了同意，但路茲的父母不答應。不知道是商人和工匠的常識不一樣，還是因為路茲的父親個性特別頑固，所以我想聽聽妳的意見。」

「但就算想聽我的意見……意思就是要問我，有沒有辦法能夠徵得路茲父母的同意，然後帶他出城吧？可是，這是路茲、班諾先生和路茲的父母該去商量討論的事情吧？雖然是青梅竹馬，但我在這件事上完全是局外人啊。」

為了工作想帶路茲出城的班諾、實際上也想出城的路茲，和握有許可權的路茲父母。他們才是當事人，我不認為這是我能干涉的問題。我說完，班諾用力抓了抓頭，瞪著我說：

「所以我才想問問妳的意見啊。我現在需要更多情報。最了解妳的人就是路茲，那麼最了解路茲的人，應該就是妳了吧？」

班諾不論什麼事情，都要求做好萬全的事前準備，所以才想在和路茲的父母交涉之前，先蒐集好情報吧。姑且不說工作上的事情，如果是生活方面的瑣事，長時間都和路茲一起行動的我，確實可以說是最了解路茲的人。

「但這明明是工作，為什麼會不答應呢？」

「這個問題我才想問妳。馬克說了，他父母就只是一直堅持說『不行』。之前在租閣樓房間給路茲的時候，我是稍微聽說過他的家庭環境不太好，但究竟是什麼樣的情況？」

自從宣告自己成為商人學徒，家裡的氣氛變糟了以後，路茲也很少再告訴我家裡發生的事。更別說聽來會像是在向上司馬克和班諾吐苦水，更是不會告訴兩人吧。

「其實路茲的家人一直很反對他當商人。」

「妳說什麼？不是反對他當旅行商人，而是連當城裡的商人也反對嗎？」

班諾吃驚地瞪大雙眼，我慢慢點頭。

「因為路茲的父親從事建築方面的工作，路茲的哥哥們也都是建築和木工工坊的學徒，所以好像很希望路茲也成為工匠吧。說是比起生意容易大起大落的商人，腳踏實地工作的工匠更加穩定。」

「但工匠也不一定很穩定吧？」

有些工坊也會因為接不到工作而倒閉，所以工匠未必是絕對穩定的工作。但是，只要技藝出色，同業的工坊就會再雇用自己，不至於經營一家店到債臺高築。

「路茲曾經告訴過我，父親說絕對不准他當商人。」

光聽路茲轉述的，就有很多惡毒的批判，像是商人只會苛扣工匠的報酬、卻沒有任何實際作為，只有狼心狗肺的人才會去當商人。我聽的時候總會不由得想，不知道路茲的父親究竟遇過多麼惡質的商人、吃過多大的虧。

「……在這樣的情況下，路茲居然還能成為商人。」

想想城裡的孩子都是在父母和親戚的介紹下，從事與家人職業有關的工作，路茲也許算是異類。但是，看他現在工作的樣子那麼神采飛揚，我還是認為路茲的選擇並沒有錯。

「之前要是父母怎麼樣也不答應的話，路茲還打算成為住宿學徒。後來是因為路茲的母親感受到路茲的決心，現在才會住在家裡。」

「住宿學徒？他跟家人的感情不好到了甚至不惜成為住宿學徒嗎？」

班諾眨著眼睛。一般小孩子根本不會有這麼瘋狂的想法，想要主動跳進住宿學徒這種惡劣的環境裡。因為在想成為住宿學徒的那個當下，就等同在向眾人宣告，那種惡劣的環境比起自己的家庭還好得多。

「因為現在路茲都絕口不提，所以我也不知道他跟家人處得好不好。但是，路茲的哥哥們都對路茲沒有好臉色這一點，讓我很擔心。」

「沒有好臉色嗎？」

「看在家人眼裡，大概都覺得路茲只是在違逆父親，隨著自己心意在做事吧。而且可能是因為工作性質不一樣，根本看不見路茲的努力和成果，才會那麼反對。但我也沒有和哥哥他們討論過路茲的事情，所以也不清楚。」

我從沒有和哥哥他們認真地討論過關於路茲的事情，至於路茲的父親，更是從來沒見過面。我知道路茲家的四個男孩子中，長男札薩長得最像父親；而父親是位建築工匠，對自己的工作感到自豪，但也僅此而已。我經常可以看見媽媽們圍在井邊聊天，但好像很少看到爸爸們。

「要是知道父母的反對會讓自己的夢想破滅，我覺得路茲會離家出走。因為他很頑固，決定好的事情就不會妥協。可是，住宿學徒是最後的手段吧？未成年的孩子要一個人生活會很辛苦，而且雖然說了這麼多，但我認為家人仍然是重要的依靠。」

聽我說完，班諾瞬間仰頭看向樓上，露出了苦笑。年紀輕輕就父母雙亡、吃了不少苦頭的班諾非常重視家人，戀人去世後，還用情至深到堅持維持單身。我不認為他會想讓路茲的家庭產生裂痕。

「如果想讓事情圓滿落幕，就只能向路茲好好說明，請他忍耐到成年了吧？一旦成年，他就不再需要父母的許可，也可以避免與家人對立，所以現在最好先等待。這應該是最保險的做法了吧？」

如果是沒有父母的許可，一輩子都不能離開城市那倒也罷，但若是成年後，夢想就能實現，我認為現在大可以先忍耐。既然路茲也不樂見，就沒有必要特地製造裂痕。我提供了最保險的做法後，班諾卻沉著臉搖搖頭。

「這樣子太慢了，會來不及。」

必須要趕上什麼事情才行嗎？我偏頭不解，班諾先是抿緊嘴唇，再慢慢吐氣。

「這是店裡的事情……現在還不能說。」

如果是工作上的事情，那並非店裡一分子的我就不該過問。輕描淡寫地應了聲「這樣啊」，我「嗯……」地沉吟。

「那麼，假設這次的事情一定會讓路茲和家人之間產生裂痕吧。我認為路茲比起家人，更會選擇成為商人生活下去。既然班諾先生都在考慮要帶路茲去其他城市，想必對路茲一定抱有很高的期望吧。可是，路茲只是一個學徒，關於他在生活上會遇到的困難，班諾先生究竟打算幫到什麼程度呢？」

面對只簽了都盧亞契約的路茲，班諾並沒有義務要照顧他的生活起居。如果連路茲的生活層面也幫忙照顧，那麼與其他都盧亞間的差別待遇更會擴大。但是，如果班諾只考慮到工作層面，並不打算在生活層面上照顧路茲，那麼路茲現在就算成為住宿學徒，也只會吃苦。與其那樣，倒不如維持現狀。所以，我絕不接受班諾只是講幾句話敷衍我——我一邊這樣想著，一邊注視班諾。他像在表示投降般輕抬起手。

「我個人……是打算把路茲收為養子。」

班諾的回答太過出乎意料，讓我大吃一驚。倘若班諾願意照顧路茲到這種地步，那就算路茲奮不顧身地離家出走，我也不用太過擔心。即使路茲選擇了成為可以離開城市的商人，因此與家人分開，有了班諾這個後盾，生活和工作上都不需要擔心。

「我完全沒想到班諾先生為了路茲，竟然考慮到了這麼遠。既然這樣，你應該先把情況告訴路茲，再找路茲的父母一起商量啊！」

「把情況告訴路茲嗎……」

班諾「唔……」地一臉猶豫，不情願地發出悶哼。

「畢竟路茲的意願才是最重要的吧。從以前到現在，路茲也都是自己作決定。」

如果要收路茲為養子，代表路茲將來會繼承班諾的店。之前說過奇爾博塔商會將由珂琳娜的孩子繼承，那麼路茲要繼承的，大概就是植物紙和義大利餐廳等與梅茵工坊有關的事業。所以在成立新的植物紙工坊時，班諾才想讓路茲同行吧。一想到路茲至今的努力得到了班諾的認同，我就像自己受到表揚一樣開心。

「對於路茲要成為我的養子，妳很開心嗎？」

「我不是開心路茲要成為養子，而是開心路茲的努力得到了認同。」

班諾輕笑一聲，搖鈴呼喚馬克。看來秘密對談結束了。

「老爺，有什麼吩咐嗎？」

「去叫路茲過來。」

馬克以滑行般流暢優雅的動作離開辦公室後，再帶著路茲走回來。路茲想必很用心在觀察和模仿馬克的動作吧。看著兩個人的動作越來越像，感覺有點有趣。

「路茲，我有事想和你的父母商量。近期內能安排一個時間嗎？」

班諾的要求太過突然，路茲不知所措地眨眨眼後，稍微偏過頭。

「……有事和我的父母商量嗎？是，我知道了。」

取得了路茲的口頭同意後，班諾輕輕點頭，接著告訴他今天的工作內容。送我回到神殿後，就要前往正在量產陀龍布紙的梅茵工坊工作。路茲露出簡直和馬克如出一轍的微笑，點一點頭。

「是。梅茵，那走吧。」

我和路茲一同前往神殿。感覺所有事情都正朝著對路茲有益的方向發展，我情不自禁地開心哼歌。

「梅茵，妳心情很好喔。」

「因為我很開心嘛。」

「哦？明明聽了老爺的說教，居然還這麼有精神，那很好嘛。」

「嗚……這種事就別讓我想起來了。」

一路上路茲還告訴我，在我發燒的這幾天，班諾都派他前往梅茵工坊，負責大量生產陀龍布紙。這段期間他也和孤兒們一起去了森林，做好了大量的黑色樹皮，也像兩人以前常做的那樣在森林裡蒸奶油考夫薯。

「比起梅茵，感覺我做的事情更像是工坊長吧？」

路茲說，我則是輕輕聳肩。因為青衣巫女不能做勞力工作，所以我不能出手幫忙。雖然看大家都做得那麼開心，我也很想加入，但一律遭到嚴格禁止。

「工坊長就只是我一邊當見習巫女，一邊增加收入的頭銜而已。對於實際上付出勞力工作的路茲，我會給你副工坊長的頭銜和薪水，所以加油吧！」

「副工坊長聽起來是很酷啦，但其實就是梅茵的幫手吧？跟以前沒有兩樣啊。」

「以後大概也不會變喔。因為都是由我構思新商品，再由路茲販售啊。」

會讓路茲待在梅茵工坊指導孤兒們做紙，應該也是班諾規劃的、為了推廣植物紙所需的教育一環吧。

「……咦？怎麼沒有半個人？」

抵達神殿時，卻沒在大門看見半個侍從。自從開始到神殿報到後，這還是第一次沒有半個人在大門等我。我轉頭尋找起侍從的蹤影，路茲便牽著我的手走進神殿。

「因為我先聯絡了法藍，說老爺要對妳說教，不知道什麼時候才會結束，所以他才不在。直接去院長室就好了吧？」

「確實是不能讓他一直待在外面等我呢。路茲，謝謝你。」

「那我去工坊了。回去時再來接妳。」

和路茲在通往禮拜堂的階梯前方道別後，我走上階梯，繞過孤兒院所在的建築物，前往院長室。看到平常總由侍從為我打開的大門關著，我有些手足無措。

雖然想呼叫侍從，但我又沒有隨身帶著鈴鐺，要是大聲呼叫，又會被罵「不成體統」，真不知道該怎麼做才正確。因為不曉得怎樣的舉動才符合貴族，我站在大門前沉思了半晌。但明明不知道正確答案，煩惱也無濟於事。況且就只是要進自己的房間而已，突然覺得這麼煩惱也很蠢，於是我決定敲門後自己開門。

……反正又沒有人會生氣，之後再問法藍該怎麼做才正確吧。

我「咚咚」地敲門，喊道：「我開門了喔。」然後握住門把打開門。只見法藍神色慌張地快步奔下樓梯。

「法藍，早安。讓你擔心了呢。現在我燒也退了，已經沒事了喔。」

法藍露出了為難至極的表情，先瞥了一眼二樓的方向，然後壓低音量說：

「梅茵大人，其實……」

「這是怎麼回事？妳身為淑女，怎麼能夠不帶半名侍從就一個人走過來？」

「咦?!神官長?!」

居然會在自己的房間裡看見神官長，我簡直不敢相信！我錯愕地仰頭看著從二樓俯視我的神官長。
「快點閉上嘴巴，成何體統。還有，在平民區也就罷了，以後妳絕不能再做出自己一個人在神殿裡走動這種有損體面的行為。」
我在法藍的催促下走上二樓，與神官長面對面，一邊優雅喝茶，一邊乖乖地聽著神官長滔滔不絕的訓話。根據神官長的訓話，貴族應有的正確開門方式，是「一定要預先通報，讓侍從在大門等候」，再不然就是「告知守衛自己的到來，並於等候室等侍從趕到」。
……對我來說有點難度呢。不過，只是開門的方法而已，居然可以訓斥到這麼又臭又長。究竟什麼時候才會結束呢？
安靜地聽著聽著，越來越感到無聊的我，才發覺自己不知道神官長為什麼來訪，決定改變話題。
「神官長，我已經知道要怎麼開門了。」
「我不是在教妳該怎麼開門，妳到底都聽了哪些話進去?!我是在告訴妳身為淑女應該要……」
……哎呀呀，原來訓話的內容不是在指導該怎麼開門。這我倒是沒發現。
眼看神官長的情緒又激動起來，打算重新開始說教，我急忙搬出問題打斷他。
「神官長，可以請問你為何來訪嗎？神官長居然會特地來到我的房間，一定是有什麼理由吧？難道不是什麼急事嗎？」
平常這時候，我們早就開始處理文書工作了。雖然神官長說過，有了我的幫忙後，現在終於可以比較放鬆，但我可不希望神官長把多出來的時間拿來說教。大概是想起了正事，神官長輕咳一聲，看著我說：

「妳的燒已經完全退了吧？」

「咦？是的，已經完全恢復了。非常抱歉讓你擔心了。」

「那就好。」

嘴上說著「那就好」，神官長卻露出了讓人心底發寒的笑容。眼見神官長居然切換成了在秘密房間裡才會出現的說教模式，我嚇得挺直了背。

「我明明說過不要引起騷動，沒錯吧？」

「咦？咦？」

因為發燒臥病在床了好幾天，剛才又和班諾談過話，所以我完全搞不清楚神官長究竟是指什麼時候、又是哪一件事。我引發了什麼騷動嗎？

「為了確認你們的善後工作做得是否確實，我前往現場一看，卻發現大範圍的土壤都遭到翻開，甚至還有一部分的石板微幅往上隆起。」

本來還以為才不會有青衣神官跑來這種地方，想不到神官長竟然特地跑去檢查。明明諸事繁忙，卻非得自己親眼確認不可，看來是位做事追求完美又勞碌命的人。神官長瞇起了淡金色的雙眼，緊盯著我，不讓我逃跑。

「你們究竟是做了什麼，才會變成那副慘狀？」

「什麼做了什麼……那個……就跟事前報告的一樣……」

我把視線投向法藍。不知道法藍到底向神官長報告了哪些事情。該怎麼回答才能圓滿收場，現在的我完全沒有頭緒。

「不只法藍，不論我問哪一個孤兒，他們全都回答自己只是砍了要用來做紙的樹木、互相丟了塔烏果實，以及妳發燒病倒了而已。」

「……除了這些事之外，我們真的沒有再做其他事情了。」

我順著神官長列舉出來的答案，忙不迭點頭。不知道塔烏果實會吸收魔力，和砍下樹枝的樹木其實是陀龍布這兩件事有沒有洩漏出去。因為不知道到底有多少事情傳進了神官長耳裡，所以為免多嘴，我噤口不言。之後要問問法藍，神官長追問了他哪些事情。

「既然所有人的回答都差不多，表示事實相去不遠吧。但是，明明害得石板往上隆起，這樣子還敢說是沒有引發任何騷動嗎？」

不曉得接下來會追根究柢到什麼地步？我正繃緊全身，神官長卻只是瞪著我命令道：

「梅茵，罰妳今天一整天都關進反省室。」

……咦？不追究嗎？換作班諾先生，肯定會打破砂鍋問到底喔？

不知道是不是因為在我昏睡的期間，已經向孤兒們問出了來龍去脈，神官長沒有再繼續追問，只是下達處罰。

「關進反省室嗎？」

「沒錯。妳要向神獻上祈禱，好好反省自己的所作所為。」

我的感覺就像是揮棒落了空，但也覺得如果只是要我乖乖進反省室裡待著的話，這也還好嘛。但是和我不一樣，一聽到要被關進反省室，法藍的臉色就變得慘白，戴莉雅更是大喊：

「我真是不敢相信！我從來沒聽說過青衣見習巫女會被關進反省室！太不像話了！」

「神官長，還請您三思！」

看來我將成為史上頭一個被關進反省室的青衣見習巫女。但坦白說，與其要我面對神官長讓人心底發寒的怒氣，還追根究柢地逼問我星祭當天發生的所有事情，我還寧願選擇躲進反省室。

「你們兩個都別說了。是我自己沒能做到答應神官長的事情，這也是應該的。我當然該負起責任，不要處罰到孤兒院的孩子們就好了。」

只要一起玩耍的孤兒們不會因為連帶責任被罵，我就很滿足了。難得玩得那麼開心，要是珍貴的快樂回憶卻被神官長的說教和反省室抹殺掉，未免太可憐了。

「神官長，請問反省室在哪裡，進去後又該做什麼呢？啊，不是的，我當然知道要反省。但為了明白反省是什麼，有什麼該做的事情嗎？」

腦海中浮現出了麗乃那時候遭受過的各種懲罰，像是跪坐、寫反省文和掃地。神官長輕挑起一邊眉毛，低喃說：「妳在說什麼啊？」看來我又對神殿裡的人，問了大家都知道的問題。

「當然是要對神獻上祈禱啊。」

……咦？所以是處罰我維持一整天跑〇人的姿勢嗎？

意外的痛苦處罰讓我啞然失聲。吉魯安慰我說：「梅茵大人，我已經很習慣了，會陪妳一起進去。」但當然神官長不允許有人陪同，只有我一個人進入反省室。

「妳就在這裡好好反省吧。」

神官長帶著我來到禮拜堂旁邊的反省室，催促我進去。

反省室和禮拜堂一樣，是由白色石頭建成的小房間，在相當高的上方處鑿了細長的縫隙，讓空氣能夠流通。光線同時也從那裡流瀉進來，所以白色小房間比我想的還要明亮。地板和四面牆壁都由白色石頭砌成，雖然時值夏天，小房間卻十分寒冷。到了冬天恐怕會很難熬，但夏天的時候應該不至於太痛苦吧。

「梅茵大人，您沒問題嗎？」

「嗯，放心吧。」

木門關上後，再也看不見滿臉憂心的法藍和吉魯。既然沒有人負責監督我，我自然不可能認真地獻上祈禱，直接往角落坐下。冰涼的觸感非常能夠鎮定心神。難得多了這麼多時間，我悄悄從裙子口袋裡拿出班諾寫的問題列表，決定來思考要怎麼解決這些問題。反省的話，等神官長來察看的時候再做就好了。

「嗯……這個問題只要妥善地導入拒絕生客的機制，應該就有辦法解決吧？但這個問題要怎麼辦呢？我想了解貴族的三餐，所以請神官長邀請我去吃午餐和晚餐吧——但現在真是有點開不了口呢……呵啊啊啊啊。」

一直看著紙張，忍不住就打了偌大的呵欠。該不會身體還沒有完全恢復吧？開始非常想睡。從肚子餓的程度來看，現在應該已經過中午了。我摺起寫有問題列表的紙張，放回口袋，打橫躺在地板上。先睡一會兒午覺，讓自己恢復體力吧。於是我任由自己的意識變得迷迷糊糊，閉上眼睛。

「梅茵，明明是叫妳反省，妳竟然在睡……法藍！」

「哇啊！梅茵大人?!」

躺在冷冰冰的石造地板上午睡後，我的身體似乎也跟著冷得像冰塊一樣。為了放我出來，神官長再次來到反省室時，我已經開始發燒，整個人動也不動。我還聽見法藍懊悔地在耳邊說：「居然在病好後，回到神殿的當天又讓梅茵大人發燒，該怎麼向梅茵大人的母親道歉才好。」

「她的身體不是恢復了嗎?!」

「神官長，恕我直言，您太小看梅茵大人的虛弱程度了。所以我那時候才請您三思。」

「原來不是為了面子，是考慮到她的身體狀況嗎……」

因為神官長不顧法藍的忠告，結果我病才剛好，又再次發燒病倒了。這是我的責任——在我反省之前，聽說神官長更對於把我關進反省室一事深深地反省了自己。

路茲離家出走了

在我臥病在床的第三天，多莉突然衝進了臥室。

「梅茵，不好了！拉爾法說路茲離家出走了！」

我反射性地馬上坐起來，瞬間又往下癱倒。

「多莉，怎麼回事？發生什麼事了？路茲沒事嗎？」

我無力地趴在床上，接二連三地發問後，多莉露出「糟了」的表情。她為難地垂下眉梢，摸了好幾下我的頭。

「梅茵，對不起喔。我應該等妳退燒之後再說的……妳不可以太激動，又會發燒喔。」

「多莉，快告訴我。」

我握住多莉的手，再三央求她告訴我後，多莉才無奈地嘆氣。

「……我去叫拉爾法過來，梅茵就躺著吧。知道了嗎？」

我點點頭，多莉翻身走出房間。聽到玄關大門打開又關上的聲音，接著是鎖上鑰匙的聲音，多莉的腳步聲越來越小。我一邊豎起耳朵聽著，一邊虛軟地趴在床上。

快點回來吧——我焦急地等著多莉回來，不久開始聽見輕盈的腳步聲逐漸逼近。接著有人打開玄關門鎖，開關大門。

「……拉爾法，路茲呢？」

拉爾法在多莉的帶領下走進來，一看到還沒退燒、無法下床的我就嘆氣。

「虧我還以為一定是梅茵把路茲藏起來了……」

「我剛才就說了吧？梅茵已經連續昏睡三天了，怎麼可能知道昨天傍晚離家出走的路茲去了哪裡嘛。」多莉氣憤地說。

「對不起啦，剛才懷疑妳。」拉爾法先向多莉道歉，然後轉身面向我。

「昨天路茲一回家，就對老爸大聲咆哮說：『你為什麼要妨礙我?!我一直都在忍耐，我再也不要待在這個家了！』當時他的表情跟氣勢都很嚇人。」

聽到拉爾法這麼說，我就明白路茲為什麼離家出走了。一定是班諾告訴了他，為什麼無法帶他前往其他城鎮吧。我因此有些鬆了口氣。那麼，路茲現在應該在班諾那裡尋得了庇護。就算不會馬上收路茲為養子，但至少會提供相同水準的待遇吧。

「雖然老媽很擔心，但老爸只說反正路茲很快就會回來，所以不要管他。我們也覺得等他肚子餓了，就會回來，可是現在都過早上和中午了，路茲還是沒有回家，我們就開始擔心了。梅茵，妳知道路茲會在哪裡嗎？」

對於拉爾法的問題，我內心升起不安。如果現在是由班諾在保護路茲，他應該在工作。怎麼可能不知道路茲在哪裡呢。

「你說不知道路茲在哪裡……難道路茲也沒有去工作嗎？」

「呃……其實我們不知道他在哪裡工作……」

我問完，拉爾法困窘得眼神左右飄移。我一時間無法理解拉爾法怎麼會說不知道路茲在哪裡工作。雖然洗禮儀式到現在才過兩個半月，但路茲早在成為學徒前，就經常出入奇爾博塔商會，已經往來了將近一年的時間。

「怎麼會不知道？不就是奇爾博塔商會嗎？」

「……名字我後來知道了啦。你們來過奇庫的工坊吧？可是，奇庫也不知道商會在哪裡。」

「那如果路茲和我沒有去過奇庫的工坊，現在連名字也還不知道嗎？」

我小心翼翼地問，拉爾法就尷尬地別過頭。看到拉爾法這樣，多莉不禁大叫：

「我真不敢相信！拉爾法，你連弟弟在哪裡工作都不知道嗎？家人之間不是至少都會討論到工作的事情嗎？」

同樣是兄弟姊妹，但姊妹和兄弟間聊天的內容與次數，多半還是不太一樣吧。但是，這樣的情況真的有些嚴重。雖然我不知道是對弟弟漠不關心，還是在逞強不肯問他，但我認為都離家出走了卻找不到人，是很嚴重的問題。我伸手抓住拉爾法的衣襬。

「……拉爾法，雖然可能是我多管閒事，但拜託你稍微和路茲談談吧。」

「是路茲自己什麼都不說吧。而且一直在忍耐的人明明就是我。就算家人再怎麼反對，路茲還是去做了自己想做的工作，連休息的日子也不去森林採集，只顧著自己玩得很開心啊。他到底是在忍耐什麼啊！」

拉爾法用力甩開我的手，瞪大了眼睛怒吼。

「拉爾法！別對梅茵這麼粗魯！她還沒有退燒耶！」

「對、對不起……」

原來人的大吼會讓腦袋嗡嗡作響呢——我一邊這樣想著，一邊也知道自己老在路茲休息的時候指使他做事，所以為路茲說話。

「但路茲休息的時候出門，都是為了工作喔。不管是班諾先生叫他過去，還是我指使他做事，都會付給他薪水啊。他並不是出去玩。」

拉爾法吃驚得瞪圓了眼後，輕甩甩頭。

「……這種事我們又不知道。」

因為都不交談，才會產生分歧吧。但拉爾法無疑是在擔心不回家的路茲。而必須與拉爾法好好談談的人不是我，而是路茲。

我仰頭看向多莉。多莉去過珂琳娜家，也一起去買過衣服，所以不只班諾，也和一些店員打過照面。比起拉爾法一個人突然闖進奇爾博塔商會，應該會好一點。

「多莉，拜託妳帶拉爾法去奇爾博塔商會吧。要是路茲看起來精神不錯，不用勉強把他帶回來也沒關係，至少請妳去看看他是否平安無事吧。拜託妳。」

「好啊，因為我也很擔心路茲。拉爾法，走吧。」

多莉牽起拉爾法的手，帶他走出臥室。拉爾法似乎在擔心我，中途回頭看了我一眼。我對擔心得回望的拉爾法，回以有氣無力的笑容。

拉爾法從以前就是很會照顧人的大哥哥，雖然現在心裡面覺得路茲很任性，但還是在擔心他。追根究柢，路茲和拉爾法兩個人都沒有錯，兄弟間的感情卻徹底出現了裂痕。要是去看路茲的拉爾法，能和路茲面對面好好談談就好了——我這樣心想著閉上眼睛。

醒來時，太陽已經快要下山了。幾乎要穿透眼皮的刺眼光芒從窗外筆直地照在了臉上，所以我才醒過來。多莉好像已經從店裡回來了，我聽見廚房傳來準備晚飯的聲音。喉嚨渴了，我拿起木杯喝水潤喉。大概是察覺到了我的動靜，多莉從敞開的門外探頭進來。

「梅茵，妳醒了嗎？吃得下飯嗎？」

我點點頭，遲緩地坐起來後，多莉幫我把麵包粥端到床上。我慢吞吞地吃著麵包粥時，多莉告訴我去商會後發生了哪些事。

「路茲在店裡面，很認真在工作喔。看起來精神不錯。」

「是嗎？那就好。」

本還擔心路茲離家出走後，會不會被捲進麻煩裡，或是班諾沒有收留他、導致他無處可去。幸好這些可怕的事情都沒有發生，我撫胸鬆了口氣。

「一看到路茲，拉爾法就說：『快點回去吧！』想要強行把路茲帶回家，但路茲就要拉爾法別打擾他工作。拉爾法大概也生氣了吧，兩人吵了一會兒後，就大吼說『隨便你啦！』離開了商會……聽說拉爾法的父親也說，既然路茲在工作的地方，那就別管他了。」

彷彿親眼看見了路茲家原有的小裂縫演變成了難以修復的裂痕，逐漸分崩離析，我難過得像被人捏住心臟。

「梅茵，我知道妳很擔心，但要快點養好身體，才能去看路茲喔。」

「……嗯。」

隔天，來接我的人不是路茲，而是吉魯。原來是路茲吩咐吉魯，希望吉魯暫時代替自己。枉費吉魯特地跑來，我卻還在發燒，所以無法去神殿。看到我依然躺在床上，吉魯擔心地低頭看我。

「梅茵大人，妳還沒有退燒嗎？」

「嗯。就算退燒了，也還要再觀察一天，所以可以三天後再來接我嗎？」

吉魯擔心地點頭後，在我枕邊跪下，執起我的右手，像要親吻我的手背般湊上臉龐。「咚」地一聲，吉魯的額頭貼在我的手背上，然後傳來流暢的祈禱文。

「願治癒女神洛古蘇梅爾庇佑梅茵大人。」

「謝謝你。也願神的祝福與吉魯同在。」

吉魯一臉依依不捨地離開後，依約在三天後再度來接我。因為已經退燒了，也得到了家人的外出許可，所以我和吉魯一起出門。路茲不在，總覺得哪裡不太對勁，害我靜不下來。下樓走出建築物後，就看見路茲的母親卡蘿拉正在水井廣場上洗著衣服。我快步衝上前，問：

「卡蘿拉伯母，路茲還沒回家嗎？」

卡蘿拉不語地搖頭。身材豐腴、講話總是喋喋不休又爽朗到有些嚇人的卡蘿拉，現在卻疲憊又憔悴。

「梅茵……妳也不知道路茲現在怎麼樣了嗎？」

「我聽拉爾法和多莉說過，但這幾天因為發燒一直在睡覺，現在才要去商會看看路茲……」

「是嘛。那能麻煩妳之後再來告訴我，路茲過得好不好嗎？」

當下我心想著「明明可以自己去看啊」，但還是答應了卡蘿拉，和吉魯一起離開廣場。

「吉魯，我想去看看路茲，所以要先去商會喔。」

「梅茵大人想去的話當然可以。可是，其實剛才那個阿姨根本不用那麼擔心啊。就算沒有父母，小孩子還是活得下去。孤兒院裡的孩子們就都沒有父母。」

「……是啊。」

但我第一次踏進孤兒院的時候，有些小孩子根本活不下去吧——我把這句反駁吞回肚裡。因為我突然間覺得，孤兒院裡生來就沒有父母的孩子們，如果不心想「沒有父母也無所謂」，恐怕就活不下去吧。

抵達奇爾博塔商會後，馬克笑容可掬地走來迎接我們。路茲跟在他後面，在寫字板上寫著字。

「梅茵，早安。身體已經恢復健康了嗎？」

「馬克先生，早安。燒總算退了呢。但比起這件事，我聽說路茲離家出……」

「這件事請到裡面再談吧。這些天路茲的家人都來到店裡大聲吵鬧，員工們的心情也都有些心浮氣躁。」

馬克帶著溫和的笑容打斷我。看來除了拉爾法外，也有其他家人跑來店裡，想帶路茲回家。商會一向以貴族為客群，強調品質，主打高級品，要是接連好幾天都有衣衫襤褸的貧民跑來鬧事，會給人留下不好的觀感吧。再這樣下去，路茲在店裡的立場也會變得很為難。我閉上嘴巴點點頭。

「老爺，梅茵有話要對路茲說，我讓他們兩個進來了。」

「……我這裡可不是談話室也不是諮詢室。」

「這我當然知道。」

馬克臉上笑著，全身卻散發出了不容分說的氣息，班諾只好嘆著氣答應。

「班諾先生，對不起。其實我們也可以到外面去說……」

「不，在裡面談吧。不只店裡，昨晚路茲的母親甚至跑來我家，把我們當成了綁架犯，大吼大叫要我們把路茲還給她。馬克盛怒下就把她趕回去了。」

「老爺，對不起。」

想像了卡蘿拉用平常充滿魄力的嗓門怒吼的模樣，我不禁虛脫無力。但下一秒，更對「馬克盛怒下」這句話感到戰慄。居然能把卡蘿拉趕跑，到底發生了什麼事？卡蘿拉會疲憊憔悴到像變了一個人，難道就是因為經歷過了馬克的怒火嗎？總覺得最好不要詳細追問，所以我轉向路茲。

「路茲，你現在住在哪裡？住在班諾先生家嗎？」

「什麼我住哪裡，我當然是住在放行李用的閣樓房間啊。所以直到今天早上，我都不知道媽媽來過……」

也就是說，卡蘿拉沒能見到路茲，就被馬克趕回去了。怪不得她會要我來看看情況，我的心情變得複雜。

「……慢著，咦？你住在閣樓房間？」
「對啊，不然我還能去哪裡？」
路茲說了，他現在是在當作倉庫的閣樓房間生活。也就是說，待遇和住宿學徒完全沒有兩樣。也表示明明說過想收路茲為養子的班諾，並沒有伸出援手給予協助。
「班諾先生，這是怎麼回事?!你不是要收路茲為養子嗎?!」
「……收我為老爺的養子？咦？妳在說什麼啊？」
從路茲滿腹疑惑的表情來看，顯然班諾什麼都還沒有對路茲說。我抬頭瞪向班諾，他也用盈滿怒氣的雙眼低頭看著我，劈頭就罵：
「妳這白痴！就算想收路茲為養子，怎麼可能沒有父母的許可就擅自收養！現在是我向路茲說明了情況以後，他自己選擇的結果。而且我說過多少遍了，要妳不要不經大腦就亂說話！在得不到對方父母同意的情況下，妳還告訴他養子這件事！」
完蛋了！我摀住嘴巴，但已經來不及了。路茲的雙眼發出陰沉的光芒。大概是離家出走後，一個人生活面臨了很多辛苦吧。彷彿找到了可以宣洩不滿的對象，路茲平常總是正向積極的眼神，現在變得消沉陰暗。
「梅茵，難道妳早就知道了嗎？」
「是我告訴她的。為了了解你家的情況和你父母。」
「老爺……」
聽到班諾這麼說，路茲的眼神有些迷茫。路茲用像是迷了路，正在尋找自己容身之處的眼神看著我。

「可是，既然……梅茵都知道的話，為什麼不告訴我？」

「因為我知道，路茲一定會像現在這樣離家出走，不再和自己的家人有交集。我明明這麼重視自己的家人，不想要做出會破壞路茲家庭的事。」

雖然不想做出會破壞路茲家庭的事，但如果待在家裡實在太痛苦，班諾又願意接納路茲……願意收他為養子的話，那照著路茲的期望去做就好了。我本以為只要有班諾當後盾，成為住宿學徒後，等到能不受父母干涉、可以自己為自己做主的年紀為止，路茲都不需要在刻苦的環境下艱難度過。

然而現實中，路茲真的離家出走了，還因為沒有父母的許可，無法被收為養子，成了住宿學徒在閣樓的房間裡生活。雖然才五天而已，但一個孩子要獨自生活果然非常難熬吧，路茲的眼神變得很灰暗。

「連梅茵也覺得是我不好嗎？是我不應該離家出走嗎……」

多莉告訴了我，拉爾法在來帶路茲回去時說過這些話：「你別再任性了，快點回家！」「你不要這麼自私！」「給店裡添麻煩的人是你才對。」「你鬧夠了吧！」

只要路茲回家道歉，應該又能過回和以前一樣的生活吧。然後聽著家人說：「看吧，你根本不可能去當住宿學徒嘛。」只能心裡想著，是我太任性了、我只能忍耐，內心不斷累積著不滿，一邊生活下去吧。但是，因為不想看到那樣的路茲，所以我立即否定。

「我才不會說是路茲不好呢。怎麼可能這麼說嘛。因為我知道路茲一路到現在有多麼努力，也知道你一直在忍耐啊。」

「是嗎……」

路茲如釋重負似地吐氣。於是我望進路茲翡翠色的雙眼，握住路茲的手。

「不管發生什麼事，我都會站在路茲這一邊。因為那時候是路茲說了，我可以維持自己原本的樣子留在這裡，所以我現在才會在這裡。」

我也曾經有過身邊沒有半個人真正了解我，而把自己關進自己世界裡的經驗。當時的我非常不安，覺得沒有我的容身之處，雖然在這裡生活，內心卻一直無法獲得平靜，是路茲說了：「我的梅茵是妳就好了。」才讓我留在了這個世界。希望我當時感受到的那份安心，多少也能夠傳達給路茲。

「所以我也要對路茲說，路茲做你自己就好了。我絕對會為你加油。就像路茲幫助過我一樣，我也會竭盡所能幫路茲的忙，所以難過的時候就依靠我吧。」

路茲翡翠色的雙眼變得溼潤，又哭又笑地抱住我。

「哈哈……妳這同伴也太不可靠了。我要是真的依靠梅茵，妳會被壓扁吧。」

路茲帶著哭腔說。我幾乎要被他壓扁，但還是不滿地鼓起臉頰，輕拍路茲的背。

「我多少還是可以幫上忙啊。對了，像是一起在神殿吃午餐……怎麼樣？閣樓的房間沒有廚房，沒辦法煮飯吧？」

「……說一起吃飯，但真正煮飯的人又不是梅茵。」

耳邊傳來「嘶嘶」的吸鼻子聲。但是，路茲的話聲聽起來變得明亮多了。我也呵呵地笑了。

「這種時候應該要說『梅茵大人，真是感激不盡』才對吧？」

路茲發出笑聲抬起頭，臉上已經恢復了平常樂觀的開朗笑容。也許我為路茲幫上了一點忙吧。

「……喂，你們夠了沒有？」

班諾在辦公桌上托腮，用非常無言以對又厭煩的表情問。我繼續拍著路茲的背，歪過頭說：

「……話是說完了，但怎麼了嗎？」

「沒怎麼了，但講完了就回去工作。太礙眼了。」

快點解散——班諾揮著手說。路茲急忙放開我，走出辦公室。我也向班諾致意，準備告辭，班諾卻緊盯著路茲走出去的那扇門說了。

「梅茵，我也和妳一樣，想要盡快改善路茲現在的處境。但是，看他母親昨天來勢洶洶的樣子，收養養子這件事如果不等她冷靜一點，大概沒有商量的餘地吧。」

班諾非常冷靜地分析了情勢，我聽了就像吃到黃連，喉嚨一陣緊縮。

「目前路茲的生活可能還要持續一段時間。雖然現在還沒問題，但生活的不安定，也會對內心造成影響。而且要是路茲的家人向外宣稱我們綁架或欺騙他，也會影響到商會的聲譽，所以我現在不能介入。既然妳是路茲的同伴，就盡量多幫幫他。」

「……是。」

本來路茲就算搬離家裡，也能成為班諾的養子，全心全意工作。還可以為了成立植物紙工坊，前往其他城鎮，實現自己的夢想。

然而，現在卻成了住宿學徒，生活過得比以前還要辛苦……

班諾說得沒錯，如果一直持續過著艱辛的生活，路茲會自暴自棄吧。可能會責怪自己，懷疑是不是自己做錯了，也可能會怨恨家人，為什麼不能接受自己。就像路茲支持過我那樣，我又能為路茲做到什麼事情呢？想不出半點有用的方法，我沉重地大嘆口氣。

神官長的邀請函

……路茲這件事該怎麼辦呢？

如今路茲已經離家出走，如果想改善現狀，最好的方法，應該就是讓路茲和路茲的家人面對面，說出自己的想法然後和解吧。現在雙方都把想說的話悶在心裡，沒有傳達給彼此知道，路茲與他的家人才會產生莫大的隔閡。

「……茵……梅茵。喂，妳有沒有在聽？」

肩膀被人搖晃後，我才恍然回神，抬頭看向神官長。神官長揉著太陽穴，低頭看著我，敲了敲石板。

「我看妳好像完全沒有進度。」

「啊，對不起。」

道歉後，我重新開始計算。喀喀喀地動著石筆，計算告一段落後，再度嘆氣。會覺得這樣下去不好，是因為我擁有很棒的家人嗎？如果跟家人在一起會很痛苦，那和他們分開來，是不是對路茲比較好呢？這點是最難的。我究竟該怎麼做，才能夠幫到路茲呢？

「梅茵，妳的手停下來了。」

「咦？啊，這個已經算完了。」

「那接下來換這個……」

如果只是想打破現在的僵局，最快的方法就是和班諾成為養父子。這樣子既能專心工作，工作上也能獲得強而有力的後盾，生活方面也不用擔心。但是，沒有父母的同意，就不能收路茲為養子。況且班諾也聲明過了，這次他不會插手。

雖然也想過安排一個大家可以談話的機會，把路茲、路茲的父母和班諾都找來，讓大家好好談一談，但就算我提議：「大家就開門見山、有話直說吧！」大家也不會因此就齊聚一堂吧。更何況，要是大家越講越激動，班諾和路茲的父親都失去理智，也沒有人能收拾那個局面。怎麼想我都預見不到樂觀的未來。

「……我真的一點用也沒有……」

「沒錯，妳的看法非常正確。」

明明是自言自語，卻有人回答，我吃驚地抬起頭。只見神官長正用恐怖的眼神低頭看著我，揚起下巴示意床鋪的方向。

「梅茵，過來。」

「呃，神官長，但工作放著沒關係嗎？」

「現在得先修理好計算機。」

把人形容成計算機未免太過分了吧？我在心裡頭大表不平，但還是跟在神官長身後，走進說教房間。

房內依然亂糟糟地擺滿了各種物品，我把長椅上的東西推到旁邊，讓自己有位置可以坐。神官長則搬來自己的椅子，煩躁地用力坐下後，不悅地瞪著我。進來這裡時，神官長的情緒起伏會比較明顯一點，所以眼神比剛才銳利了兩倍。

「妳到底在想什麼事情？從剛才開始就一直讓人心煩地嘆氣。」

「對不起，是和神官長完全沒有關係的事情。我會轉換心情，努力工作。」

萬一老實說了，我是因為擔心路茲到沒辦法工作，感覺說教時間會拖得更長。藉由表現出自己在反省的樣子，想盡快結束掉說教，神官長卻倚著把手托住臉頰，老大不高興地瞪著我說：

「既已影響到工作進度，就不是完全無關。」

……神官長所言甚是。

我默默別開視線，不敢直視那雙瞇起的金色眼眸。因為常常被罵我說話都不經大腦，所以我還是盡可能別說話吧。我噤不作聲後，神官長輕嘆著氣站起來，一站到我面前，就用力捏起我的臉頰。

「看到一個小孩子這麼魂不守舍、心神不寧，會讓人擔心得做不了工作吧。」

從神官長把我當成了計算機的態度實在看不太出來，但原來是在擔心我。我抬頭望著老是拐彎抹角、讓人很難理解的神官長。對了，神官長是受過教育的貴族。聽說政治肅清後，貴族的人數大幅減少，很多神殿裡的貴族，都因為聯姻和被收為養子而離開神殿，那神官長會了解收養這方面的事情嗎？

「神官長，你知道有什麼方法可以不經過父母的同意，就收養小孩嗎？」

聽了這問題，神官長驚訝地挑起一邊眉毛。

「怎麼？妳下定決心要離開自己的家人了嗎？」

「不是我啦！」

神官長的爆炸性發言讓我忍不住完全忘了要用敬語，說完就趕緊摀住嘴巴。但神官長只是低聲咕噥說「我想也是」，沒有多加追究。他重新在椅子上坐好，兩邊手肘倚在扶手上，手指在腹部前方交叉。

「那不然是誰？依據情況，並非完全沒有辦法。」

「有辦法嗎?!」

我一骨碌站起來。神官長輕輕擺手示意我坐好，然後點點頭。

「既然我擁有權力，自然有些捷徑。但得先讓我知道，要使用權力的對象是誰。」

「是路茲和班諾先生。」

我終於在改善路茲現況的這條路上，看見了一絲光明。我重新坐好，用滿懷期待的目光注視神官長。

「這兩個人對妳來說都很重要吧？再說清楚一點。」

我簡單地向神官長說明了大致情況後，他接著提出許多問題。回答期間，也相當詳細地說明了事情原委。神官長似乎是問夠了，先閉上眼睛，像在整理得到的資訊，再慢慢睜開。

「嗯。所以是父母反對路茲當商人學徒，這次又反對他出城工作，所以路茲對於自己在家裡的處境感到不滿，才會離家出走。班諾則想收養前途大有可為的路茲為養子，但父母又對此表示反對。而妳最大的希望，是改善路茲的生活環境，認為最好的結果是與家人和解，最快的方法則是與班諾成為養父子。到這裡沒有問題嗎？」

「沒有。」

居然不記筆記，就能完整記下內容並加以統整，其實神官長的記憶力好得嚇人吧？我正不是時候地大感佩服時，神官長又繼續說了：

「關於離家出走的路茲，他的父親說過既然去工作了，那就別管他吧？沒有說過要路茲滾出去，再也別回來嗎？」

「……應該沒有。但這些事都是多莉告訴我的，所以確切情況我也不清楚。」

這次在向神官長說明時，我最感到扼腕的，就是關於路茲父母的意見都是聽別人轉述，自己卻完全不了解。我和路茲聊過，也聽過班諾的想法。但是，關於路茲的父母，都只聽路茲、拉爾法和多莉轉述過，自己從沒親口問過他們。

「……雖然現在的情況有些牽強，但只要把路茲當成是遭到父母遺棄、由孤兒院保護的孩子，就可以由孤兒院長代替父母簽名，再讓他和表示想要領養孤兒的班諾成為養父子。」

「咦?!孤兒院長不就是我嗎！那我馬上帶路茲到孤兒院……」

……我簡直天才！幸好我當了孤兒院長！

我興奮得猛然站起來，神官長又揮手示意我坐好。

「稍安勿躁。梅茵，妳聽別人說話要聽到最後。妳會經常做錯事，不都是因為妳容易太早就下結論，又不仔細聽別人說話嗎？」

在神官長冷靜至極的指責下，我一句話也無法反駁，重新坐好。怎麼說呢？總覺得神官長一點一點地慢慢摸透了我的個性。

「雖然妳身任孤兒院長一職，但還未成年。光憑妳的簽名，對於收養孤兒並無法構成效力。」

「那要是真的有人想來領養孤兒的時候，該怎麼辦？」

……我明明是孤兒院長，居然連簽名也派不上用場……

我沮喪地垮下肩膀，但腦袋一隅也冷靜地明白到，不可能讓一個沒有監護人就做不了任何事的孩子，擔起這種重責大任。

「既然妳辦不到，自然需要身為上司的我來簽名。」

「神官長，拜託你了。請為路茲的收養一事簽名。」

我懇求神官長後，他慢慢呼出一口氣。

「要簽名不是不行。但是，依妳現在的說明，全是孩子路茲的看法。我不能單憑孩子的片面之詞，就判定他遭到了父母的遺棄。為了以被父母遺棄的情況，由孤兒院保護路茲，我需要先聽過他父母的說明。」

「咦？請問要怎麼聽呢？」

神官長說得簡單，但我根本不知道該怎麼做。見我偏過頭，神官長反倒用詫異的眼神看著我。

「怎麼聽？想聽他人說明時，傳喚他們過來就好了吧？妳在說什麼？」

「……我親眼見識到了何謂權力。」

想聽說明，把對方叫過來就好了，這是神殿的常識。想起自己的父母也曾收到傳喚的邀請函，我垮下肩膀。剛才還那麼煩惱沒辦法安排談話機會的我，到底算什麼呢？

「由我在場見證，如果一切都能詳盡說明，沒有任何疑慮，我就會幫忙讓路茲和班諾成為養父子。」

「衷心感謝神官長。」

我的心情彷彿陰霾一掃而空，抬起頭來，發現神官長難得在笑。但是，他臉上的笑容和爽朗完全沾不上邊，反而更像是想到了什麼壞主意的邪惡笑容。

「為此，妳今天下午也必須認真工作，暫時禁止妳前往圖書室。」

「……什麼？」

我愣住後，神官長更是愉快地勾起嘴角。

「我聽法藍說了。聽說這麼做，比把妳關進反省室更有效。」

「不──！」

……法藍這個笨蛋大笨蛋！

下午我傷心欲絕地繼續努力工作，神官長就依約幫我寫了邀請函。分別要給路茲的父母、班諾和路茲。

「把邀請函交給他們吧。」

我笑容滿面地接下那些貴重的木板，希望能夠稍微改善路茲現在的處境。

因為路茲不再負責接送，所以我和法藍一起回家。因為在轉交神官長給我的邀請函時，若讓吉魯同行，看起來就只像是小孩子在跑腿。有已經成年的法藍跟著，路茲的父母也會鄭重地接下邀請函吧。

「那麼，快點轉交給班諾大人和路茲吧。」

在法藍的催促下，我先前往奇爾博塔商會。馬克帶著我走進裡頭的辦公室後，再去叫來路茲。

「班諾先生～你看你看！快點稱讚我吧！」

我小跳步地跑向班諾，伸長手臂向他遞出木板。班諾一臉納悶地接過木板，大略看完內容後，臉色丕變地大聲咆哮：

「……神官長的邀請函?!妳這次又幹了什麼好事?!」

「我只是告訴神官長路茲離家出走了，又問他有沒有其他辦法能收養養子啊？」

我自認為這次幫上了很大的忙，班諾卻忽然間大發雷霆。我眨著眼睛歪過頭。

「簡直亂來！」

「咦？咦？我哪裡做錯了嗎？」

「別把貴族大人牽扯進這種事情來！天知道會有什麼結果！」

班諾非常激動，但我還是不太明白他為什麼生氣。神官長確實是貴族大人，但只要好好說明，他就會明白；雖然拐彎抹角又難以理解，但只是擔心我而已。

「因為是神官長說，為了修理好計算機，這也是沒辦法的事……而且，我也想為路茲做點什麼嘛。」

「梅茵，妳的心意我很高興。可是，一般人收到這種邀請函只會很害怕。」

路茲看著手中的邀請函，頹喪地垂下腦袋瓜。班諾也一樣握著邀請函，低垂臉龐抱住頭。

「所以妳為了路茲採取行動後，結果就拿來了神官長的邀請函嗎……唉。」

「因為這次是班諾先生說了你沒辦法插手，我才找了身邊的大人商量而已啊。」

我沒好氣地嘟起嘴。班諾赤褐色的眼眸裡亮起兇狠的光芒，瞪著我說：

「是嘛。所以早知道只要我想方設法動用自己的權力，威脅路茲的家人，再強行收他當養子，就不會演變成這種情況了嗎……」

「班、班諾先生，請不要說這麼恐怖的話！」

「……梅茵，如果老爺真的想這麼做，這點小事他一定辦得到。畢竟我的家人給店裡造成了困擾，而且想也知道我父母和老爺，誰的影響力更大吧？」

聞言，我才恍然驚覺。雖然自己一直很隨意地出入奇爾博塔商會，但多莉也說過，她光是來到城市北邊就會緊張，當初我自己也明確感覺到了這裡與我們的生活環境大不相同。卡蘿拉敢跑來這裡，當面要求班諾把路茲還給她，其實也非常需要勇氣。而路茲的家人明明給商會造成了麻煩，卻沒有受到任何處罰，也是因為班諾寬宏大量。

「我們這邊正想為了路茲息事寧人，結果妳竟然……」

「神官長也是想採取和平的手段喔！他甚至也想好了收養養子的方法。」

「妳說什麼?!」

班諾和路茲動作一致地轉向我。我說明了神官長提供的方法。

「如果路茲表示自己遭到了父母的遺棄，前來孤兒院尋求庇護，那班諾先生就可以領養變成孤兒的路茲。而在這種情形下，只要有孤兒院長和班諾先生雙方的簽名，兩人的養父子關係就算成立。」

「然後，孤兒院長就是妳嗎？」

班諾咧嘴笑著看向我。雖然對於對我心生期待的班諾感到抱歉，但我的簽名沒有任何意義。

「但因為我還是小孩子，變成需要由神官長簽名。所以神官長才想請來路茲的父母，了解情況後再作判斷，因此發出了邀請函。」

班諾望著手上的邀請函，神色凝重地慢慢摩挲下巴。

「看來神官長很器重妳嘛？一般貴族大人根本不會插手管我們平民的事。」

「好像是因為我是重要的計算機。我若沒有正常運作，就會影響到工作進度。」

「這樣說來，歐托也說過類似的話。這次的事情也許該感謝妳，但我實在感謝不起來。真不知該怎麼形容這種徒勞無功的感覺……」

班諾疲憊地長嘆一聲，抓了抓頭。

「路茲父母那邊，就由妳交給他們了。」

「梅茵，對不起喔。」

「不會啦，沒關係。剛好我也要向卡蘿拉伯母報告你的情況。不過，因為設定上是路茲主張被父母拋棄，來到了孤兒院，所以從明天開始，你要來孤兒院喔。」

向路茲揮揮手，步出商會後，我和法藍一起回家。正想走去路茲家的時候，發現卡蘿拉在水井廣場上踱步徘徊。

「卡蘿拉伯母！」

我一大喊，卡蘿拉就彈也似地抬起頭，往我衝過來。原先圓潤的臉龐變得消瘦憔悴，眼窩還有些凹陷。

「梅茵，妳好晚才回來。妳見到路茲了嗎？他看起來怎麼樣？」

「他很認真在工作喔。看起來精神很好。」

「是嘛。」

卡蘿拉安心地吐了口大氣，可以強烈地感受到她擔心路茲的心情。那不輕易讓人收路茲為養子，也是正常的反應吧。

「伯母，這個是神殿神官長給的邀請函。」

我拿出木板，遞給卡蘿拉。卡蘿拉不敢置信地瞪大眼睛，臉色變得蒼白，緊盯著木板。

「……為什麼神殿會送來邀請函？」

「因為路茲到孤兒院尋求了保護，說是被父母拋棄。」

「明明是那孩子自己要離家出走！」

卡蘿拉震驚地大叫，但在這裡這麼大叫，邀請函也不會消失。身為貴族的神官長所寄出的邀請函，有著絕對的效力。

「然後，神官長為了決定是不是真的要由孤兒院收容路茲，想聽聽看父母的說明……所以請伯父和伯母兩個人一起過來吧。因為工作不一定能馬上請到假，所以日期是訂在三天後。上面寫著，請在三天後的第三鐘之前到神殿來。」

「……三天後的第三鐘對吧？」

我為不識字的卡蘿拉傳達邀請函上的內容。卡蘿拉緊握著接下的木板，回望著我說：

「對。只要給守衛看這張木板，就會有人為你們帶路。」

神殿的家庭會議

懷抱著忐忑不安的心情，迎來了三天後的召集日。我一大早就前往神殿，換上青衣，往神官長室移動。這幾天路茲都住在院長室的侍從房間裡，也換上了學徒制服和我同行。之所以讓路茲住在一樓的侍從房間，是因為神官長說了，要是看到路茲以養子的身分離開神殿，可能會讓其他孤兒產生無謂的希望。

「我好緊張喔。」

「……因為這次的家庭會議規模太大了嘛。」

我和路茲抵達神官長室時，大概也已經接到了班諾和馬克抵達神殿的通報，兩人在灰衣神官的帶領下，很快就走進來。

班諾沒有止盡般地說完對貴族專用的冗長問候語時，路茲的父母也到了。聽說路茲的父親從事建築方面的工作，塊頭雖然不大，但肌肉果然相當結實。皮膚晒得黝黑，一看就能看出是在豔陽底下揮汗工作的工人。眉間深刻的皺紋和目光凌厲的翡翠色雙眼，全都顯現出了他感覺就十分頑固的個性，再加上一頭近乎白色的金髮，讓整個人看起來更顯得蒼老。

路茲的父親只看了一眼路茲，哼一聲後，簡單地向神官長打招呼。依著指示坐下時，卡蘿拉才看到已經在自己前方坐定的班諾和馬克，全身抖動了一下。

……馬克先生，你到底做了什麼、又說了什麼啊？根本已經威脅過對方了吧？

所有人都到了神官長室時，嘹喨的第三鐘也跟著響起。站在旁邊的神官長開口向大家寒暄，我一邊聽著，一邊注視手中的小型魔導具。這是防止竊聽用的魔導具，讓聲音只有特定對象才能聽見，所以在本日的會談上，只有神官長聽得見我的聲音。換言之，這即是神官長的指示：不要多嘴，給我安靜在旁邊看。

我一表示想為路茲說話後，神官長就說：「我想詳盡問清楚的，是當天前來的所有當事人的想法與主張。局外人若是插嘴，只會讓場面更加混亂。尤其妳的立場並不中立，還公開宣稱過自己站在路茲那一邊。妳只會礙事。」直言不諱到了讓我很想吐槽：神官長你平常的拐彎抹角跑到哪兒去啦？

我能一起出席面談的條件，就是必須握著這個魔導具，所以今天的我只能像尊人偶般坐在椅子上。令人生氣的是，班諾和馬克也贊成神官長的意見。

以桌子為中心，四邊都放有椅子。我和神官長走進房間後，往最內側的位子坐下，路茲則坐在我們的正前方，然後左手邊是路茲的父母，右手邊是班諾和馬克。說完寒暄和簡單的自我介紹後，首先由神官長陳述路茲的主張。統整好的內容，都是神官長親口向路茲問來的，當中還有連我也沒聽說過的家務事。

「……以上是路茲的主張。路茲，沒有錯吧？」

神官長看向路茲。路茲一邊在意著父母的反應，一邊點頭回答：「是的。」我在內心竭盡所能地為路茲加油。路茲緊握著微微發抖的拳頭，開口說了：

「不管我怎麼努力，都得不到認同。我想做的每一件事也都遭到爸爸反對……」

「少任性了！」

路茲的父親狄多在大腿上緊緊握拳，對路茲大聲喝斥。突如其來的大吼聲讓我嚇了一跳，整個身體都從椅子上彈起來。大概是平常就很習慣對工匠們下達指示吧，粗野的大嗓門不只神官長室，好像還傳遍了整個貴族區域，我嚇得心臟都縮起來。

……好恐怖！太可怕了！會害人心臟病發！

但是，嚇得心臟緊縮的人似乎不只有我。在場所有人都神色僵硬，看著狄多。雖然班諾也經常對我大聲咆哮，但狄多畢竟時常在屋外扯開喉嚨大喊，所以魄力和音量都有過之而無不及。

「你說你很努力？得不到認同？少說這些任性的話了！」

狄多壯碩的肩膀一動，往前傾身面向路茲，用充滿魄力的雙眼瞪著他。就算沒有怒吼，狄多的聲音還是很洪亮，而且低沉又沙啞，光在旁邊聽就覺得很恐怖。

眼見父親當著眾人的面對自己咆哮，路茲面無血色，拚命咬著牙關不讓自己哭出來。這我往前看就能看出來。明明想對路茲說話卻無法開口，我也心急地咬住嘴唇，這時坐在我旁邊的神官長站起來。和狄多的粗野大嗓門不同，神官長用低沉卻清晰的聲音平靜問道：

「狄多，你方才說『少任性了』，這是什麼意思？麻煩你說明。」

「啊？『少任性了』的意思？不就是路茲都說些任性的話嗎？」

狄多一頭霧水地盤起手臂，納悶歪頭。在狄多心裡，這是一句話就能解釋的事情，神官長卻要仔細追究，所以露出了困惑的表情。

「路茲正是不甘心自己明明很努力了，卻得不到認同，但你卻對他說『少任性了』，我無法理解是哪個部分任性了。因為我不懂工匠和平民區的常識，所以麻煩你說明得我也能明白。」

「哦，你聽不懂嗎？……說明、說明……這還真難解釋。」

如果對象是路茲，狄多就可以回答：「你怎麼會不明白？」但不能夠這麼回答神官長。大概平常工作時也只講簡短的命令句吧。狄多摸著下巴，思考要怎麼說明。

「是路茲自己不顧父母的反對也要當商人，那他努力也是應該的。現在洗禮儀式結束後，都還沒有過一個季節，是要我認同他什麼？是這個笨兒子硬要選擇一份沒有任何後盾的工作，一股腦跳進去。而且這份工作就算他努力到都吐血了，也不一定能夠獨當一面，所以我才說他根本搞不清楚狀況……這次明白了嗎？」

「嗯，我明白了。從這個角度來看，確實是太任性了。路茲，你也理解了嗎？」

聽了狄多的責難，路茲硬是把話嚥回去，心有不甘地咬牙低頭。而聽到神官長能夠理解自己的主張，狄多顯得有些鬆了口氣。雖然這場面談完全是利用了神官長貴族的地位，但像這樣仔細詢問當事人的想法後，我也明白了狄多說的話都有他的用意在。光聽路茲的說詞，無法知道這些。

「路茲，你想反駁嗎？還是可以就此判定狄多的意見沒有錯？」

神官長用平靜的口吻催促。路茲慢慢抬起頭來，看著父母。

「我從來沒有說過要你們認同我的成果。可是……可是至少，可以認同我成為商人

學徒吧?!」

「……我不是早就說過隨你高興了嗎?」

狄多一臉莫名其妙，皺著眉瞇起眼睛，搔搔頭後，揚起下巴注視路茲。從他的樣子來看，不像是現在依然反對路茲當商人學徒。

「隨我高興……?咦?所以意思是……?」

路茲感到混亂地歪過頭，卡蘿拉嘆氣為他說明。

「意思就是爸爸也以他的方式認同你了。」

「咦，媽媽?!既然妳早就知道，應該告訴我啊!」

「我也是到了今天才聽到這個人講這些話，怎麼會知道嘛。」

卡蘿拉聳肩搖了搖頭。不只是親子和兄弟之間，看來連夫妻間也缺少溝通。「不說出來我怎麼知道嘛……」路茲虛脫地垮下腦袋瓜。我也贊成路茲的意見。但是仔細想想，路茲在家裡好像也很少說出自己的想法，所以這一家人大概是半斤八兩吧。

「狄多，所以你對路茲成為商人學徒這件事本身，並無異議嗎?」

神官長問完，狄多露出了別每件事都要問清楚的厭煩表情點頭。

「我不喜歡商人，也搞不懂路茲是喜歡上了商人的哪一點才想當，但他身為一個男人，既然已經不顧父母的反對選了這份工作，那不管要當住宿學徒還是什麼，都該靠著毅力做到最後。不要哭哭啼啼地逃進孤兒院，真是沒出息。」

狄多「哈」一地嘲笑一聲，像是把想說的話都說完了，直起往前探出的身體，盤手抱胸。

我忍不住大喊:「伯父，不是的!這是我的錯!路茲並沒有逃進孤兒院!」但是，似乎誰也沒有聽見，也沒有任何人轉過頭來看我。我看向唯一應該聽得到的神官長，但他只是用鎖鏈把魔導具掛在手腕上，根本沒有握住。看來打從一開始就不打算聽我說話。太過分了！

「我才不是逃進孤兒院，這是梅茵……」

路茲和我一樣想要反駁，但慌忙住了口。他先死命地抿緊嘴唇後，用力抬起頭，瞪向狄多。

「那爸爸為什麼不同意我出城去其他地方工作?!」

這次路茲離家出走的最直接原因，就是因為父母不同意讓他出城。對於以離開城市為目標而成為商人學徒的路茲而言，這是他最無法忍受的事，但狄多同樣用一句話就打發。

「動腦想一下不就知道了嗎！」

狄多大聲怒吼，但路茲就是不知道才會離家出走。神官長「唉」地聳肩，再度開口：

「就是因為不知道，麻煩你說明理由。」

「……又要嗎？」

狄多一臉厭倦，「啊～」地低吼。他一邊說著「我最不擅長這種事了」，一邊皺眉開口：

「路茲要成為商人和離開城市，這完全是兩碼子事吧。城外非常危險。不只有兇殘的魔獸，還有盜賊，怎麼能帶小孩子到那種地方去。」

「就是說啊！太危險了。」

聽到狄多和卡蘿拉這麼說，我才恍然大悟。我就算離開城裡，也只去過附近的森林，所以從來沒有真實感，但聽說城外暗藏著許多危險。在這裡，孩子們都會自己走出大門，前往森林採集。因為就和在城裡走動一樣走出去，所以從沒想過城外其實是很危險的地方，一般父母都會反對孩子出城。

而且，吟遊詩人和旅行商人在城裡又隨處可見，連路茲都可以聽到他們講述故事，位於東門的旅館還有旅人進進出出。所以即便聽說旅行很辛苦，最多也只覺得交通很不方便，需要徒步、騎馬或坐馬車吧。再加上，又親眼看到了身邊的大人班諾為了在其他城鎮成立工坊，才去過其他城鎮又回來而已，更是不覺得有多危險。

……看來我還是不了解這裡的常識呢。

雖然時間都快過兩年了，還是有很多事都不知道。我嘆著氣，一旁的神官長卻微微側頭。

「雖然並非完全沒有危險，但班諾要前往的地方在出東門後，乘坐馬車只要半天即可抵達。徒步也就罷了，但坐馬車的話，不需要太過擔心吧？」

「沒那必要。」

狄多斷然地一口咬定。路茲憤怒得脹紅了臉，狠瞪著狄多。

「我都說這是工作了吧！」

「路茲，你冷靜一點。狄多，你說『沒有必要』是什麼意思？」

神官長抬手制止路茲，催促狄多說明。狄多大概也料到了神官長會追問，轉頭看向班諾和馬克。

「這個男人說了，是想在其他城鎮設立工坊，才想帶路茲過去。」

「所以？」

「我倒是想要問問，路茲只是三年契約的都盧亞、甚至只是學徒而已，到底需要過去學習什麼東西？」

簽訂都盧亞契約的學徒，在日本就好比是簽了三年契約的實習工讀生。基本上工讀生都是負責簡單的工作，以及打好基礎。頂多商店或工坊落成後，會被派去幫忙做開店準備，但一般不會參與到分店的簽約和工程。

我因為知道路茲的夢想就是前往其他城市，所以只為路茲可以實現夢想感到高興。但是，從一般人的角度來看，這並不是都盧亞的工作，而是都帕里和繼承人的工作，路茲並不是非去不可。狄多會認為不需要為了沒有必要的工作，特地跑到危險的城外去，也是合情合理。

我和神官長同時看向班諾。班諾輕嘆口氣，看著狄多。

「所以正如前陣子和你討論過的，考慮到今後商會的發展和路茲的能力，我打算把他教育成我的繼承人。會帶他前往其他城鎮視察工坊開設，也是教育的一個環節，所以我才想收他為養子。」

「哼，這更是免談。」

狄多厲聲一口回絕了班諾的提議。說完後，他環顧四周嘀咕說：「這也需要解釋嗎？」神官長回答「當然」，提議遭拒的班諾也望著狄多點頭。

「如果真有理由，請一定要告訴我。恕我失禮，你並不是商人，無法成為路茲的後盾。若是簽下收路茲為養子的契約，不只商會，這對路茲也有好處。」

狄多聽了，先是稍微垂下視線，再目光如炬地瞪向班諾。

「你本人沒有孩子吧？」

「……所以我才會考慮栽培路茲為繼承人啊。」

沒有孩子是拒絕的理由嗎？班諾不解皺眉。班諾自身是因為沒有孩子，才考慮收路茲為養子。但是，狄多先說了「我不是這個意思」後，慢慢吐一口氣。

「你說得沒錯，我既沒辦法成為路茲的後盾，也很感激你這麼賞識路茲的能力。」

狄多思考著要怎麼說明地游移視線後，交互看向路茲與班諾。

「你或許是個出色的經營者，做為商人也很有能力吧。就算我們因為路茲給你添了麻煩，你還是寬宏大量，願意和我們打交道。但是，你當不了父親。」

狄多並不是在詆毀班諾，對他的評價也很公正。可是，答案還是不行。我完全不明白狄多為什麼說班諾「當不了父親」。

「請你說明，班諾當不了父親是什麼意思。難道是在外風評不好嗎？」神官長問。

狄多「嗯……」地沉吟，嘆氣說著「要是有什麼不好的風評，我也不用這麼煩惱了」，然後筆直注視班諾。

「不管一個人在工作上的風評有多好，如果收養養子的最大理由是為了提升店家的利益，這種人就當不了父親。要當一個孩子的父親，怎麼能用利益來衡量。我說的不對嗎？」

班諾吃驚地瞪圓了眼，然後露出苦笑。

「原來如此。你說得沒錯，我最優先考慮的，確實是商會的利益。」

因為對商會和對班諾來說，讓路茲留在店裡都最有益處，所以班諾才會考慮收養養子。當然，路茲的個性和能力也為自己加了不少分，但既是要栽培成店家的繼承人，自然會以利益為最優先考量。從商人的角度來看這是天經地義，但倘若狄多認為這不是為人父母該有的態度，班諾也無法反駁吧。

「我明白兩位不願意讓我收路茲為養子的理由了。但是，我是很認真在看重路茲的未來。那麼，假使不是收為養子，而是與他簽訂都帕里契約，兩位就能答應嗎？」

如果都盧亞是工讀生和約聘人員，都帕里就等同是未來會把店交給他的儲備幹部。店家給予的保障、待遇和工作內容也會完全不同。

「不會太快了嗎？」

「覺得太快是什麼意思？」

神官長問，狄多又毫不隱藏厭煩的表情，聳肩說道：

「一般都是先簽都盧亞契約，先觀察幾年工作情況後，再考慮要不要和他簽訂都帕里契約。更別說，路茲只是個受洗後都還沒過一個季節的學徒。」

狄多面露難色，班諾訝異地挑眉。

「雖然從洗禮儀式到現在尚未過一個季節，但我和路茲已經往來了快要一年的時間了喔？」

「是嗎？」

「是啊。你也知道招收學徒，會對店家造成負擔吧？當初我並不打算要錄用沒有任何關係和義務的路茲。我在收路茲為徒的時候，出給了他無法馬上就能達成的任務。但是，路茲最後交出的成果，卻比我預期的還要出色。」

「哦……」

狄多聽著班諾說明，臉上的表情像是第一次聽說。如果我的記憶沒出錯，當時狄多還曾經說過路茲可以當做紙的工匠。難道狄多沒有聽說過路茲做紙的原因嗎？路茲都沒告訴過父親嗎？

「路茲肯努力也肯吃苦，雖然不在商家出生長大，但很拚命在彌補自己先天上的不足。所以我才想在被其他店家拉走前，把他留在自己身邊，而且如果打算認真栽培，就必須盡早開始。儘管我欣賞路茲的努力，但他畢竟沒有基礎。」

「那好吧。」

點頭後，狄多瞥見神官長又要站起來，自己主動補充說了。

「就算我再怎麼想幫路茲的忙，但在做生意這方面上，我沒辦法成為他的後盾。既然你們這麼看重他，還打算以後把店交給路茲，那簽約應該對路茲有好處吧。」

「那麼，我們馬上前往商業公會辦理手續吧。」

馬克笑咪咪地從旁補上這一句。狄多非常不高興地板起臉孔。

「所以我才討厭商人……」

「……爸爸。」

路茲非常輕聲地喊道。明白了父親總用結束話題的語氣中斷對話的真正用意，也明白了父親投注在自己身上的愛情，一定是非常感動吧。顏色與狄多十分相似的翡翠色眼睛不停地掉下眼淚來。

卡蘿拉也靜靜地流著眼淚。狄多夾在兩個人中間，表情非常尷尬地從兩人身上別開目光，用力搔了搔頭。看他的表情，顯然是平常用不著說出來的想法全都被迫說出來以後，現在才感到不好意思。

「路茲！快點道歉！」

雖然從黝黑的膚色看不太出來，但狄多的臉多半變紅了，忽然這麼大吼。

「……狄多，你這樣子沒人聽得懂。」

神官長嘆氣提醒，狄多「唔唔」地瞬間語塞，又轉向路茲咆哮。

「都怪你自己產生了誤會還這麼亂來，才連累了這麼多人，快點誠心誠意道歉！」

狄多這句話銳利地刺進了我的胸口。連累了這麼多人的，不是路茲，其實是我。

「真、真是非常對不起！」

雖然聲音還是沒有傳出去，但我也跟著路茲一起道歉。路茲的父母看著路茲，但神官長、班諾和馬克卻是看著我。

「好了，笨兒子，回家了！」

路茲跑上前去，狄多掄起拳頭就往路茲的腦門敲了一記。挨揍的路茲喊著「好痛」，擦去淚水，卻也顯得十分開心地站在狄多旁邊。

「我好像也解釋得太少了……那個，謝謝。」

狄多一臉難為情地向神官長說完，轉身走出房間。卡蘿拉也牽起路茲的手，一同走了出去。

「老爺，那我們也前往商業公會吧。」

「神官長，本日由衷感謝您的幫忙，這件事才能圓滿落幕。」

班諾又長長地說了一連串場面話，最後鄭重表示告辭，走出房間。想必是要追上路茲他們，前往商業公會簽訂都帕里契約吧。

班諾和馬克離開後，房裡只剩下我和神官長。灰衣神官們為了收拾椅子，開始在房間進進出出。

「以後一定要詳盡地問清楚每個人的主張，片面之詞會使得判斷不夠客觀。」

「是。」

我用不成聲的聲音點頭回應，神官長把以鎖鏈連著的魔導具握在掌心中。

「幸好那一家人沒有決裂。」

突如其來的一句話讓我猛眨眼睛，仰頭看向神官長。「這不是妳說的嗎？」神官長說，很少顯露出情緒波動的撲克臉還有些不耐煩地皺起。

「讓路茲和家人和解，回到家裡。這不就是妳期望中最好的結果嗎？」

我聽了，接著回想起路茲流著眼淚的開心笑臉。一直以來路茲都覺得不被家人理解，始終在咬牙苦撐，今天看到他流著開心的淚水，和狄多及卡蘿拉一起回家，我的眼眶也跟著發熱。

「嗯，太好了……真是太好了……」

他們都只是說的話太少，才會一直加深彼此的誤會，但做為家人、做為親子，並不是沒有任何感情。路茲可以回到家人身邊，真的是太好了。

「梅茵，別哭了……這樣子簡直像是我把妳罵哭。」

神官長發現了有灰衣神官不停往這裡偷瞄後，這次露骨地板起臭臉。

「這是高興的眼淚，所以沒關係。」

「妳真是……」

我正想用青衣的袖子擦掉眼淚，神官長就抓住我的手說：「不可以用衣服擦臉。」但是，我身上又沒有手帕，帶著手帕的法藍現在又很忙。看到我用眼神在追逐法藍的動作，神官長一臉為難至極地借了我手帕。手帕上繡著名字，我於是在這一天知道，原來神官長的名字叫做斐迪南。

終章

離開神殿，狄多從後頭看著路茲與卡蘿拉手牽著手走在不遠前方，沿著大道筆直南下，朝著商業公會前進。接下來要去簽訂路茲的都帕里契約。面談的最終結果，是狄多在被召見到神殿時想也沒想過的。說句老實話，在前往神殿前，他還很擔心不知道會有什麼結果，但結束後回頭看，發現過程相當和平地談出了結論。

……都是多虧了那個神官長。

狄多也知道自己沒有和兒子好好溝通，但又不知道該怎麼做才能溝通。多虧了不懂得平民常識的貴族一一追問理由，不擅長解釋的狄多才能反覆說明。

……但話說回來，為什麼昆特的女兒會在神殿裡？還穿著和貴族大人一樣的青衣？

安靜地坐在神官長旁邊，和神官長同樣穿著青衣的，千真萬確是昆特的女兒梅茵。

雖然極少外出，但因為和路茲同時參加了洗禮儀式，所以狄多還記憶猶新。他雖然聽說過梅茵和路茲兩個人不知道在做什麼東西，卻從沒聽說過梅茵進了神殿。在路茲離家出走前，也經常聽到他說要和梅茵一起出門。狄多不明白理應和貴族沒有半點關係的梅茵，為什麼會出現在那裡。但是，唯一可以肯定的是，讓本來從不干涉平民之事的神官長採取行動，將狄多等人召集到神殿的，一定是梅茵。

「爸爸，這裡就是商業公會。」

路茲指著面向中央廣場的大型建築物說。狄多把梅茵的事情趕進腦海角落，仰頭看向商業公會。狄多身為木匠，從來沒有踏進過商業公會。因為會進出這裡的，基本上都只有處理財務的人。對於要走進自己一輩子從未踏進去過的世界，狄多遲疑了一秒，但看到路茲一派習以為常地走進去，他也哼了聲跟上。

走上狹窄的階梯，看見穿著打扮和他們差不多的一群人正在排隊。本來狄多還有些心慌地感到緊張，不知道這裡到底是什麼地方，但看來其實也不用太緊張。

正這麼心想時，奇爾博塔商會的那兩個人卻直接穿過等待的人龍，更往裡面走。盡頭有道牢固的金屬柵欄，還有守衛。路茲三人都拿出了像是金屬卡片的東西，守衛便拿著某樣東西往卡片舉高。下一秒，柵欄閃過一道白光，接著融化般憑空消失。

親眼看見了貴族所做的魔導具，又看到路茲使用得理所當然的樣子，狄多感到非常不可思議。總覺得自己的兒子已經前往了自己雙手無法觸及的地方。狄多撇著嘴角，低頭看著路茲。路茲朝他伸出手來。

「爸爸、媽媽，和我牽著手吧。不牽手的話，沒有公會證的人就不能上樓。」

因為極少與兒子牽手，路茲的手已經比記憶中要變大許多，狄多感到有些困惑的同時，走上昏暗的樓梯。

眼前是狄多生平首見的富商世界。腳下不再只是木頭地板，鋪上了厚重的地毯，等候區還擺有雕刻精緻且華美的椅子，環境非常乾淨漂亮。再不願意也會體認到，他們並不屬於這裡。然而，穿著奇爾博塔商會的學徒制服、還和櫃檯後頭看似是公會學徒的少女說著話的路茲，卻明顯已經融入了這裡。

「請問今天要辦理什麼業務呢？」

「請準備都帕里契約。奇爾博塔商會和我的父母都到場了。」

「我明白了……路茲，恭喜你。」

「嗯。謝謝妳，芙麗妲。」

路茲的儀態、舉止與說話方式，全都和在家裡表現出來的不一樣。洗禮儀式結束後才快過一個季節而已，狄多本以為就算會變也變不了多少，想不到路茲的成長速度遠遠超出了他的想像，在成為商人學徒後，已經建構起了自己的世界。

「這就是與路茲簽訂都帕里學徒用的契約。」

看著攤開來的紙張，狄多和卡蘿拉都看不懂上頭寫的字。因為不曉得上頭寫了什麼，提防著會被商人欺騙，表情不自覺就變得嚴肅。

「路茲，由你唸給父母聽，向他們說明吧。」

不識字的平民因為看不懂契約書，經常吃虧。所以由能夠信任的人來唸契約內容，對文盲來說是很重要的事。班諾說完，路茲點點頭，唸出契約上的內容。狄多雖聽卡蘿拉說過，路茲曾趁著冬天利用石板練習寫字，但不知道已經到了可以看懂這種契約書的程度。奇爾博塔商會的人說過，路茲為了彌補先天環境的不同非常努力，看樣子是真的，也不是誇大其辭。

……原來不是在說任性的話嘛。

狄多看著流利地唸出契約內容、還為他們解釋商人特有用語的路茲，不禁感到有些佩服，但也覺得要認同自己沒看過的兒子另一面讓人火大，所以哼了一聲。

契約書上的內容，是關於路茲今後的待遇。商會雖然提拔路茲為都帕里學徒，但暫時會讓他留在父母身邊生活。因為其他人都是在十歲才簽訂都帕里契約，十歲過後，就要和其他人一樣，住進奇爾博塔商會。商會還會提供給路茲放置物品和更衣用的房間，午飯也由商會準備。若有需要，晚飯也會提供。如果遇到需要出城的工作，會讓路茲同行。薪水也因為成了都帕里，稍微往上調高。說明完了雇用條件和薪水以後，結束契約的簽訂。

「這樣一來，路茲就是奇爾博塔商會的都帕里學徒了。你以後要更努力。」

「是，老爺！……爸爸、媽媽，呃，我真的很高興你們認同了我，謝謝你們。我絕對不會說喪氣話，會變成很厲害的商人！」

路茲笑逐顏開地說。狄多於是回他：「廢話，既然決定要做，就不准你抱怨。」但是，路茲只是一臉神氣，綠色大眼裡還閃耀著不畏挑戰的光芒。

……呿，表情倒還不錯嘛。

「狄多、卡蘿拉，今天在神殿進行了面談一事，希望你們別告訴任何人。」

班諾說，把簽好了約的羊皮紙交給馬克。

「你是指昆特的女兒吧？為什麼她會和貴族一樣穿著青衣，坐在那裡？」

只有父母雙亡，又沒有親戚和老闆能投靠的孤兒才會進入神殿。而且，據說這輩子都會成為貴族大人的奴隸。明明趕快少一口人吃飯，生活會比較輕鬆，但視孩子為心頭肉的昆特，還是非常寶貝地養育虛弱的女兒長大，這樣的他有可能把女兒送進神殿裡嗎？

「這世上有很多事都是不知道比較好。」

狄多一問，班諾的表情變得嚴峻，赤褐色的雙眼筆直地注視狄多和卡蘿拉。全身散發出了只有做好覺悟之人特有的魄力，狄多忍不住吞下口水。

「梅茵這輩子已經無法和貴族徹底劃清界線了。所以面對貴族無力自保的人，最好盡可能別與梅茵扯上關係。」

「我知道。」

狄多說，低頭看向路茲。

……那你也別和梅茵走得太近。

狄多強忍下想這麼說的衝動。

即便是家人，路茲也沒有告訴他們，梅茵穿上青衣進入了神殿。也從沒聽他說過他和梅茵一起出門前往的地方，就是神殿。所以路茲是已經做好了覺悟，才和梅茵繼續往來吧。一回想起身穿青衣，坐在身為貴族的神官長旁邊……坐在代表貴族那一邊的梅茵，狄多慢慢地吐一口氣。然後，輕搥了下路茲的腦袋。

「好痛！爸爸，你幹嘛突然打我？」

「路茲，你要振作一點……不要迷失自己前進的道路。」

「嗯啊？哦，嗯。」

真不知道他聽懂了沒有，路茲一臉非常靠不住地點頭。但是那雙綠色眼眸，似乎已經牢牢地鎖定了自己將要前進的路途。

現在還很遙遠的地方

「多莉，想請妳去接待一下客人，現在有空嗎？」

「我馬上過去。」

聽見副工坊長的呼喚，我邊放下針邊檢查針腳是否整齊，接著急忙脫下圍裙，再檢查頭髮和衣服上有沒有沾著線頭、有沒有哪裡髒了。

……好，沒問題。

照著梅茵說的整理儀容後，我開始不時會被叫去接待客人。另外也因為梅茵賣了髮飾的權利給珂琳娜夫人，珂琳娜夫人偶爾會因為「想了解髮飾的詳細做法」，而向工坊長提出借人的請求。想和奇爾博塔商會搭上關係的工坊長，叫我過去的次數不僅變多了，讓我負責的工作也一口氣增加許多。

春天的時候，我真的只是微不足道的都盧亞學徒，但到了夏天，我在工坊裡的待遇就突然有了改變。雖然開心，但以前總是一起抱怨「都只有那個人會被派去接待客人」的工坊同伴麗塔和勞菈，也開始會對我說：「工坊長現在突然對多莉好偏心。」

今天和麗塔、勞菈一起吃午飯時，她們又不滿地對我這麼說，我有些坐立不安地嘟起嘴唇。

「可是，我也只是照著梅茵給我的建議去做而已啊。」

梅茵說，因為接待顧客的人的打扮和態度就代表了工坊，所以要盡可能保持乾淨、整潔，最好平常講話和動作也都要有禮貌。把這些事告訴麗塔和勞菈後，兩個人都瞪大了眼睛。

「梅茵怎麼會知道這種事？她明明虛弱得去不了森林耶。」

勞茲就住在我們家附近，所以知道梅茵的身體有多麼虛弱。但是，因為她比我大一歲，所以在梅茵勉強可以去森林時就已經成為學徒，從來沒有碰過面。兩人只在梅茵的洗禮儀式上見過一面，勞茲還因為不小心抽起了梅茵的髮簪，慌得不知所措。

「梅茵因為身體虛弱，不太能做勞力工作，但她都在大門那裡幫爸爸的忙喔。聽說她會幫忙看信和計算，就是在那邊學會了要怎麼接待貴族大人和大店老闆。」

其實梅茵現在成了青衣巫女，開始去神殿工作，但父親和母親都說，不可以告訴別人梅茵與神殿的關係。所以對外都是告訴別人，梅茵偶爾會去大門幫父親的忙，還會去奇爾博塔商會討論髮飾的事情。不過，梅茵是真的會和路茲一起去奇爾博塔商會，所以有一半不算說謊。

「哇，梅茵居然看得懂字，好厲害喔！」

麗塔吃驚地張大雙眼。麗塔家是在工匠大道的另外一邊，所以從沒見過梅茵。聽到不認識梅茵的麗塔這麼稱讚，我不由得高興起來。

「對啊，梅茵很厲害喔。她是在大門幫忙的時候認識了奇爾博塔商會的人，珂琳娜夫人才又注意到了梅茵為我做的髮飾。前陣子，珂琳娜夫人還向梅茵購買了髮飾的權利。其實本來該由梅茵去教珂琳娜夫人髮飾要怎麼做，但因為她身體太虛弱，走不到工坊，我才會代替她被叫過去。」

也是因為梅茵做的髮飾比較醜一點——但這句話就保留吧。要是被大家知道梅茵不僅體弱多病，還不擅長裁縫、而且縫得很爛，梅茵就嫁不出去了。這是我身為姊姊疼愛妹妹的體貼。

「這樣啊……多莉真好。妳之前也說過是因為梅茵，才能去珂琳娜夫人家嘛。」

勞菈羨慕地嘆氣，「工坊長就只對多莉一個人特別偏心，我也好想要有梅茵這種可以給我建議的妹妹喔。」

……明明不久前才說過，要照顧這麼虛弱的妹妹，一定很麻煩又辛苦吧。

看到勞菈一下子就推翻了自己的想法，我有些不高興，但突然想到一個好主意，拍了下掌心。那就別讓工坊長只對我偏心，大家可以一起執行梅茵的建議啊。

「我之前去珂琳娜夫人家的時候，看到珂琳娜夫人在縫製很漂亮的禮服喔。我就說不知道該怎麼做才能設計出貴族大人喜歡的漂亮衣服，梅茵就說……」

「什麼？梅茵說了什麼？」

經過這些事情，兩人已經知道梅茵的建議多麼有效，身體都往我湊過來，雙眼期待得發亮。

「她說可以在沒有工作的日子去城市北邊，仔細觀察有錢人都穿什麼衣服、現在又流行什麼顏色和款式，會是很好的學習喔。還說好的東西就要多看才知道。所以明天休息，我打算要去城市北邊參觀，妳們要不要一起去呢？」

「要！」

「我也要去！」

開口邀請後，麗塔和勞菈馬上一口答應。我鬆了一口氣。邀請兩人的理由很簡單。雖然梅茵和路茲每天都會前往城市北邊的奇爾博塔商會和最北邊的神殿，但我和他們不一樣，一個人還是會緊張，不敢從中央廣場再往北邊走。有了人陪，感覺就可以提起勇氣。

隔天很快地吃完早餐，拉下前一天傍晚洗好後晾乾的衣服。是之前去珂琳娜夫人家也穿過的那套夏季新衣。因為穿著這套衣服去過一次北邊，就覺得比較安心。

「梅茵，那我出門囉。」

「希望可以學到很多東西。多莉，加油喔。」

梅茵揮著手送我出門。其實我也希望梅茵一起來，但因為還有麗塔和勞茳，梅茵就不喜歡。她說是因為自己無法用和大家一樣的速度走路，要是走到一半累了無法動彈，也只會變成累贅。

出門跑下樓梯，來到水井廣場，勞茳正神色緊張得在水井附近走來走去。

「多莉，早安。快點走吧。麗塔一定也在等我們了。」

和勞茳一起在狹窄的巷弄間穿梭，來到工匠大道上，很快就看見了麗塔的身影。

「勞茳、多莉，早安。」

「麗塔，早安！我太興奮了，昨晚睡不太好呢。」

勞茳撲向麗塔這麼說。開始往北邊前進後，不久就在路上遇到其他認識的孩子要去森林。

「啊？多莉、勞茳，妳們今天和朋友出門嗎？去市場？」

「不是，我們要去個地方參觀。大家要去森林吧？加油喔。」

聊了幾句後互相揮揮手，我們就走在工匠大道上，和要去工作的人們往相同的方向前進。一路上討論的話題都是裁縫。

「多莉，告訴我們妳去珂琳娜夫人家拜訪時發生的事吧。」

兩個人都好奇地追問。我一邊告訴她們，一邊努力回想在珂琳娜夫人家看見了哪些衣服，夫人又教了我哪些事情。但是，因為珂琳娜夫人提到了很多我從沒聽過的單字，所以實在很難全部清楚記得。

我於是想起了梅茵常常會說著「那個是什麼啊？我都忘了」，然後翻看自己寫在那疊失敗紙張上的內容。

……看來我最好也開始認真學習寫字吧。

工匠大道上有很多哐咚哐咚地往北前進的板車，但很少看到馬車。這一帶大家穿的衣服都差不多，全是在舊衣舖買來後加了補靪的衣服。但是，隨著越來越接近中央廣場，行人衣服上的補靪也越來越少，色彩逐漸變得鮮豔，布料的用量也變多了。在發現有些人還在衣服上加了飾品的時候，中央廣場也來到了眼前。

我們興奮地嘰嘰喳喳，走進中央廣場。由於很多人從西邊的碼頭前往東門街道時都會經過中央廣場，所以路上行人的穿著真的是五花八門。服裝不僅變得豪華，路上也不再只有板車，還能看見馬車經過。

住家位在城市西南邊的麗塔走進中央廣場後，張大了眼睛。

「平常我都是抄近路從小巷子去市場，很少來中央廣場，原來有這麼多不同的人……仔細一看，好多藍色的衣服喔。果然因為是夏天的貴色嗎？」

聽到麗塔這麼說，我也稍微留心觀察，環顧中央廣場。現在確實是藍色的衣服比較多。同時，我一邊觀察也一邊回想珂琳娜夫人告訴我的事情，目光自然就投向了路上女性的裙子。

「哇！那件裙子好漂亮喔。只是加了點裝飾和縐褶，就變得好華麗！」

「梅茵在洗禮儀式上穿的正裝不也很華麗嗎？」

「梅茵是因為體格和我差太多，才把多餘的布料往上摺起來而已。不過，做法基本上是一樣的，所以如果想呈現豪華的感覺，果然布料多不多很重要呢。」

勞茲反駁後，我不由得苦笑。經過我和母親的改造，再加上裝飾以後，梅茵的正裝確實變得非常可愛又華麗。但是，也因為這樣被捲進了麻煩裡。所以我學到的教訓，就是衣服並不是越華麗越好。

中央廣場四周有商業公會和各式各樣的協會，所以往來行人很多，階級好像也有很多種。只要細心觀察，就可以從身上的衣服大概看出那個人的階級與收入。

之前班諾先生帶我們去舊衣舖，為梅茵挑選衣服的時候，教了我們怎麼搭配肌膚和髮色挑選衣服，也教了我們怎麼從衣服來分辨階級。那時候，我和路茲明明都選了很適合梅茵的連身裙，梅茵卻選了完全不一樣的衣服。想到這裡，我就指向穿著襯衫、裙子和馬甲的女性，對勞茲和麗塔說：

「妳們看！女生的衣服不只有連身裙而已喔。如果是比較有錢的人，就可以另外準備襯衫、裙子和馬甲。只要稍微改變搭配方式，整體的感覺就會完全不一樣，還可以只是替換掉襯衫的衣領和袖口的蕾絲喔。」

「真的耶。多莉，妳懂得好多喔。」

……其實並不是我懂得很多。

「從這裡開始就是城北了。」

雖然能抱著平常心走到通往城市北邊的出口，但再往前就是有錢人的世界，我對於要離開廣場感到緊張。三個人站在通往城北的出口，我低頭看向自己的衣服。大概是察覺到了我的視線，勞菈和麗塔也突然不再說話，不安地檢視起自己的衣服，表情蒙上陰霾。

「多、多莉，我們真的要去北邊嗎？」

「多莉都可以去珂琳娜夫人的工坊了，沒問題的吧？」

雖然勞菈推了下我的背，但我還是一步也踏不出去，當場定住不動。珂琳娜夫人的工坊就在中央廣場附近，叫我過去的時候，也都會有人帶路。

「我們真的可以去北邊嗎？」

麗塔不安地握住我的手。

「嗯、嗯……不然，我們先在中央廣場觀察各式各樣的衣服吧？反正我都還沒有仔細觀察過。」

「我贊成。在這裡就能參觀到很多衣服了嘛。」

我們三個人手牽著手，一邊觀察周遭行人的衣服，一邊以噴泉為中心，在中央廣場上緩緩繞圈。邊觀察邊繞了有五圈左右。因為是想去北邊才來到這裡，所以我還是在意得不得了。繞到一半，走到北邊出口附近時，三人的腳步都不由得慢下來。

「多莉，妳們從剛才開始就一直在廣場上繞圈圈，到底在幹嘛啊？」

「路茲?!那你怎麼會在這裡?!」

「我來商業公會辦事啊。我來的時候就看到妳們了，事情都辦完了，妳們居然還在，所以才覺得好奇。」

路茲指著商業公會說，納悶地看著我們。被他這麼一說，我才知道我們的行為有多麼可疑。也不進入城市北邊，就只是一直在中央廣場上打轉，這麼丟臉的樣子竟然還被認識的人看到了！

……怎麼辦？好丟臉喔！要怎麼向路茲說明才好？

我抱著頭，難為情得全身都在發抖，勞莊卻笑著拍拍路茲的肩膀。

「其實是多莉邀我們去北邊，說是可以去觀摩有錢人都穿什麼衣服，但她卻緊張得不敢走過去……咦？路茲，你穿著好高級的衣服喔，為什麼？」

勞莊好像還不知道路茲進入了奇爾博塔商會。她從頭到腳打量穿著商會學徒制服的路茲，詫異地歪過臉龐。

「……這是奇爾博塔商會的學徒制服。我接下來要回店裡，如果妳們不介意只是走到奇爾博塔商會的話，要不要跟我一起走？」

「咦？可以嗎?!」

多了意想不到的帶路人，我高興得想歡呼。於是由路茲帶頭，穿過了只有三個人時遲遲跨不過去的北邊出口。住在城北的都是有錢人，所以路上馬車的數量比板車還多，景色也和我們住的南邊截然不同。城市南邊的建築物多為細長形，北邊的建築物卻每棟都很巨大，很多建築物從三樓的木造樓層開始，還塗上了漂亮的色彩。

「多莉，妳不是來過好幾次了嗎？」

「是沒有錯，但一個人會緊張嘛。我自己還是不敢。」

路茲有些傻眼，帶著我們來到了奇爾博塔商會前面。然後他說：「那我要回去工作了。」很快就衝進了店裡。

「……路茲真的在這麼氣派的店當學徒耶。」

勞菈愣愣地張著嘴巴，看著奇爾博塔商會。雖然梅茵和路茲都神色自若地出入這裡，但這種店不是我們可以進去的地方。就算想走進去，也一定會被站在大門前的守衛趕走吧。

好一會兒，我們都站在奇爾博塔商會前面，觀察路上的往來行人。這裡很多行人都用了大量輕飄飄的布料，至少我從沒見到有人穿著有補釘的衣服。比起在中央廣場上觀察到的，我也開始發現這裡服裝的款式都有些共通點。這就是梅茵和珂琳娜夫人所說的流行嗎？

「我現在知道有錢人的衣服真的都很漂亮，可是，要自己做還是不可能啊。我們又沒有可以用來練習的布，也根本不知道要怎麼做嘛。」

麗塔說著聳聳肩。勞菈也同意點頭。

「這些都不是店裡客人會想購買的衣服呢。怎麼說呢，有種根本搆不到、太過遙遠的感覺。我們如果要觀摩，用不著來這裡，在中央廣場就夠了。」

至今我和麗塔、勞菈的實力都是不相上下，一起和樂融融地工作，所以聽到兩人的想法和我完全不同，不禁大受衝擊。我還想在這裡看更多有錢人們都穿哪些衣服，也想像修改梅茵的正裝時那樣，拿布娃娃的衣服當練習也好，試著縫製有錢人會穿的衣服款式。我想和大家一起進步，下次更新都盧亞契約的時候，一起進入等級更高的工坊。但是，兩個人都認為不可能而放棄了。我這才發現不知不覺間，自己的想法和目標都和兩個人不一樣了，不禁感到心慌。

「那我們今天就先回去吧？」

我對顯得坐立難安的兩個人這麼說，開始往中央廣場回頭。可是，腳步和心情都好沉重。我低頭看著腳邊移動，內心充滿不滿。

……這麼快就要回去了嗎？難得都到這裡來了，我根本還沒看夠啊。雖然兩個人都說不可能，但我不希望自己也這麼覺得。

走了幾步路後，我停下腳步回過頭，剛好看見一名客人走進奇爾博塔商會。應該是珂琳娜夫人的客人。因為身上的衣服，和當作參考樣本的裝飾服很類似。

……好漂亮喔。好想再看仔細一點。

腦海中浮現出了在珂琳娜夫人家裡看過的貴族禮服。就是因為離現在的自己太過遙遠，我才想要更加努力學習和練習。然後，想要把技藝磨練到足以進入珂琳娜夫人的工坊。路茲和梅茵都能出入奇爾博塔商會了，那只要我努力，說不定也辦得到。

……會開始有這種想法，一定都是梅茵害的吧。

因為梅茵總是竭盡全力努力，自己想要的東西就一定要得到手；因為明明父母堅決反對，路茲還是朝著自己的目標勇敢前進。所以，我也無法再覺得「現在這樣就好了」、

「太遙遠了，我辦不到」。我也想朝著自己的目標勇往直前。

「多莉，妳怎麼了？」

走在前面的兩個人回過頭來。我抬起頭，露出笑容向她們大力揮手。

「對不起，妳們兩個先回去吧。難得到這裡來了，我想參觀到心滿意足為止。」

雖然奇爾博塔商會還是非常遙遠的目標，但我不會放棄。至少要努力到能在挑選衣服的時候贏過梅茵，不然我明明才是裁縫學徒，那樣子太讓人不甘心了。我轉過身，重新回到奇爾博塔商會前面。然後，目不轉睛地觀察起四周行人。

……我才不會輸給梅茵呢。因為，我是梅茵的姊姊啊。

侍從的自覺

「吉魯，幫我拿那個！」

「好！」

一吃完早餐，我們就到工坊進行準備。今天要由路茲、昆特和多莉，帶領我們前往叫做森林的地方。聽說森林又和平民區不太一樣。我們要在那裡學會怎麼做紙，然後回到孤兒院的工坊裡製作。

光是這是梅茵大人的指示，我就願意去做，但孤兒院的傢伙們似乎都覺得工作增加了，提不太起幹勁。在我成為梅茵大人的侍從之前，經常一起在孤兒院裡吵鬧玩耍的凱伊一臉嫌惡，低頭看著比平常的灰衣神官服還要破爛又滿是補靪的衣服。

「吉魯，我問你，做了紙以後要幹嘛啊？」

但就算問我，我也不太明白。我看向最明白梅茵大人用意的路茲。感受到了我的視線，路茲「嗯……」地沉吟。因為神殿和平民區的常識完全不一樣，所以要特別說明平民都知道的事情很困難。

「做好後會由奇爾博塔商會出錢買下來……但這麼說你們也不懂吧。呃，就是梅茵能用的錢會變多……唔，這也不行吧，你們又不懂錢。對了，就是你們的伙食量會增加。」

「真的嗎?!」

凱伊他們的眼裡都亮起喜悅的光芒。雖然多虧了梅茵大人，孤兒院的伙食已經稍微有改善，但還是不夠。所以伙食量越多，大家當然越開心。

「好，那我們去做紙吧！」

「好厲害喔。只要照著梅茵大人說的去做，我們就可以煮自己要喝的湯了耶。不用再只是一直等著越來越少的神的恩惠。」

聽到凱伊他們這麼說，我也想起了孤兒院不久前的樣子。青衣神官和巫女越來越少，曾是侍從的灰衣神官和巫女卻接連回到孤兒院來。孤兒院裡的灰衣增加了，青衣卻不停減少，所以每個人可以分到的神的恩惠也急速變少，我們總是餓著肚子。直到梅茵大人進入神殿之前，都沒有新的青衣神官或巫女進來，所以也沒有人被提拔為侍從，飯菜量也一直都沒有增加，是一處非常封閉的空間。

「之前本來還覺得平民居然當上了青衣巫女，但如果不是梅茵大人，根本不會有人對我們說，想吃飯自己煮就好了。」

梅茵大人這樣說著，教了孤兒院的所有人怎麼煮湯，還幫忙買了肉和蔬菜。一直以來，孤兒院的人都只看過分送下來的食物，這樣的改革徹底推翻了我們從前的常識。

「今天會帶你們去森林，也不只是為了教你們怎麼做紙。要是能稍微了解森林裡有哪些食物，以後在餓死之前，就能自己想辦法覓食，所以才會帶你們出去。」

路茲說。凱伊睜大眼睛，有些開心地笑了。

「梅茵大人當上孤兒院長真是太好了。因為根本不會有其他青衣神官和巫女想改善孤兒院的情況。」

「那也算是為了梅茵，你們要努力做紙啊。」

「是！」

大家都用充滿期待的眼神揹著木架、拿起小刀等採集工具，再分別拿著鍋子和蒸籠等做紙所需的工具，出發前往森林。

「梅茵大人，我今天會好好學習！」

「要好好學習怎麼做紙和在森林裡採集喔。」

聽到梅茵大人對我這麼說，我用力點頭。最常和孤兒院裡的人見面的路茲大力揮手，向大家下指示。

「大家要乖乖跟在昆特叔叔後面！孤兒自己是出不了大門的喔。」

聽說名為昆特的男人是梅茵大人的父親，多莉是梅茵大人的姊姊，但我不太明白父親和姊姊是什麼樣的關係。雖然梅茵大人解釋說：「就是一起生活的人，是家人喔。」但我還是不懂。八成就像神殿的我們和梅茵大人那樣，像是梅茵大人在平民區的侍從吧。還是說，因為一起生活，就像是孤兒院的大家在我心目中的地位那樣嗎？

……雖然不明白家人是什麼意思，但我也想像他們那樣深得梅茵大人的信賴。

一走出神殿大門，景色就變得截然不同。和建築物一律為白色的神殿不一樣，平民區整體呈現褐色，看起來髒兮兮的，空氣又很臭。我光是可以離開長年都不能出來的神殿就非常開心，但其他人都皺起臉龐。看到大家的表情，昆特聳聳肩。

「跟你們打掃得乾乾淨淨的神殿完全不一樣吧？」

「……感覺好髒、好臭、好吵，人也好多。建築物也都不是白色的，感覺好奇怪。」

有個人說完，其他人都點點頭，左右環顧四周。過多的灰衣神官回來以後，還覺得人數增加太多，孤兒院變得好擁擠，但到了街上就發現外面的人更多。街上的嘈雜程度更是讓人不敢相信，因為在神殿裡，只要稍微大聲說話，就會遭到斥責。我第一次出來的時候，看到這麼多陌生的景象和這麼多人還太過興奮，最後甚至感到不舒服。

「那個是什麼？全都是我從來沒看過的東西耶。」

「大家衣服的顏色都不一樣……走在那裡的人是青衣巫女嗎？」

某個人指向穿著藍色衣服的女性，為了讓對方方便通過，大家都退到路邊準備跪下。

「不對、不對！街上沒有青衣神官也沒有青衣巫女！你們不用下跪！」

「是、是嗎？」

差點要跪下的大家都戰戰兢兢地目送那位女性離開，僵著身體，很怕挨罵。看到他們這樣，我真想抱頭大叫。我和法藍第一次來到街上的時候，梅茵大人和路茲一定也很想抱頭哀號吧。只懂得神殿常識的大家走在街上，很明顯就異於常人。顯然都還不習慣街上的景象，不停地東張西望，看起來就非常可疑。因為我已經來平民區好幾遍了，就把我知道的事情都告訴大家。

「只有貴族所在的地方，才會建築物全部都是白色的，所以平民蓋的建築物都有顏色。建築物、衣服也和神殿不一樣，沒有明確的規定，所以會五顏六色。這一帶是富豪……總之是叫做有錢人居住的地方，所以還算乾淨，但再更往下走，就會看到別人都穿著和我們一樣的衣服，環境也更髒亂。」

「吉魯為什麼知道這麼多啊？」

看到小孩子們驚訝地眨著眼睛，我「哼哼」地挺起胸膛。

「因為我常常離開神殿，接送梅茵大人啊。」

以前常常被負責監督的灰衣神官關進反省室的我，從來沒有因為什麼好事而受到眾人的矚目過。忍不住有些得意洋洋後，路茲卻說：「吉魯，看你這麼得意，但你來平民區的時候也常做錯事吧。」還輕拍了拍我的肩膀。

「大家聽好了，除非我們說可以，否則不能亂碰四周的東西。吉魯第一次出來的時候，還以為店家在賣的水果是神的恩惠，沒說一聲就自己拿起來吃，老闆就生氣了。這裡和神殿不一樣，會有體罰喔。不要做會惹別人生氣的事情。對方會突然對你大聲怒吼，再揍你一拳，很痛又很恐怖喔。」

被路茲揭穿了自己的糗事，四周的孩子們都吃吃笑著，對彼此說：「不可以亂摸街上的東西喔，會有人生氣。」

……呿。難得有機會可以表現一下我厲害的一面，都被路茲破壞光了啦。

經過中央廣場後，景色又有了些許改變。剛才木造部分都塗上了繽紛色彩的建築物變回了原本的褐色，建築物本身也變得狹窄細長。周遭行人身上的衣服也漸漸看不見色彩，而且和我們身上的衣服一樣，滿是補靪又破破爛爛。此外，這一帶的人氣質也不一樣。

「要我講幾遍你才懂啊！」

在肅靜的神殿裡絕不可能出現的咆哮聲突然傳來，我嚇得扭過頭，看見一個正在修理建築物的大塊頭大叔，朝著看來已經成年的男性怒吼，還往他揍了一拳。

「嗚哇！是體罰！」

「啊、啊啊，多莉！像他那樣動手打人也沒關係嗎？」

灰衣見習巫女全身發著抖地揪住多莉的袖子。多莉露出了不置可否的笑容。

「因為有些事情不被罵就學不會嘛。而且，大家不用這麼害怕，別做會惹人家生氣的事情就好了。」

越往南邊前進，路邊行人講話越是大聲，偶爾還會互相叫罵。面對和安靜的神殿截然不同的恐怖氣氛，不由得就提心吊膽。

「要是走進小巷子，裡面還會有更可怕的人，所以不可以和大家走散喔。要一直線地往那扇大門前進。」

多莉說，指向大道前方的巨大門扉。孤兒院的大家都很聽多莉的話，但不只是因為這一帶很恐怖，也因為多莉是教大家煮湯的老師。路茲和多莉明明年紀和我們差不多大，卻懂得很多事情、會做的事情也很多，幫了梅茵大人很多的忙。

而我現在能在沒有任何人協助下做到的，就只有打掃和接送梅茵大人。其他事情都還在向法藍學習，實在不算有為梅茵大人幫上忙。

大概是因為南邊的氣氛很粗暴，大家都很害怕，自然就加快了腳步趕往大門。形狀和神殿的大門很像，但這裡的門更大。聽說走出這道大門，就算是離開了城市。要走向大門時，昆特先讓大家停下來：

「你們先在這裡等著，我去說明一下。喂──歐托！」

昆特離開後，因為大家都在大門前停下來，所以附近的人都用像在看著奇妙生物的眼神打量我們。對於從沒踏出過神殿的大家來說，這裡是未知的世界。而且從以前到現在，我們都被教導不能離開神殿，所以總有種難以言喻的罪惡感在胸口蔓延。這點大家似乎也一樣，神色都變得越來越不安。

「大家放心，別露出那種表情嘛。有爸爸陪著我們。」

多莉溫柔地笑著說道。聽說守門士兵每天都要看著有誰出入城市，並監督有沒有陌生人擅自進出，這就是他們的工作。

「因為士兵雖然認得城裡孩子們的長相，但住在孤兒院的你們是第一次出來，從來沒看過你們。爸爸是這裡的士兵，會為大家的身分作擔保，讓大家可以通過喔。」

「幸好找昆特叔叔陪我們一起來。要是只有我一個人，根本沒辦法讓所有孤兒都通過大門。」

路茲邊說邊看著正和守門士兵交涉的昆特。我眨了下眼睛。

「路茲也有做不到的事情嗎？」

「那當然啊。我做不到的事情可多了。」

明明看起來梅茵大人不管做什麼事都要依賴路茲，路茲卻說他也有做不到的事情。

我聽了，有些放下心來。

「是喔。那我也只要努力，就能幫上梅茵大人的忙了吧。」

「一定要幫上忙才行啊。因為我們又照顧不到在神殿裡的梅茵。」

路茲咧嘴笑道。大概是聽到了我們兩人的對話，凱伊眨著眼睛，探頭看我。

「吉魯，你變了喔。之前明明還說絕對不要去服侍平民的小鬼頭。」

「……嗯，對啊。」

因為自己的生活環境和孤兒院變化得太快，才覺得已經過了很長一段時間，但其實從梅茵大人進入神殿到現在，都還沒有經過一個季節。

「聽到阿爾諾說要提拔吉魯為新青衣巫女的侍從時，大家都很驚訝吧？因為比起老被關進反省室的吉魯，都覺得自己更適合當侍從啊。」

凱伊說完，旁邊的大家就點頭。每個人都想成為新青衣巫女的侍從。因為成為侍從，就能離開孤兒院，所以當然想。但是，阿爾諾卻搖搖頭，駁回了大家的主張，「神官長已經決定是吉魯了。」我則因為可以離開孤兒院，地位又變得比那些以前負責監督我、只要我抱怨就把我關進反省室的灰衣神官們還要高，高興得不得了，覺得大家都要對我另眼相看。然而，這份喜悅很快就破滅了。

「但聽到阿爾諾說新進來的青衣見習巫女是平民，不但沒有自己的房間，我也不能離開孤兒院，你們都笑得很開心嘛。」

「啊，對喔。我們還說就算當上了見習侍從，不僅沒飯吃又沒有房間，那根本不知道為什麼要去服侍她嘛，那讓吉魯去服侍平民的青衣巫女也算剛好。大家還很慶幸不是自己被指派過去呢。」

因為是平民青衣巫女，才把沒人要的傢伙指派給她——對於大家這樣的嘲笑，我不甘心地恨恨咬牙。實際見到梅茵大人以後，又發現是個年紀比自己還小，完全不了解神殿狀況的小孩子。談吐和儀態都和我們認知中的青衣巫女相差太多，我當時真心地認為：「為什麼這種傢伙是我的主人？」

「吉魯明明還抱怨過『為什麼不是普通的青衣巫女』，現在怎麼變這麼多？」

「就是因為梅茵大人不是普通的青衣巫女啊。只要我努力工作，梅茵大人就會認同我、誇獎我。」

平民認為所有工作都該給予應有的報酬，所以我只是打掃了孤兒院長室而已，梅茵大人就摸了我的頭稱讚我：「做得很好喔。」只要想到做這些事，梅茵大人就會稱讚我，我就很開心。每當梅茵大人用她的小手溫柔地摸我的頭，說「吉魯很努力喔」、「謝謝你，吉魯」，我都覺得胸口深處有種暖暖的感覺，嘴角也不自覺上揚。

自從受洗完、離開孤兒院的底樓後，再也沒有人像那樣子摸過我。更何況又聽說我並不在孤兒院出生，是中途被送進來的孩子，所以底樓的女孩子們很少摸我和抱我。因此，我真的真的很高興。

「我要學會很多事情，像路茲那樣幫上梅茵大人的忙。」

「哦……可是，我學東西的速度比吉魯還快喔。而且梅茵大人的侍從現在還不多，以後會再多收幾個人吧？」

凱伊說，旁邊的人點頭同意，我卻感到震驚。

「對啊對啊。只要努力工作，梅茵大人就會認同我們。不只吉魯，我們努力工作也會得到認同啊。要是梅茵大人覺得我比吉魯還要努力，說不定會把吉魯換掉，改收我為侍從。反正你能做的工作也沒多少吧？」

我直到這時候才發覺，梅茵大人因為是新進來的青衣巫女，都只有神官長指派的近侍，還沒有自己挑選過。她也有可能把侍從換掉，再自己重新挑選。察覺到了這個不祥的事實，我的心臟開始狂跳。

梅茵大人的個性非常善良，才會這麼為孤兒院著想，就算成為她的侍從，也完全不用擔心會遭到殘忍的對待。大家也都知道是梅茵大人拯救了孤兒院，那會想成為梅茵大人的侍從，也是理所當然。

……糟了，孤兒院裡多得是比我優秀的人。

焦急的心情讓我的背部流下冷汗。孤兒院裡有很多曾當過侍從、工作起來十分老練的灰衣神官，和因為是同性、就能幫助到梅茵大人的灰衣巫女。法藍因為之前是神官長的侍從，什麼事都會做，現在幾乎所有工作都由他包辦。戴莉雅因為是女生，非常需要她來打理巫女的生活起居。而且戴莉雅是神殿長指派的人，所以只要她認真工作，就不可能被換掉。

……再不多學會其他事情，最沒用的人就是我了。怎麼辦？

難以形容的不安突然在心裡面擴散。自己之前的品行太差，能做的事又不多，所以我自己最清楚，我根本沒幫梅茵大人做到什麼事。

「可以通過了！」

昆特招手喊道，大家紛紛開始移動。和大家一起邁開腳步的同時，我悄悄按著喉嚨。感覺呼吸困難，喉嚨內部在陣陣刺痛。都怪我以前老是偷懶，會做的事情比其他人都要少。可是，我也不知道自己要多麼努力才可以。

「吉魯，你怎麼露出這種表情？身體不舒服嗎？」

「路茲，我覺得不管我怎麼努力，好像都幫不上梅茵大人的忙。其他人會的事情更多，我說不定會被換掉……」

吐露自己的不安後，路茲眨了眨眼睛，就搖搖頭說：「別說這種蠢話。」然後走進大門。我不明白路茲為什麼要這麼說。

……別說這種蠢話是什麼意思？意思是我很蠢嗎？

大門裡又暗又長的路途，就好像是我現在的心情。旁邊的孩子們說著「讓我想起了底樓呢」、「嗯，好恐怖」、「好暗喔」，話聲形成了回音，變得出乎意料的響亮。聽著無數的腳步聲，我懷著無法形容的不安繼續前進。

……要努力多久才可以？從現在開始努力，還追得上其他人嗎？

穿過陽光照不進來的昏暗通道後，就來到了刺眼得讓人張不開眼睛的城外。生平第一次見到的風景在眼前沒有邊際地往外延伸。一直以來我都只看過被高牆圍起的天空，現在看到這麼耀眼又遼闊的藍天，內心感到非常震驚。大概也和我有一樣的感想，四周的孩子們都發出了驚嘆聲。

「嗚哇！好棒喔！你們看！天空好寬廣，不是四方形的耶！」

「外面好明亮，太陽也比平常還要耀眼。」

「這片天空好像梅茵大人喔。我剛被帶出底樓的時候，也覺得外面這麼耀眼。」

聽見這句話，我想起了梅茵大人為孤兒院大掃除的那一天，大家總算能一起笑著吃飯的情景。我就是在那時候覺得，幸好梅茵大人是自己的主人。對於自己是梅茵大人的侍從，我感到非常驕傲。

「路茲，我……想一直當梅茵大人的侍從。我想幫上梅茵大人的忙。」

「你真的還不明白嗎？」

路茲驚訝又無言地用那對綠色眼睛看著我。

「我說你啊，我們決定拯救孤兒院的時候，每天都帶湯去餵那些孩子們的人不就是你嗎？打掃時最先跑出去幹活的人也是你吧？你已經幫上梅茵的忙了。如果還是感到不安，那就讓自己學會更多事情吧。只要看到有人很努力，梅茵就不會輕易捨棄他。首先，你先學會怎麼做紙吧。」

路茲說，往後店裡會變得越來越忙，所以非常需要能夠代替他、幫忙管理工坊的侍從。如果對孤兒院和對梅茵來說都很重要的工坊能夠交給你，你也會增加點信心吧——路茲彎起嘴角笑著說。有人為我設立了明確的目標後，我感覺到內心的不安消散了一些。

「管理工坊嗎……」

「梅茵工坊的做紙工作非常重要，不只能幫孤兒院購買食材，也是梅茵最重要的收入來源。吉魯，你振作一點啊。你是梅茵的侍從耶。」

路茲大力拍向我的背。我因此仰起頭，發現天空變得比剛才還要明亮又蔚藍。

「吉魯、路茲，快一點！要丟下你們了喔！」

聽見多莉的呼喊，我轉頭環顧四周。沒有了高牆以後，大概都感到無拘無束，孩子們發出了歡呼聲，笑容滿面地跑向森林。

「我要在森林裡面找禮物送給梅茵大人！」

「喂！慢著！我要當第一個！因為我是梅茵大人的侍從啊！」

我急忙追上去，孩子們都「呀——」地發出尖叫聲，四處逃竄。

「你們太興奮了。回去前體力就會用光喔。」

昆特帶著苦笑提醒大家。然後我看見多莉抬頭看向昆特，開心地笑說：「孤兒院的孩子們都好喜歡梅茵呢。」

後記

好久不見了，我是香月美夜。

非常感謝各位支持本作，《小書痴的下剋上：為了成為圖書管理員不擇手段！【第二部】神殿的見習巫女（Ⅰ）》。

第二部故事的舞臺轉移到了神殿。成為青衣見習巫女進入了神殿後，不只麗乃那時候，當然平民區的常識在這裡也完全行不通。雖然有著堪稱樂園的圖書室，問題卻也接踵而來。不同的常識、令人頭痛的侍從、環境慘不忍睹的孤兒院……最重要的是，儘管能向神具奉獻魔力以延長壽命期限，身體照樣是虛弱多病。但是，如果不奮力解決各種問題，就無法在由貴族支配的神殿裡頭生存下去。

縱使一個人什麼也做不了，但梅茵擁有願意和她一起行動的夥伴路茲、能與她討論問題的班諾，還有教導她如何在神殿裡行動的神官長和法藍。有了大家的協助，梅茵一個個地解決難題。

路茲家因為缺乏溝通而產生分歧的問題，也由神官長使出大絕招，召集所有相關人員，最終平安落幕。解決了煩惱的路茲，和拚了命想成為稱職侍從的吉魯，多虧了兩人的努力，梅茵工坊孤兒院分店順利開始運作，製紙作業也順遂進行中。

下一集，終於可以著手進行梅茵心心念念的造書了。

而這一集的短篇，是我從讀者的要求中進行挑選，再寫下多莉與吉魯受到梅茵的影響後，生活產生了轉變的故事。裡頭還出現了在梅茵的觀點中，連名字也沒有出現過的人物。希望讀者可以感受到兩人朝著自己的目標，在生活中勇往直前的模樣。

最後，雖然沒有第三集那麼誇張，但這一集的厚度也相當可觀。這也是為了善待讀者的荷包，希望盡量用少一點的集數出完第二部，在經過多次討論後所決定出的結果。TO BOOKS的所有工作人員大概都沒想到這種厚度會持續這麼多集吧，真的給各位添麻煩了。

接著，這次的封面是路茲與梅茵，兩個人都非常可愛。進入第二部以後，新角色大舉增加，畫起來一定很辛苦吧。衷心感謝椎名優老師。

最後，要向購買本書的各位讀者獻上最高等級的謝意。

續集預計在冬天出版。那就屆時再相會了。

二〇一五年八月　香月美夜

國家圖書館出版品預行編目資料

小書痴的下剋上：為了成為圖書管理員不擇手段!.
第二部，神殿的見習巫女 . I / 香月美夜著；許金玉
譯 . -- 初版 . -- 臺北市：皇冠，2018.01
面；　公分 . --（皇冠叢書；第 4676 種）(mild；
10)
譯自：本好きの下剋上 司書になるためには手段
を選んでいられません . 第二部，神殿の巫女見習
い . I
ISBN 978-957-33-3360-9(平裝)

861.57　　106023929

皇冠叢書第 4676 種
mild 10

小書痴的下剋上

爲了成爲圖書管理員不擇手段！

第二部 神殿的見習巫女 I

本好きの下剋上
司書になるためには
手段を選んでいられません
第二部 神殿の巫女見習い I

作　　者—香月美夜
譯　　者—許金玉
發 行 人—平雲
出版發行—皇冠文化出版有限公司
台北市敦化北路 120 巷 50 號
電話◎ 02-27168888
郵撥帳號◎ 15261516 號
皇冠出版社（香港）有限公司
香港銅鑼灣道 180 號百樂商業中心
19 字樓 1903 室
電話◎ 2529-1778　傳真◎ 2527-0904
總 編 輯—許婷婷
責任編輯—陳怡蓁
美術設計—嚴昱琳
著作完成日期— 2015 年
初版一刷日期— 2018 年 1 月
初版五刷日期— 2022 年 6 月
法律顧問—王惠光律師

讀者服務傳真專線◎ 02-27150507
電腦編號◎ 562010
ISBN ◎ 978-957-33-3360-9
Printed in Taiwan
本書特價◎新台幣 299 元 / 港幣 100 元